El internado

Kathleen King

El internado

SUMA
de letras

Papel certificado por el Forest Stewardship Council®

Primera edición: septiembre de 2022

© 2022, Kathleen King
© 2022, Penguin Random House Grupo Editorial, S. A. U.
Travessera de Gràcia, 47-49. 08021 Barcelona

Printed in Spain – Impreso en España

ISBN: 978-84-9129-650-8
Depósito legal: B-11825-2022

Compuesto en M. I. Maquetación, S. L.

Impreso en Rodesa
Villatuerta (Navarra)

SL 9 6 5 0 8

Para T. W.
(Te lo dije)

Prólogo

La mujer mira por la ventana con unos prismáticos pequeños. Derecha, izquierda, derecha, izquierda... Se fija en una pareja que sale de un edificio al lado de la carnicería.

«¿Son ellos? Puede ser...».

Se los queda mirando un segundo más.

«No».

La pareja camina por la calle. Los dos sonríen, relajados. De repente se cogen de las manos, sutil y fugazmente, para segundos más tarde soltarse de nuevo. Se detienen para cruzar la carretera.

«No, seguro que no».

Salen del objetivo. Dos mujeres cruzan la calle, cada una se aferra a la bolsa de la compra que tienen colgada del brazo. Los pasos rítmicos, determinados, las dos seguras de su camino, cada una en su mundo, no intercambian ni una mirada. No paran en la carnicería. Un coche se detiene lentamente frente al local. Nadie sale del coche. No lo reconoce. Lo observa, tranquila, manteniendo su respiración regular, suave, para no mover los prismáticos.

Después de un minuto, quizá dos, alguien sale. Un hombre mayor, vestido como un funcionario. Hace juego con el automóvil, que parece ser oficial. Podría trabajar en algún ministerio, quizá sea un ingeniero o un profesor de la universidad. Es alto y lleva puesto un abrigo beis abierto con parches en los codos, bajo el que viste un traje marrón. Porta un sombrero a juego. El hombre, que está fumando, da una última calada al cigarro y tira la colilla. A continuación entra en la carnicería, sin mirar alrededor.

La mujer sabe que tiene una vista privilegiada. Encontró ese piso hacía tan solo unos meses y se sintió muy satisfecha. Está justo enfrente de la carnicería. Es perfecto. Las tiendas de alrededor están casi todas vacías, con los cierres echados y cubiertos de grafitis y pósters viejos medio arrancados. Lo normal. La zona continúa bastante transitada, una buena mezcla de tiendas y apartamentos. Pero nunca se llena, ni de gente ni de tráfico. Si se pasan dos esquinas, todo cambia. Seguramente es allí hacia donde se dirigen las dos mujeres con sus bolsas de la compra. Pero la calle es lo bastante ancha como para que los coches se puedan aparcar sin dificultad. Y este piso gris y abandonado tiene la ventaja de que es exterior y tiene ventanas en toda la manzana, tanto de frente como en los laterales. Justo se sitúa en la esquina del edificio, mirando hacia el norte. El frío es constante. Es perfecto.

Sigue la espera, no deja de observar la calle de derecha a izquierda y tomar nota de cada persona y cada coche. Pasa un autobús casi por delante de la tienda, pero no se detiene. Continúa el recorrido mientras una nube negra, espesa y grasienta sale del tubo de escape y flota en el aire hasta que poco a poco se disipa.

«Pintando la ciudad de gris», piensa, y se distrae por un momento.

La puerta de la carnicería se abre de nuevo y, en vez del hombre alto con el sombrero marrón, sale una viejita que se mueve despacio, con una pequeña bolsa en una mano. Camina lentamente hacia la derecha con pasos cortos. La otra mano sujeta la correa de un pequeño bolso de tela que le cruza el pecho.

La observa impaciente. Quiere que se vaya ya. Es la hora y no quiere obstáculos como ancianas que caminan lento y ocupan un espacio innecesario. Cuanta menos gente haya en la calle, mejor. Minimizar el número de testigos. Tal como le enseñaron. Tal como tantas veces ha repetido con sus compañeros. Exactamente como dijo cuando propuso este sitio concreto, la carnicería, y este apartamento con sus vistas perfectas.

«Allí viene. Nuestro coche».

Se dirige hacia la carnicería desde el este. Al oeste, la señora mayor se encuentra justo al borde de la acera, mirando a un lado y a otro para cruzar la calle.

La mujer en el apartamento respira profundamente para calmarse y aguanta el aliento hasta que el pequeño Skoda, viejo y beis, aparca detrás del coche del hombre que sigue dentro del establecimiento.

Ve a dos personas dentro del Skoda. Un hombre y una mujer. Escogidos y entrenados por ella. Locales. Tienen que ser ellos. Arriesgado, pero para hoy, necesario. Al apagar el motor, el hombre enciende un cigarrillo, baja la ventanilla y apoya el codo. Espera. La mujer a su lado examina el interior de su bolso como si buscara algo.

«Perfecto, todo perfecto. Ahora solo necesito que aparezcan...».

Derecha, izquierda, derecha, izquierda. Observa con detenimiento; ni una persona puede entrar o salir de su campo de visión sin que se dé cuenta.

«El hombre vestido de marrón está tardando mucho en salir de la carnicería», piensa, y en ese instante los ve.

Una pareja camina rápido por la acera, de oeste a este. Él mira varias veces hacia atrás; ella tira de la manga de su chaqueta. El hombre casi se tropieza con la *viejita, que se ha parado al otro lado de la calle y busca algo en el bolso. Los dos cruzan sin detenerse y la anciana alza la mirada y dice algo que ellos ignoran. La mujer lleva una pequeña maleta en la mano y él, un bulto algo aparatoso sobre un hombro.*

«Mierda. Muy grandes los bolsos. Calmaos. Con calma...».

El hombre de marrón sale de la carnicería justo cuando la pareja cruza la puerta. La mujer en el apartamento se pone de pie de un salto, no puede disimular un gruñido de angustia. La pareja que está dentro del Skoda reacciona, sale del coche y se queda parada junto al vehículo con las puertas abiertas. La mujer del Skoda alza los brazos, como si quisiera que la mujer de la maleta la abrazara. El hombre de marrón está entre las dos parejas, con los brazos extendidos, separándolos. La pareja en la calle está a unos tres pasos del Skoda. A tan solo tres pasos de poder huir para siempre.

En el apartamento, una cadena de adjetivos. La mujer patea la pared debajo de la ventana, los cristales sucios y viejos tiemblan.

Su atención vuelve de nuevo a la escena cuando oye el chirrido de los frenos. Tres coches más, dos desde el oeste y uno del este. Se detienen enfrente de la carnicería, dos bloquean la salida del Skoda. La mujer del coche se cubre la cara con las manos y la de la maleta la deja caer al suelo, se desmaya y su pareja cae a su lado, posando un brazo sobre sus hombros. El hombre de marrón los levanta por los brazos, firme, los separa y los conduce hacia uno de los coches nuevos, de donde sale un joven en vaqueros y con una chaqueta de cuero. Él coge las maletas abandonadas en la acera y bloquea a la pareja por detrás. Entre los dos los empujan hacia el coche. La pareja no se resiste.

De los otros coches salen tres personas más, dos hombres y una mujer, y se acercan a la pareja del Skoda. La mujer llora y los hombros le tiemblan; el hombre no sube la mirada y aguanta junto a la puerta abierta del coche. Los dos hombres guían a esta pareja hacia sus coches y dejan que la mujer se monte en el asiento del conductor del pequeño Skoda. Aquí tampoco hay resistencia.

Todo es cuestión de segundos, un minuto, quizá dos. Los tres coches, más el Skoda, desaparecen hacia el este sin dejar huella. El carnicero se asoma por la puerta de la tienda y mira a un lado y a otro. Sus ojos se cruzan con el hombre de marrón, y el tendero desaparece dentro del establecimiento. La viejita sigue en la acera, observando todo con la boca abierta. Cuando el hombre saca otro cigarrillo de su bolsillo y lo enciende, la anciana se da la vuelta y camina hacia el oeste lo más rápido posible.

El hombre se queda frente al coche fumando tranquilo mientras observa la calle. Derecha e izquierda; lento, disimulando. Un coche pasa, pero no se detiene.

Un chaval en una bici da la vuelta a la esquina, rápido, sin bajar su ritmo.

Cuando ya casi ha terminado su cigarrillo, mira hacia el apartamento. Y se detiene en la ventana sucia, como si supiera quién está tras la cortina. Sin quitar la vista del piso, se encoge de hombros y una pequeña sonrisa cruza su cara. Sube los dos dedos con la colilla del cigarro a su mejilla y extiende las palmas de sus manos en un gesto de «qué haces» que solo ella reconoce. Tira la colilla al suelo, la aplasta con el pie, se monta de nuevo en el coche, arranca el motor y mete primera.

En el apartamento, los prismáticos se caen al suelo.

1

Lucía Fernández contempló el barro bajo los pies, que se inundaban lentamente en el césped, y sintió cómo se asomaba por los laterales de sus zapatos de terciopelo. Entonces escuchó los primeros estrépitos rítmicos y mecánicos en la distancia. Pensó en las botas viejas de cuero marrón abandonadas al lado de la maleta la noche anterior mientras hacía el equipaje. Ahora estaba pagando por ese momento de vanidad. Como si no supiera perfectamente adónde se dirigía y la combinación de barro y lluvia, gris sobre gris, con la que se toparía.

Estaba en medio de un cuadrado de césped, uniforme y perfectamente cuidado, delante de la entrada principal de un inmenso y antiguo castillo con dos torres altas, arcos de piedra, enormes salas y decenas de pequeñas ventanas en forma de diamante con marcos de hierro frío y gárgolas decorativas a su alrededor.

Se dirigía a la puerta principal, debajo de la torre de lady Jane Grey, la más importante, cuando se detuvo. Observó el entorno despacio, respiró hondo y profundo e intentó que se calmaran las palpitaciones de su corazón. Las sentía tan fuertes que hubiese jurado que, si alguien se cruzaba en ese momento con ella, las escucharía. Cerró los ojos solo durante un segundo, no quería que nadie la viese así. Mejor arriesgarse un instante con los ojos cerrados a que se le escapasen las lágrimas en público. De todas las reacciones que podía haber tenido al volver a este lugar, la amenaza de echarse a llorar la sorprendió. Nunca se había imaginado que regresar al castillo que tanto le cambió la vida tendría un impacto tan físico.

Cuando su corazón se calmó y la respiración volvió a la normalidad, bajó la mirada y se fijó en los zapatos. Había llegado hacía menos de una hora, dejando la maleta en la habitación que le habían asignado para salir de nuevo a explorar. A solas. Antes de ver o encontrarse con cualquier otra persona, conocida o no. Quería verlo todo otra vez. Respirar el aire, escuchar cómo sus pies retumbaban contra los suelos antiguos de madera y piedra. A solas. Quería estar preparada. No deseaba tener reacciones de sorpresa en público. Miró hacia las nubes espesas que ocultaban tanto el sol como cualquier insinuación de un tono azul. Sonrió a solas.

«Estos zapatos no sobrevivirán este fin de semana —pensó—. Ya están cubiertos de barro, qué metáfora más mala».

Los zapatos eran parte de su look cultivado de chica sofisticada y profesional con un toque rebelde. Tenían la punta aguda y un color celeste chillón. Sutil pero efectivo. Cumplían con lo que Lucía pensaba que se esperaba del armario de una joven profesional de los medios de comunicación. Mejor dicho, de la tele. Trabajaba en un programa de noticias serias. Las botas marrones, útiles y sólidas que utilizaba casi a diario, se quedaron en el suelo de su pequeña habitación en una casa compartida a las afueras de Londres.

«Chaqueta de lino para la lluvia y zapatos muy poco prácticos. Buena combinación».

Solo metió unas deportivas en el último momento, pensando que quizá tendría tiempo para correr alguna mañana. También un vestido bonito para la fiesta, dos pares de vaqueros, uno más práctico y el otro más de moda, acampanados y de cintura muy baja, tanto que ajustaba las presillas para no enseñar las bragas. Una sudadera vieja, por si acaso, más un top y un bonito jersey ligero para llevar puesto durante el día. Lo había estudiado todo antes de cerrar la maleta, pero nada la entusiasmaba demasiado. Ya en el lugar, no había vuelta atrás.

«Ya que estoy, voy a explorar primero y luego, antes de nada, me encontraré con Mikhael», pensó.

Un traqueteo metálico se oía más cerca, como si diese vueltas invisibles por la costa, buscando dónde rebelarse. Se cubrió la frente con una mano y miró dando una vuelta completa, pero no veía nada. Ante ella tan solo el castillo con toda su grandeza. Se quedó sin aliento tal y como le pasó la primera vez que lo vio. Era el corazón de un colegio. Su antiguo colegio. Y no uno cualquiera. No podía serlo en un lugar como este. Quizá no era de los colegios británicos más famosos, de aquellos que formaban una parte relevante de la cultura del país o que producían un primer ministro cada dos por tres, pero sí lograba mantener cierta fama, especialmente por ser uno de los más nuevos. Algunos internados llevaban educando cientos de años, pero este había sido un experimento, una pequeña revolución educativa en su momento que ahora formaba cómodamente parte del *statu quo*.

Lo revolucionario era que fue mixto desde el principio, la mayoría de los internados tradicionales separaban a los chicos y a las chicas y solo durante los últimos veinte años algunos habían empezado a mezclar a sus estudiantes en los últimos dos años de bachillerato. Este internado era mixto e internacional. Los fundadores se dieron cuenta de que el concepto de la educación privada de un internado británico era un producto que se podía vender a sus diplomáticos, a los que venían de otros países, a los expatriados de todas las partes del mundo que iban de un país a otro, a quienes trabajaban para la ONU, para el Banco Mundial, para organismos globales y efímeros o para empresas internacionales con empleados que no sabían en qué continente vivirían de un año para otro. Sus hijos, la mitad británicos y la otra mitad del resto del mundo, podían terminar bachillerato en The Global Academy, el nombre inglés del centro, rodeados de otros chicos igual que ellos, sin un bagaje cultural concreto pero con posibilidades de formar una cultura fluida, donde todos pertenecían a todas partes y a ninguna.

Lucía pertenecía a una familia normal y sedentaria, y llegó al internado por una coincidencia. Cuando a su padre, ingeniero, le ofrecieron un puesto en Bruselas, su madre, con ganas de cambio y de estar lejos de sus suegros, decidió que la familia se trasladase a Bélgica, abandonando Barcelona. Todos menos Lucía. Solo le quedaban dos años de colegio y querían que mejorara el nivel de inglés, así que cuando el nuevo jefe de su padre sugirió la Academia Global como una buena opción, su madre le hizo la maleta hacia su nuevo rumbo, sin mucha discusión. La subieron a un avión y fue directa a Londres, aunque sus padres no hubiesen pisado el internado. La joven quizá pudo sentirse un poco empujada a una independencia obligada, pero cuando llegó al centro y se encontró rodeada de gente se le quitó el resentimiento. También sabía que la escuela costaba bastante, y que su padre no hubiese podido pagarla de no ser por el trabajo de Bruselas, así que no podía mostrarse desagradecida y quejarse de disfrutar de este privilegio. Ninguna de sus dos hermanas mayores había tenido una oportunidad parecida, como le recordaban durante las cenas familiares, después de un par de botellas de vino, cuando se encontraban todos juntos a la mesa.

Se lo reprochaban con cariño, pero también con cierto asombro, pues nadie se hubiese imaginado que terminaría organizando su vida fuera de España, en Londres, y menos como profesional de los medios de comunicación de otro país. Pero Lucía siempre se defendía. Decía que algún día regresaría y que la experiencia de trabajar en Londres siempre le ayudaría en su trayectoria laboral. Además, ya no se sentía tan extranjera en una ciudad donde parecía que todos venían de distintas partes del mundo. Sabía que el punto de partida de este camino había empezado en este lugar, entre estas antiguas paredes de piedra. Por eso, estar frente al castillo de nuevo la hacía reconocer que este sitio no solo le cambió la vida, sino que le señaló una senda que recorrer.

Doce años después, Lucía había regresado al colegio, aquel en el que entró con tan solo dieciséis años. La reunión, diez años después de la graduación, formaba parte de la cultura del lugar, una última despedida y un gran reencuentro a la vez. Una última oportunidad para dejar una huella. El colegio les vendía una experiencia festiva, una ocasión para volver al lugar donde se formaron, para reconectar y reivindicar esa parte de su adolescencia y, por supuesto, para donar a la fundación del colegio sus nuevos salarios, que su educación y estancia en el internado les habían ayudado a lograr. El colegio recibía también a los estudiantes más brillantes, a los que llegaron con una de las famosas y codiciadas becas. La reunión era una oportunidad para que aquellos que más habían logrado durante los diez años siguientes a su graduación fanfarronearan, pero también para que los demás, como Lucía, disfrutaran de una buena fiesta y tuviesen la ocasión de ver a viejos amigos, coincidir con otros y bailar una vez más en el Soc, tal y como llamaban los estudiantes al centro social del colegio.

Pero Lucía no tenía demasiadas ganas de fiesta ni de celebración. Y pasaba olímpicamente de revivir su adolescencia. La última vez que lo habían comentado en el foro del colegio hablaron con entusiasmo, y Lucía siempre había dicho que tenía ganas de volver, pero cuando llegó el momento de pedir el día libre en el trabajo, cuando ya el fin de semana se acercaba, se dio cuenta de su incertidumbre y estado de ánimo. Le costaba recuperar los recuerdos positivos, las risas, las fiestas y las amistades compartidas durante esos dos años. Sintió un sabor amargo y emergieron recuerdos que había intentado borrar a lo largo de esa década. Se le quitaron las ganas de asistir. No quería celebrar ese periodo que vivió en el colegio. Tampoco había logrado una vida ejemplar de la que presumir o fanfarronear ante sus antiguos compañeros y profesores, ni en el plano laboral ni en el emocional. No quería volver a ese lugar ni pensar en la persona que fue allí. Esperaba que la huella que había dejado doce años atrás se hubiese borrado con el tiempo. Y, si tenía la oportunidad de darle una última mano de pintura para quitar cualquier mancha, perfecto. Que no quedara nada. Así sería mejor. Más sencillo. Tenía el resto de la vida para dejar huellas. Especialmente si las del pasado todavía se podían borrar. Pero aquí estaba de todas maneras, y ya no había marcha atrás.

«Para esto tengo que hablar con Mikhael. A solas».

Notó en el silencio que envolvió de nuevo el castillo el zumbido de las olas de la marea alta golpeando las rocas mientras el muro de contención protegía el colegio del mar.

Respiró hondo, encogiendo los hombros ante el aire frío que subía de la costa, y se giró para cruzar el césped y entrar al castillo por primera vez en doce años, bajo la sombra de la torre de lady Jane Grey, llamada así por una triste historia en la larga e inhóspita galería de antiguas reinas inglesas.

Aparte del castillo, en el campus del colegio había todo lo que se espera de este tipo de internado, casas donde vivían los estudiantes, bloques académicos, un gimnasio, un pequeño salón de actos y piscinas exterior y cubierta —toda la parafernalia de un cole privado rodeado de amplias zonas verdes—.

Los edificios nuevos del campus eran de arquitectura funcional y de los setenta, como si fuera a propósito para que no pareciera un internado suizo para niños pijos con gustos exquisitos y lujosas expectativas. Esto no encajaba con el estilo de los fundadores del colegio. Aquí los edificios feos reflejaban un objetivo educativo para una nueva élite internacional. Funcional, sobrio, ético y serio.

«Igual que los estudiantes», pensó Lucía, y esbozó una sonrisa con su propia ironía. Estaba en la entrada del castillo, justo debajo de la torre de lady Jane Grey, la más alta de las dos, con un portón de madera ancha y un pomo antiguo de hierro negro. Se oyó de nuevo el zumbido metálico. Observó en dirección del sonido, ahora tan cerca que retumbaba entre los muros antiguos del castillo.

«Allí está. Un helicóptero».

Por el ruido, parecía que el helicóptero estaba volando en un gran círculo por encima del campus, por si todavía alguna persona no lo hubiese escuchado, antes de aterrizar en los campos de deporte, al sur del castillo. Lucía se lo quedó mirando, de espaldas a la puerta.

«¿Quién viene a la reunión del colegio en un puñetero helicóptero?».

—Siempre hay uno.

Sonrió antes de darse la vuelta. Reconoció la voz enseguida.

—Me dijeron que esto siempre pasa, cada año. Se supone que tenemos que adivinar quién es. El año pasado fue un malayo de quien nadie se acordaba, hijo del actual presidente del país, y él, viceministro del Interior. Con veintiocho años. ¿Te imaginas?

Bjørn Bergstrøm echó una carcajada y abrazó a su amiga. Hacía años que no se veían, pero no importaba. Seguía igual, eso sí, más corpulento y con menos apariencia de niño rubio. Cogió a Lucía con los brazos extendidos y la inspeccionó. Frunció el ceño, pero era en broma. Los dos se rieron y se abrazaron una vez más. Lucía lo recordó como el niño que se escondía detrás del flequillo, que se ponía rojo con facilidad y que siempre parecía más feliz fuera de clase, haciendo deporte y rodeado de naturaleza. Ahora sus movimientos eran los de una persona muy cómoda dentro de su piel, que ocupaba más espacio y lo hacía con naturalidad. Llevaba el pelo rubio corto, hacia atrás, sin flequillo donde ocultarse.

—Qué bueno verte, de verdad —dijo mientras la soltaba—. Estoy feliz de que hayas venido. No te vi en la lista y pensé que no ibas a estar.

Lucía respiró hondo. Bjørn no andaba desencaminado, pues dos semanas antes aún no sabía si asistiría. No había mandado el e-mail de confirmación y tampoco había hecho el pago.

—Me convencieron —contestó con una sonrisa—. Me dijeron que tenía que comprobar si habían mejorado los escandinavos o si seguían siendo igual de vikingos.

—Qué pena que me haya dejado el hacha en casa —respondió Bjørn.

Los dos se rieron. En ese momento otro grupo de exestudiantes salió del castillo, mirando hacia el cielo en busca del helicóptero.

—¿Quién viene a la reunión del colegio en un helicóptero? —preguntó un inglés pelirrojo cuyo nombre no recordaba Lucía.

Él la saludó de lejos y ella le devolvió una sonrisa falsa, haciendo ver que no tenía la más mínima idea de quién era.

—Siempre hay uno. Es una tradición de la reunión de diez años —contó Suhaas Mehta, un chico indio alto y flaco que se paró a saludarlos—. Venid —les pidió a Lucía y a Bjørn después de darles un breve abrazo—, nos pararemos sutilmente en el otro camino, allí, para ver quién es, pero sin que parezca que estamos observando como si fuésemos unos pobres campesinos que han venido en autobús.

—¿Quién es el campesino? —preguntó Bjørn sonriendo—. Me han contado que tú ahora tienes un pedazo de doctorado. El único campesino aquí soy yo.

Lucía sabía que Bjørn podía hacer chistes sobre su estatus social porque había subido de rango dentro del ejército sueco de manera exitosa. Venía de una familia de soldados y se sintió obligado a hacer el servicio militar al salir del colegio, aunque de igual modo pudo ir a la universidad. Sin dejar de reírse, el grupo caminó por el cuadrado de césped que Lucía acababa de cruzar para poder ver dónde iba a aterrizar el helicóptero. Ella se quedó con las ganas de explorar el castillo, pero los acompañó. Regresaría más tarde. A solas. Sin tener que dar explicaciones. Echó un último vistazo a las pequeñas ventanas con forma de diamante de la torre de lady Jane Grey.

«Como los ojos del castillo que lo ven todo y no dicen nada». Después de esta pequeña reflexión se dio la vuelta para seguir al resto del grupo.

Desde el otro lado vieron cómo un grupo de exestudiantes, atraídos también por el helicóptero que estaba aterrizando en el campo de rugby, se acercaba a la máquina. Una figura solitaria saltó al suelo y bajó la cabeza como si estuviera en una película, aunque ya casi no se movieran las hélices del aparato. La figura se acercó al grupo de estudiantes, con los brazos extendidos para abrazar a quienes venían a saludarlo. Un hombre solitario rodeado de sus admiradores.

—Es el capullo de Jaime Guerrero —dijo Bjørn con ademán de aburrimiento e impaciencia—. Sus gestos no han cambiado nada.

Jaime Guerrero, venezolano, inteligente, popular. Todos lo conocían. Su padre era embajador de su país y su madre la hija mayor del cacique de una tribu nativa —detalle que nunca dejaba atrás—. De Jaime Guerrero nadie se podía olvidar, ni siquiera Lucía. Había sido uno de los grandes personajes entre todos los compañeros del internado, y no solo por su físico, que resaltaba por su altura. Cuando llegó al colegio, llamaba la atención por el pelo negro y largo, que le llegaba hasta los hombros, pero también porque rebosaba confianza. Sabía que era listo y guapo, y no sentía ninguna necesidad de disimularlo. Esto siempre le molestó a Lucía, aunque ahora reconocía que quizá solo fuera un poco de envidia. Cuando estudiaron juntos, se dio cuenta de cuál era la ventaja de Jaime: nunca perdió ni un momento preocupándose por lo que pensaran los demás de él. Más tarde Lucía reconocería este perfil entre algunos compañeros de la universidad y después también en los compañeros del trabajo. Ella todavía no había logrado eso. A veces dudaba de si sería posible. Sabía que tras graduarse en la academia Jaime se había ido a estudiar con una beca completa a Harvard y que vivía en Washington, donde trabajaba en una consultoría o en un banco, no lo tenía muy claro. A lo largo de los años solo se habían puesto en contacto un par de veces, cuando Jaime le envió por e-mail un ensayo sobre el estado de la democracia latinoamericana e intercambiaron información sobre lo que ocurría en Venezuela. La verdad era que no habían sido amigos, pero sus caminos se entrelazaron en un momento dado en la academia, y Jaime estaba presente en sus recuerdos de aquel lugar. Durante los años del colegio, los dos habían formado parte del extenso grupo social de los hispanoparlantes, un grupo grande y ruidoso. Todos los que pertenecían a él solían sentarse juntos para comer, aunque los profesores les recordaran una y otra vez que no chillaran tanto, que desde el punto de vista cultural resultaba incomprensible que se amontonaran tantos en una mesa a gritarse mutuamente. En todas esas ocasiones Jaime siempre había estado en el centro de todo. Solo coincidieron en las clases de literatura española, porque Jaime era de ciencias, y Lucía, de letras.

—Yo hubiera apostado por Musa, la verdad —dijo Suhaas—. Me han dicho que es dueño de todas las torres de telefonía móvil del oeste de África. Y creo que uno de los estadounidenses ahora es dueño de la mitad de todo el maíz de Dakota del Sur. Bueno, chicos, esto solo está empezando. Después de que Margareth Skevington, la nueva gran jefa, nos haya resaltado las maravillas de los becarios de nuestra promoción y todas las cosas magníficas que han hecho, la idea es recopilar las suficientes donaciones por nuestra parte para un nuevo laboratorio de ciencias —hizo una pausa dramática—, y, para que quede claro, yo he venido en tren. Y no en primera clase. No pagué el billete. Los ingleses me lo deben por el colonialismo. Me senté en el lavabo del tren desde Paddington hasta Cardiff como un rey.

Se rio al ver las caras de consternación de Bjørn y Lucía.

—Mentira, chicos, no os preocupéis —dijo—. He sido un buen inmigrante y me he portado bien. Con asiento reservado y todo. Ahora vamos a dar una vuelta a ver quién más ha llegado.

Suhaas caminó hacia el salón de actos, indicando que le siguieran. Lucía se dio la vuelta para mirar al castillo una vez más, como si estuviese recibiendo una llamada. La torre, las ventanas y las gárgolas le devolvieron una mirada transparente. Tenía que verlo todo otra vez. Los áticos de estudio. El Departamento de Historia, que había sido el pequeño imperio de Margareth Skevington, entonces jefa del Departamento de Ciencias Sociales y ahora directora del colegio. La biblioteca. Recuerdos y más recuerdos.

«Mikhael. Mikhael ante todo, y luego el castillo», pensó.

Después intentaría pasarlo bien. O por lo menos actuar como si todo estuviera bien. Sus amigos por lo menos merecían eso. No quería que se dieran cuenta de su estado de ánimo, ni tampoco sabía cómo responder si le preguntaban por qué estaba así. Quería volver, aunque fuera solamente durante ese fin de semana, a ser la Lucía de aquellos años en el colegio, pero en versión adulta.

—Vamos, Lucía —la llamó Bjørn—. Acompáñanos.

—Yo quería subir al…, bueno, luego iré.

Los siguió.

—No te vayas a perder, Lucía —apuntó Suhaas rodeando con un brazo los hombros de su amiga—. Aquí hay cosas importantes que tenemos que hacer, como ver quién está calvo, quién ha engordado, quién sigue siendo insoportable y quién vende armas. Dicen que siempre hay uno. Igual que lo del helicóptero. Y los que ya se han casado, cuentan que siempre hay una parejita que salen de aquí juntos y están tan metidos en la relación que nunca buscan algo fuera de ella. ¿Te imaginas? Mi madre tenía altas expectativas de mis posibilidades con Ruppa, su padre trabajaba en la ONU cuando los míos estaban en el servicio exterior, pero se ve que ahora es lesbiana, tiene el pelo azul y estuvo involucrada en la rebelión antiglobalización en Seattle antes de graduarse, así que ya no se habla de ella en mi casa. ¡Vamos! Deprisa, chicos, ¡que se nos va el día!

—¡Qué bueno verte!
    —¡No has cambiado nada!
    —¿Dónde vives ahora?
    —¿Dónde estudiaste, aquí o en Estados Unidos?
    —¿Tú eres el que vende armas?
Las preguntas, las carcajadas, los abrazos y las sonrisas no dejaban de circular en todas las direcciones. Lucía se dejó llevar por la nostalgia feliz que la arropaba al estar otra vez con la gente que la había acompañado durante los últimos años de su niñez. Logró guardar lo que sintió al enfrentarse al castillo de nuevo en una caja fuerte, puesta fuera de su alcance, en un armario interior difícil de localizar. Allí mejor. Por ahora.

Los exalumnos habían cenado temprano, tal como hacían durante sus años de estudiantes, costumbre británica a la que tanto Lucía como sus compañeros españoles tuvieron que acostumbrarse. La comida seguía siendo bastante mediocre. Otra tradición británica. Un toque del «entrenamiento del carácter» del que tanto se hablaba en la educación británica de élite. Luego empezó el primer evento formal del fin de semana, un cóctel de bienvenida con una pequeña charla de la directora del colegio en el legendario jardín de las estatuas. El descenso entre el castillo en la cima de la cuesta y la muralla de piedras que servía de protección frente al mar se marcaba con tres terrazas de jardines planos conectados por caminos y escaleras de piedra a un lateral que terminaban al nivel del mar, donde también se encontraban las piscinas y varios edificios anexos y cobertizos en los que se guardaban los kayaks y otros materiales. El jardín de las rosas era el más pintoresco, con sus formas geométricas y arbustos de rosas de todos los colores. Justo debajo, más amplio y con una estructura de piedra que creaba un estilo de terraza cubierta donde se estaban sirviendo bebidas, el jardín de las estatuas.

Entre los caminos marcados que cruzaban el jardín se encontraban todas las estatuas que le daban el nombre. Eran cabezas de animales de leyendas: dragones, unicornios y monstruos, cada uno encaramado encima de una estrecha columna de piedra. Dentro de tanto orden y diseño, la mirada de cada animal parecía producto del azar, cada uno miraba en una dirección distinta. La leyenda del colegio decía que, si alguno de los estudiantes localizaba el lugar dentro del jardín donde ninguno de los animales lo mirase, desaparecía enseguida a otro mundo.

Al llegar al colegio doce años atrás esta escapada nocturna era de las primeras que hacían los estudiantes. Salían de sus habitaciones después de la hora de dormir y bajaban en silencio al jardín para encontrar el lugar mágico de la leyenda. A veces estas salidas se alargaban bajo la influencia del vino o las cervezas baratas que compraban en el pueblo a unos kilómetros del colegio. De vez en cuando interrumpían otra escapada nocturna con un propósito más romántico que mágico y que llevaban a cabo bajo la cubierta de la terraza de piedra. Tradiciones que se repetían una y otra vez a lo largo de los años, pero que cada alumno grababa en su propia memoria como algo excepcional, distinto y único.

Ahora lo hacían de nuevo, entre risas y saludos, conversaciones y vueltas al bar, los estudiantes se movían entre las estatuas del jardín en busca del lugar mágico donde podrían desaparecer. Entre ellos pululaban algunos profesores que aprovechaban para saludar a sus antiguos alumnos, incluida la nueva directora, Margareth Skevington, severamente alta y flaca vestida con un traje impecable, un Harris tweed más funcional que elegante. Lucía la evitó. No tenía ganas de hablar con su antigua profe de historia.

—Aquí estás, te estaba buscando —dijo Bjørn escapándose de una conversación con unos recién casados (ella, suiza; él, inglés)—. Pensé que estarías con Elena.
—Se refería a la antigua compañera de cuarto de Lucía, con quien también compartiría habitación durante la reunión.

—Andará por aquí, me dijo que llegaría para el cóctel —apuntó Lucía—, mira, ¡exactamente tal como dijo Suhaas!

—No te entiendo.

—Esa pareja. Con los que estabas hablando. ¿No eran novios cuando nos graduamos? —preguntó Lucía indicando a los dos que se habían ido a conversar con Margareth.

—Ah, entiendo —dijo Bjørn sonriendo—, como dijo Suhaas, la pareja eterna. ¿Por qué no vas y les preguntas si han tenido otros novios desde que se fueron de aquí?

—Muy gracioso —respondió Lucía—. Pero es curioso, ¿no? Estos dos años fueron muy importantes para cada uno de nosotros. Sin embargo, después de diez años, si no coincidimos en la universidad con alguno del internado, aparte de los superamigos, que al final no son tantos, ni siquiera para alguien como Jaime Guerrero, nos perdimos totalmente de vista… Ahora que hemos vuelto podríamos ser unas personas completamente distintas, sin nada que ver con las que fuimos.

—En fin, y si casi no ves a quienes considerabas buenos amigos … —dijo Bjørn señalando con la mano a Lucía.

—Yo te he invitado a Londres no sé cuántas veces, y siempre estás trabajando —contestó de inmediato.

—Ya, ya lo sé… —respondió él con una sonrisa—, y fue una pena que Elena cancelase su cumple el mes pasado. Hubiera ido seguro. Pero no sabes cómo nos afectan estas cosas en Suecia. Hemos estado en alerta naranja desde entonces.

Lucía tiritó con el recuerdo. El 7 de julio de 2005 había empezado como un día cualquiera. Ella estaba de pie en un autobús lleno de gente, el que la llevaba al trabajo en el centro de Londres. El móvil de la mujer que estaba a su lado sonó. Esta lo cogió y, aunque no oía lo que le decían, Lucía vio que estaba tensa y jadeaba. Se puso blanca y abrió la boca. Sin colgar el móvil, anunció, con una voz que más tarde Lucía recordaría como moderada y calmada: «Me dicen que están explotando bombas en los autobuses de la ciudad, me han informado ya de dos». En la siguiente parada, la gente se bajó en silencio del autobús. Lucía caminó los diez minutos que le quedaban para llegar al trabajo entre un tráfico que ya empezaba a dispersarse. Cuando entró en el edificio del canal de televisión, sintió ansiedad. Allí empezaron las semanas más difíciles de su corta carrera periodística. Comenzó a ver todo de otra manera, cuestionándose cada cosa. Elena Macamo, amiga de los dos desde el colegio, iba a celebrar su cumpleaños en Londres el día 15 de julio, pero lo canceló unos días después del atentado.

—¿Qué te pasa? —preguntó Bjørn al ver cómo su amiga fruncía el ceño y se mordía el labio inferior—. ¿No te gusta hablar del atentado?

—No. ¿A quién le va a gustar? —respondió un poco sorprendida de su tono áspero—. Mira, allí está Elena.

Y cogió a Bjørn por el brazo, prácticamente lo arrastró hacia el otro lado del jardín, hasta las estatuas de un unicornio y de un león que enseñaba unos dientes feroces.

—¡Elena! —exclamó Lucía abrazándola—. ¿Ya te instalaste en la habitación? ¿Cuándo llegaste? Te has perdido la cena. La comida ahora sigue fatal, ya verás…

Las amigas se abrazaron y se rieron, igual que cuando empezó su amistad en el internado.

—Has hecho bien en venir. —Elena estaba muy contenta—. Te lo dije. Y tú querías quedarte sola en tu piso en Londres y dejarme aquí todo el fin de semana.

—Lo mismo pienso yo —añadió Bjørn.

Elena y Lucía sí habían logrado verse más desde que dejaron el internado. Durante la carrera, Lucía había pasado veranos en el apartamento de Elena en Londres, pues esta última había estudiado en la UCL. Luego Elena se fue a Estados Unidos a estudiar un máster. Más tarde se instaló en Ámsterdam para ejercer como abogada de derechos humanos y rechazó la fortuna que su padre le ofrecía si volvía a Mozambique para tomar las riendas de la empresa familiar. Últimamente se veían más, sobre todo cuando Elena viajaba a Londres por cuestiones laborales y se quedaba en un hotel pijo en el centro de la ciudad.

—Lo vamos a pasar genial, ya verás. —Elena estaba muy animada—. Esto no nos lo podíamos perder. Aparte, tenemos que ver si Jaime Guerrero va a convertirse en presidente de Venezuela y si hay compañeros que se han casado demasiado jóvenes... —Lucía y Bjørn estaban a punto de interrumpirla cuando le frunció el ceño a Bjørn—. Si te soy sincera, esperaba, y creo que Lucía estará de acuerdo conmigo, que vinieras con el uniforme militar, pero, bueno, ¿te lo pondrás para la fiesta de gala?

Levantó las cejas y los tres rieron, Bjørn se puso rojo, por un momento pareció de nuevo el niño que conocieron doce años antes. En ese momento los tres se giraron al escuchar una voz que se dirigía a ellos.

—Pues ¿qué tenemos aquí? Esta reunión necesita un poco de representación latina de verdad. ¿Qué tal, *cabrones*?

Jaime Guerrero se metió, prácticamente a codazos, en medio del pequeño círculo, diciendo la palabra «cabrones» en español con acento mexicano exagerado. Lucía puso los ojos en blanco.

—Ah, nuestro famoso venezolano —dijo Bjørn—. ¿No solo eres el que llega a la reunión en helicóptero, sino también el que vende armas? Así todo el mundo se dará cuenta de quién ha caído en la máxima idiotez.

Jaime se rio, exagerado, echando la cabeza hacia atrás con la mano en el pecho.

—Eres... Bjørn, ¿verdad? —preguntó Jaime cerrando un poco los ojos como si le costara recordarlo.

—Pues qué interesante darse una cuenta de que hay gente que sigue igual de borde —contestó Elena subiendo una de sus cejas perfectamente depiladas.

—Jaime, eres un impresentable —le regañó Lucía en español.

—¿Jaime? ¿Lucía? Puedo hablar con vosotros... ¿a solas? —surgió una nueva voz a sus espaldas.

El grupito se dio la vuelta y se topó con Mikhael Dostalova, que parecía que llevaba ya un rato ahí parado sin que los demás se hubiesen dado cuenta. Mikhael había cambiado mucho. Cuando llegó al colegio ya tenía la altura de un hombre, pero con la cara redonda de un niño pequeño. Durante aquellos años había sido un niño estirado y algo torpe, inseguro de sí mismo y de los movimientos de su cuerpo, como si nunca hubiera sabido qué espacio ocupaba. Y con la piel terrible, roja e inflamada, un caso particularmente virulento de acné. Un *teenager* cualquiera. Se consideraba único. Como todos a su edad.

Ahora tenía una imagen de *nerd* profesional con pantalón de pana marrón y camisa estilo Oxford en tonos azul claro y marrón, a juego con los pantalones. Medía casi dos metros y en su piel solo se notaban unas pocas cicatrices donde antes tenía las manchas rojas que tanta turbación le causaron durante años. No era ni guapo ni feo. Neutro. Una de esas caras que uno olvida.

—Mikhael —dijo Lucía sin sonreír pero aliviada, porque pensaba que no lo encontraría en la reunión—. Te andaba buscando.

Los demás la miraron extrañados, y Mikhael enrojeció.

—Pensé que quizá no ibas a venir... —añadió Lucía encogiéndose de hombros.

—Claro, cómo no iba a venir —dijo Mikhael, ya integrado en el grupo—, aparte de que soy becario, acordaos de que gané el premio de Steadman-Rice el año que nos graduamos. Así que a mí me toca hablar en la cena de gala.

Lucía se dio cuenta de que Jaime ponía los ojos en blanco sutilmente mientras miraba en otra dirección para que Mikhael no lo percibiera.

—Genial, muy bien, fantástico —dijo Jaime impaciente—. No te puedo contar las ganas que tengo de escucharte...

—Pues ya que estamos compartiendo habitación quizá luego pueda ensayar mi charla contigo —dijo Mikhael—, como no hemos coincidido desde que llegué...

—Lo dudo —respondió Jaime—, tengo mucho que hacer este fin de semana...

—Compartís habitación, ¿vosotros? —preguntó Lucía sin poder esconder el asombro de la voz.

—Sí, ¿y qué? —preguntó Mikhael.

—Pues...

Sabía que sonaba mal, y no lo iba a decir en alto, pero sí le sorprendía que Jaime, el popular, compartiera habitación con alguien como Mikhael.

—Nos inscribimos tarde —dijo Jaime impaciente—. No nos dieron otra opción. Yo duermo en la cama que está al lado de la ventana, ¿vale? No me vayas a cambiar de lugar.

—Pues claro que no —dijo Mikhael—, solo me ha dado tiempo a dejar la maleta y bajar a cenar…

Jaime seguía mirando por encima del hombro de Mikhael, quería terminar ya con la conversación.

—Pues, hola, Mikhael, yo soy Bjørn, uno de la panda de suecos insoportables —explicó intentando cambiar de tema—, y también tengo muchísimas ganas de oírte hablar en la gala mañana —añadió con cierto sarcasmo.

Lucía y Elena se dieron cuenta y esta última trató de disimular la sonrisa.

—Sí, sé quién eres —respondió Mikhael—, nunca hablamos cuando éramos estudiantes.

—No creo… —dijo Bjørn—, no coincidimos en ninguna clase ni en las extraescolares.

—Ya, tú eras de los guapos populares, los que hacían deporte y salían a surfear. Yo un pobre *nerd* recién llegado de la República Checa con una beca completa, que no tenía ni la más mínima idea de lo que era una tabla de surf.

Todos se quedaron callados. La incomodidad revoloteó sobre el grupo. Mikhael esperaba una respuesta, pero nadie encontraba palabras. Él los miró a todos, expectante.

—Bueno, no te preocupes. —Sacudió el hombro a Bjørn sonriendo—. Los *nerds* siempre salen ganando. Ahora trabajo en una farmacéutica internacional y gano un pastón. No sé qué hacer con todo el dinero que tengo. Me saqué un máster y un doctorado en menos de una década en el MIT y Stanford y ahora he vendido mi alma a una multinacional. Y lo de surfear es una tontería al final. Aprendí en California.

Lucía no recordaba que fuese tan insufrible.

—Ah, muy bien —respondió Bjørn—. Pues... me parece genial. Yo ya no surfeo ni tengo un doctorado y gano una miseria en el ejército sueco. Se supone que esto conlleva algún tipo de honra o qué sé yo, todavía no lo he pillado...

—Ya, sueco, no te quejes —apuntó Jaime—, sigues siendo un guaperas, que al final es lo más importante. A ver, de qué va todo esto, Mikhael, porque estoy viendo a una chica guapísima al otro lado del jardín que no me puedo creer que estuviese en nuestro año y no recordarla...

—Bueno, en realidad, quería hablar con vosotros dos —dijo Mikhael señalando a Jaime y a Lucía—, a solas. —Y miró a Elena y a Bjørn para que se dieran por aludidos y se fueran.

Bjørn estaba a punto de decir algo y Elena se quedó boquiabierta con el tono de Mikhael, pero Lucía sacó la mano y la puso sobre el brazo de su mejor amiga.

—La verdad —dijo en voz baja—, yo también quiero hablar con él.

—¿En serio? —preguntó Elena totalmente confundida.

—Mikhael, te juro que no soy el que vende las armas, pero, si quieres, seguro que te las puedo encontrar —dijo Jaime para romper la tensión—. Por favor, búscame más tarde, o hablamos luego en casa, que tengo que saber quién es esa chica...

Y sin más palabras, Jaime se encaminó hacia el otro lado del jardín.

—Joder, Jaime sigue igual de insufrible —dijo Mikhael enfadado.

—Pues ¿podemos hablar tú y yo un momento? —preguntó Lucía—. Es importante.

—No tan importante como lo que yo os quería decir.

—Vale, vale, pero...

—¿Cómo se le ocurre a Jaime tratarme como si todavía tuviésemos dieciséis años? —dijo Mikhael enfadado mientras intentaba ver hacia dónde se había ido Jaime—. Especialmente ahora que vamos a compartir habitación durante todo el fin de semana. ¿Qué piensa hacer, ignorarme todo el rato?

—¿Quieres que os dejemos? —le preguntó Bjørn a Lucía con el ceño fruncido.

—No me merece la pena hablar solo contigo. Ahora no. Para esta conversación necesito a Jaime. Paso de estar todo el finde con este tema, yo también tengo cosas más importantes que hacer. Mañana debo dar mi charla.

Los tres se quedaron boquiabiertos con la arrogancia de Mikhael.

«Esto seguro que es nuevo».

—Pues vale, yo solo te quería decir…

—Cualquier cosa que me quieras decir en realidad me importa muy poco, ¿lo entiendes?

Las palabras le salieron como un latigazo. Lucía se echó hacia atrás, como si la hubiera pegado.

—Perdona, Mikhael, yo no quería que te enfadaras, solamente que…

—Joder, tío, pero ¿de qué vas? —interrumpió Bjørn.

—Nada. Dejadme en paz. Lucía, no quiero hablar ahora.

Mikhael estaba furioso por el rechazo de Jaime.

—Bueno, luego, si te calmas, ¿podemos hablar? —preguntó Lucía insistiendo.

Mikhael la vio decidida, pero dudó un momento antes de asentir, luego puso los ojos en blanco para dejarla ver que él no tenía muchas ganas de prestarle atención sin la presencia de Jaime.

—Vale, como quieras —dijo malhumorado.

—Ven con nosotros, Lucía, que esto me está dando muy mal rollo —dijo Elena, y cogió a su amiga por el brazo—. No te recordaba tan borde, Mikhael.

—Nunca hablaste conmigo.

—Vamos —dijo Bjørn—, este no vale la pena, Lucía.

—Sí, vete —contestó Mikhael.

—Por qué no quedamos mañana en el desayuno cuando ya estés más calmado. Será un momento, Mikhael. Es importante —insistió Lucía mientras Bjørn y Elena le tiraban de los brazos—. Hablo con Jaime. Le digo que se venga también. Lo puedo convencer para que se tome un café con nosotros y así conversamos los tres. ¿Vale?

—Vale. Te veo mañana en el desayuno. Pero temprano. Que tengo que repasar mi charla.

Y caminó hacia el otro lado del jardín.

—Ocho y media —le recordó Lucía en voz alta, hablando a su espalda.

—Vale —dijo él sin girarse, y alzó los brazos en un gesto de «lo que tú digas».

Lucía se quedó mirando a su espalda, sintiendo que Elena y Bjørn la observaban, confusos. Luego se lo explicaría.

—¿Vamos al bar? —preguntó intentando cambiar de tema—. Me muero por un vino blanco calentito con un toque vinagroso.

Mayo de 1994

Dos niñas, compañeras de cuarto, están en el jardín de las estatuas, tropezando entre las figuras de piedra, riéndose a carcajadas. Es de noche, la única luz viene de la luna llena y de un par de focos que alumbran el jardín desde el suelo y hacen sombras largas y extrañas.

—¡Lo encontré, Elena!, ¡ven a ver!

—¡Mentira!

—Pues mira, ven a ver. Estoy en el lugar exacto.

—Pero, Lucía, si te estoy viendo con mis dos ojos. Si fuera el lugar, ¿no hubieras desaparecido ya?

—Pues vaya mierda de hechizo.

—¿Lucía? ¿Lucía? ¿Dónde estás? ¡No te veo!

Elena camina hacia su amiga, moviendo las manos como si la buscara sin poder verla. Se estrella contra ella, y las dos se caen al suelo entre risas.

—A ver si hemos desaparecido las dos y no nos hemos dado cuenta.

—Porque las dos hemos entrado en una realidad alternativa, capturadas por el hechizo de las estatuas. Nadie nos verá jamás. Y aquí nos quedaremos, perdidas en el jardín de las estatuas…

—Para siempre.

Cuando paran de reír, Lucía y Elena se quedan en silencio, tiradas en el césped, boca arriba mirando el cielo negro salpicado de estrellas. Desde el fondo del jardín les llega el murmullo de lo que queda de la fiesta de medianoche. Bajo el techo de la cubierta oyen las voces y risas del resto del grupo, casi todos del segundo curso, un año mayor que ellas y a punto de graduarse. Ya terminaron los exámenes. Son las últimas semanas del curso, cuando los días se hacen más largos y todos se relajan, tanto estudiantes como profesores. Cuando las invitaron a esta pequeña reunión prohibida, ninguna de las dos supo decir que no.

—¿Volvemos? —propuso Lucía.

—Sí, va. Hace frío aquí fuera.

—Y la mirada de ese unicornio me da escalofríos.

—Es un unicornio, Lucía. No existen, ¿sabes? No te pasará nada.

—Hasta que desaparezcamos. Luego verás que el unicornio es un malvado. Seguro que el hechizo es por él...

Se unen de nuevo al grupo bajo el techo del patio. Alguien le pasa una botella de vino a Lucía. Elena tiene en la mano un termo de té. Lucía bebe directamente de la botella. Tinto. Podría ser vinagre. Hace muecas. Uno del segundo año, un chico mitad español mitad inglés, está contando un relato, que va más o menos ya por la mitad. El resto del grupo está a su lado, escuchando, cuando Lucía y Elena se unen a la reunión.

—Y te prometo que la mañana siguiente, era sábado, lo recuerdo perfectamente porque yo me iba a

surfear y entré temprano a desayunar ya con el neopreno puesto, vi que salía de la torre. Con cara como de muerto. Como si hubiera estado despierto toda la noche. Tiene que ser él quien las tiene.

—¿Y con quién estaba?

—No lo sé. No lo vi.

—¿De qué habláis? —pregunta Elena.

—De las llaves.

—Y de quién las tiene...

—Y sobre quién va a tenerlas el año que viene —dijo el chico español.

—¿Qué llaves? —pregunta Lucía.

—¿Llaves de qué? —Elena también siente curiosidad.

—¿No lo sabéis?

El chico mitad español se gira para mirarlas desde donde está acostado en el suelo, la cabeza apoyada en la mochila, sus manos entrelazadas en la nuca.

—El mito de las llaves. Es un clásico. Me lo contó también mi padre, que estuvo aquí en los cincuenta —añade una chica inglesa.

—Anda ya, eso sí que es mentira. En esa época te pillaban con unas llaves del castillo y te echaban seguro.

—¿Y ahora no? Mi hermana estudió aquí hace cinco años y me contó que se las pillaron a un chico y lo echaron ese mismo semestre, y eso que se decía que su padre trabajaba en el MI5.

Los otros integrantes del grupo no dejan de interrumpir el relato del chico español, dando sus versiones.

—¿*Qué llaves?* —*repiten Elena y Lucía, ahora más alto, riéndose juntas.*

—*El mito de las llaves...*

—*Se dice...*

—*Bueno, no se dice, se sabe.*

—*Es verdad...*

—*En todo caso, da igual...*

—*Hay unas llaves.*

—¿*De qué?* —*pregunta Lucía sin dejar hablar a los de segundo año, que se van quitando la voz unos a otros.*

—*Para acceder a todos los rincones prohibidos del castillo...*

—¿*En serio?* —*añade Elena.*

—*Incluida la torre de lady Jane Grey...*

—*Y con esas llaves...*

—*Se puede entrar a todas las habitaciones del castillo. Todas.*

—*Joder.*

—*O sea, también a la torre de la horca y a todos los lugares a los que se puede acceder desde allí.*

—*Pero* ¿*quién quiere subir al Departamento de Historia de noche?* —*pregunta Lucía pensando en todas las posibilidades.*

—*Dicen que hay una manera, con las llaves, por supuesto, de salir al techo de la torre de la horca desde uno de los áticos de estudio.*

—*Joder.*

—*¿Esa torre es más alta que la de lady Jane Grey?*

—*Creo que son iguales, pero de la de lady Jane no hay manera de salir...* —*apunta la chica inglesa con un aire de saberlo todo.*

—*No tiene un parapeto en lo más alto de la torre.*

—*Y la de la horca es más estrecha.*

—*Da más miedo.*

—*Eso sí me gustaría verlo* —*dice Lucía emocionada.*

—*Ni de coña. ¿Subir al parapeto de una torre que se construyó en el siglo XIV?*

—*¡XIII!*

—*Lo que sea.*

—*Y la tercera torre, ¿qué?*

—*¿Qué tercera torre?* —*pregunta Elena dejando a un lado su termo de té.*

—*No sabéis nada, chicas, y lleváis aquí casi un año, de verdad...*

El chico español se cambia de posición, sentándose contra el muro de piedra para servirse más vino tinto en una taza de té robada de la cantina.

—*Es la torre derruida del bosque.*

—*¿Donde hacéis la última fiesta?*

—Sí, esa.

—Pues me imagino que sí, pero allí no hay mucho que ver. Un cuartito...

—La fiesta la hacemos fuera, y en el tejado.

—Tiene unas vistas brutales.

—También dicen que están embrujadas —añade la chica inglesa mientras cambia la voz intentando imitar a una peli de terror, de las antiguas. Los demás se ríen.

—¿Qué?

—Las torres.

—¿Todas?

—Claro, ¿cómo vas a tener una torre medio derruida, otra que se llama la torre de la horca y una con el nombre de una reina a quien le cortaron la cabeza y que no estén embrujadas?

—Está claro que no puedes limitar todo a un fantasma que habite una de las torres cuando tenemos tres en perfectas condiciones de estar embrujadas.

—Anda ya. Eso no son más que tonterías para que los nuevos no suban a las torres de noche. Inventos de los profes.

—Bueno, a ver, ¿tú has subido a la torre de la horca de noche?

El español entonces toma las riendas de la conversación de nuevo, impaciente porque ha perdido la atención de todos.

—*Pues solo una vez, pero iba un poco borracho y tuve que poner toda mi concentración en no caerme por esas escaleras asesinas.*

—*Esa torre de noche da yuyu.*

—*¿Qué demonios es eso?*

—*Una palabra que decimos nosotros. Significa, bueno, que allí pasa algo porque se nota una energía extraña. Lo siento cada vez que subo, y durante el día también.*

—*¿No serás tú la bruja?*

—*¿No será que nunca haces los deberes para Margareth Skevington?*

Más risas.

—*Nos hemos distraído, sigue contando lo de las llaves secretas.*

Lucía se dirige hacia el español de nuevo.

—*Bueno, como os iba diciendo, antes de que me interrumpieran tan descaradamente...*

—*Todo esto es una leyenda, yo no me lo creo para nada...* —*interrumpe otro chico.*

—*¡Chisss! Calla, que estás cortando el rollo...* —*dice Elena.*

—*Pásame la botella de vino, anda.*

—*¡Callaos!*

—*¿Sigo?*

El español se les queda mirando mientras espera.

—*Sí, sí, sigue* —*le pide Lucía atenta a cada palabra.*

—*Entonces, la leyenda, o el mito urbano, o como lo quieras llamar...*

—*Es que hay un juego de llaves...* —*interrumpe de nuevo la chica inglesa.*

—*Que las tiene un estudiante, uno de segundo año que, antes de graduarse...*

—*Se las pasa a uno de primer año a punto de pasar a segundo.*

—*El trato es que si tú tienes las llaves nunca se lo puedes decir a nadie...*

—*Ni tampoco a quien se las vas a pasar después de tenerlas durante un año.*

El chico español y la inglesa sonríen al ver cómo coordinan el relato.

—*La verdad es que es mucha responsabilidad. Si descubren que las tienes, te echan del colegio, y, si tú se las pasas a alguien que luego la caga, no solo le echan por tu culpa, sino que se acaba una tradición que lleva décadas* —*sigue contando otro inglés del grupo.*

—*Parte del encanto del colegio.*

—*Por eso yo creo que es un mito. Quizá hace veinte años alguien hizo copias metiendo llaves en una pastilla de jabón o como sea...*

—*No lo es* —*suelta una voz que hasta ahora no se ha escuchado; pertenece a un chico estadounidense, apartado del grupo en un rincón del jardín, quien hasta entonces no ha participado en la conversación*—, *no es un mito.*

Silencio.

—¿Cómo lo sabes? —pregunta por fin Lucía.

Otro silencio.

—Porque las tuve yo —dice—. Y se las acabo de entregar al gran capullo de Jaime Guerrero.

—Pero ¿qué dices?

—¿Cómo?

—¿Jaime Guerrero?

—¿Por qué nos lo estás contando?

Todos empiezan a hacerle preguntas a la vez. El estadounidense no se mueve de su lugar. Mantiene la mirada hacia el jardín.

—Porque el cabrón de Jaime descubrió que las tenía. Y me chantajeó para que se las diera. Así que, si lo descubren, a mí me da exactamente igual que lo echen. Y que se acabe la puñetera tradición de una vez.

—Jaime Guerrero.

—Jaime puñetero Guerrero.

—¿Por qué los populares siempre tienen estos golpes de suerte?

—Injusto.

—Capullo.

—Da igual —dice el estadounidense, bebiéndose el resto de vino de su taza de té—, como la manzana para Blancanieves… A ver si le sale envenenada.

2

Lucía despertó temprano, algo ayudó la incómoda cama en la que dormía y la débil luz que penetraba a través de las cortinas del dormitorio. Se dio la vuelta, estirándose, para comprobar si su compañera de habitación estaba despierta. Elena seguía durmiendo, con sus trenzas largas envueltas en un pañuelo rosa y tapada hasta el cuello. Lucía sonrió. Tantos años desde que se fueron del colegio y Elena dormía igual. La noche anterior comprobó que su amiga continuaba siendo fiel a los pijamas de verdad, un conjunto completo con un estampado mono y botones, mientras que ella dormía en camiseta y bragas.

—Gamberra —le había dicho Elena, sonriendo, al ver cómo se cepillaba los dientes con una camiseta vieja y desteñida, mientras que ella se abotonaba el pijama de algodón pulido.

—Y tú pija —respondió Lucía devolviéndole la sonrisa mientras escupía pasta de dientes en uno de los lavabos del baño común de la casa compartida donde estaban alojadas.

—Pija *africana* —respondió Elena—. No lo olvides. Otro nivel.

Y la señaló con el cepillo de dientes.

—¿Como cuando llegaste a Estados Unidos para tu máster y te preguntaban si en casa ibas al cole en canoa?

—Exactamente —respondió sacando su limpiador facial de marca francesa de su neceser de cuero—. Y yo siempre les explicaba que sí, pero que a mí me llevaban en una canoa con chófer. En uniforme.

Las dos se rieron a carcajadas. Lucía se recogió el pelo para lavarse la cara con el limpiador de Elena. Las lecciones de su amiga siempre le habían abierto los ojos tanto a los dieciséis como ahora, cuando la veía moviéndose por un mundo singularmente blanco y eurocéntrico con toda la arrogancia y el humor que le otorgaba el privilegio de su educación internacional y su niñez entre Maputo y Ciudad del Cabo con chóferes, cocineros y peluqueras que estaban en su casa.

Después de terminar el cóctel la noche anterior, las dos volvieron a la casa donde tenían asignada su habitación por una ruta larga e indirecta, que incluía bajar hasta los muros que protegían el colegio del mar.

Apoyaron los codos en el parapeto, miraron hacia el mar oscuro y escucharon el susurro de las olas lejanas de la marea baja. Elena le preguntó a Lucía por qué había tardado tanto en rellenar la planilla para acudir a la reunión, por qué lo había dejado todo para el último minuto, pero Lucía solo sacudió la cabeza y se encogió de hombros.

—No lo sé, Elena, no lo sé —dijo—, en las últimas semanas la cabeza me daba vueltas todo el rato y sinceramente no había tanta gente que me apeteciese ver otra vez... Si no hubiera sido porque insististe...

—No insistí, lo pagué y puse tu nombre en la lista —interrumpió Elena.

Lucía sonrió.

—Bueno, vale, fue eso. Gracias. Me di cuenta de que si no venía no te vería, no te podría dar un cheque para pagarte el fin de semana y tampoco me encontraría con Bjørn...

—Pues, cambiando de tema, a Bjørn lo veo bastante guapo. Siempre pensé que entre vosotros dos podría haber algo interesante, ¿cómo lo ves?

—¡Elena! Me estás interrogando como una abogada. Cómo eres...

Lucía no quiso contestar más.

—Respuesta, por favor —repitió Elena mientras le daba con el dedo en el hombro, insistiendo en que se expresase más claramente.

—Nada, Elena, no lo estoy viendo con otros ojos. Además, no vine aquí para ningún romance.

—Qué aburrida eres, de verdad. Cuando empecé a planear mi cumpleaños, ya lo vi con ganas de verte de nuevo. Hicimos bien en cancelarlo con todo lo que pasó en Londres con el atentado…, pero cuando no confirmabas que ibas a venir este fin de semana, él me escribió un e-mail preguntándome qué te pasaba. Y, la verdad, no lo sé… ¿Quieres hablar de ello?

Lucía ignoró la pregunta y cambió de tema. Le preguntó por un chico con quien había empezado a salir en Ámsterdam. Elena dejó que la conversación tomara otro rumbo. Pero más tarde, cuando Elena intentó sacar de nuevo el tema de Mikhael y la discusión en el jardín de las estatuas, Lucía se dio por vencida.

—Te lo cuento luego, te lo prometo —dijo—, pero vamos a dormir. Si nos quedamos despiertas hasta muy tarde hoy, no llegaremos a la fiesta mañana.

—Vale, vale —asintió Elena—. Pero te lo voy a sacar, ¿vale? Algo te ha pasado recientemente y no eres la misma desde la última vez que estuvimos juntas en Londres.

Del brazo, las dos mujeres subieron lentamente por el campus del colegio, hablando sin parar sobre temas más fáciles, como los compañeros de clase, el fin de semana, los profesores que habían visto, las actividades que había montado el colegio para los exalumnos. Pero Lucía no dejó de pensar en lo que le había dicho su amiga. No sabía que su estado de ánimo fuese tan evidente. Las dos se hablaban casi todas las semanas, aunque vivieran en distintas ciudades y se moviesen en mundos completamente diferentes. Ellas tampoco eran iguales, más bien todo lo contrario, pero esos dos años compartiendo habitación en la Academia crearon un vínculo especial, y aunque el tiempo pasaba sabían que siempre podrían contar la una con la otra. Esos dos años en el colegio las marcaron y cambiaron sus caracteres, fueron una experiencia compartida que aún seguía marcándolas y que las unió para siempre, aunque en la vida ambas tomaran direcciones distintas.

Últimamente no habían dejado de comunicarse, primero los días previos al cumpleaños de Elena para organizar el encuentro en Londres, que al final suspendieron por el atentado. Durante esos días también habían dado vueltas a la reunión del internado. Pero después del atentado todo cambió. Lucía se sintió agobiada por el trabajo, por el estado de ánimo. Empezó a evitar a su amiga, y ni siquiera quería reconocer que no había mandado la confirmación de asistencia al fin de semana en el colegio. Así que no devolvía las llamadas ni respondía los e-mails. Al final, Elena le envió uno, y le adjuntaba el que ella había mandado al colegio en nombre de Lucía, pagando por completo la estancia y obligándola así a ir.

Agradeció que su amiga hubiese tomado la decisión por ella. Esto le permitió dejar de darle vueltas y tampoco tuvo que inventar excusas malas, pero aun así no pudo ilusionarse al pensar en el fin de semana. Fueron semanas difíciles, horas en la oficina, incontables cafés en el bar del canal de televisión y más horas y horas hablando por teléfono con los reporteros en la calle, los ayudantes de producción y los jefes de redacción.

A pesar del aire sombrío que había envuelto la ciudad, también surgió su carácter resuelto. La gente volvió a montarse en el transporte público inmediatamente, con firmeza, demostrando que el miedo y la incertidumbre no podían con la energía de la ciudad. La madre de Lucía la llamaba todos los días, preocupada, pues sentía que su hija estaba más lejos que nunca, y le pidió, rogó y suplicó entre lágrimas que volviese. Su madre respetaba la independencia de sus hijas, pero, ante las noticias que llegaban de Londres, no podía evitar estar pendiente. Lucía lo entendía, y en principio atendió las llamadas, pero le insistió a su madre que, igual que ocurrió con una de sus hermanas el año anterior en Madrid, esto también lo iban a pasar y superar. Lucía trató de explicarle que no podía dejar de trabajar en un momento como ese. Poco a poco, según transcurrieron los días, dejó de contestar a las llamadas de su madre, no escuchaba tampoco los mensajes de voz y tan solo hacía promesas de devolver las llamadas, aunque después nunca cogía el móvil para hacerlo.

A la mañana siguiente, para no despertar a Elena, Lucía salió de la habitación de puntillas con la toalla y el neceser, y cerró la puerta lo más suave posible. Entró al lavabo compartido y se encontró a solas.

Nada parecía haber cambiado desde que se graduó hacía una década. Suelo de baldosas institucionales agrietadas, con estanterías con cajones abiertos, ahora vacías, por ser el periodo de vacaciones. Una fila de lavabos a un lado y al otro una pared para separar de la sala las pequeñas duchas, con una plataforma en forma de cuadrado. Lo de las duchas abiertas y compartidas fue a lo que más le costó acostumbrarse cuando llegó al colegio. Al fondo, un pasillo con una fila de pequeños cubículos para los aseos con el famoso papel higiénico.

Ay, ese papel higiénico de cuadraditos miserables, con un aspecto casi brillante y tan finos que parecían transparentes. A los británicos les asombraba el rechazo que ese papel causaba a los extranjeros de cualquier parte del mundo y, la verdad, era un primer paso para que se vieran con los ojos de alguien de fuera. En un país donde todavía se inculcaba una cierta superioridad cultural de manera tan sutil que ni se daban cuenta, el hecho de que esto pudiese causar tanta repulsión los dejaba perplejos. Lucía recordó su horror cuando se tropezó con este papel por primera vez. Horror doble al enterarse de que para los ingleses no era nada fuera de lo común. Ella se quedó tan asombrada que robó unos rollos del famoso papel para llevárselos a sus padres durante las primeras vacaciones que tuvo, y se rio a carcajadas con sus hermanas cuando le enseñó a su madre, como símbolo de adónde la habían enviado (un internado pijo en Inglaterra), esos rollos de papel higiénico del siglo pasado. Unos meses después le llegó por correo desde Bruselas un paquete pequeño de papel higiénico de tres capas, el más lujoso del mercado. Dentro, una postal con la firma de su madre. Tenían el mismo sentido del humor.

Duchada, vestida y arreglada de manera eficiente y rápida, Lucía dejó sus cosas en la estantería de las duchas para no despertar a Elena. Salió de la casa, sola, rumbo al castillo, sin cruzarse con nadie. Se había puesto la ropa más práctica que se había traído. Las deportivas, unos vaqueros desteñidos de Diesel menos ajustados que los elásticos acampanados que había llevado el día anterior y una sudadera que se había comprado en la tienda del colegio antes del cóctel de bienvenida. La diferencia más destacada entre su armario de ahora comparado con el de cuando estaba en el colegio eran los vaqueros. Durante el bachillerato, el momento en el que se les permitía quitarse el uniforme después de clase, siempre se ponía unos Levi's 501, rectos y largos. Ahora eran apretados, elásticos, de tiro bajo y campana. Una de las ayudantes de producción que iba más a la moda en el telediario apareció en la oficina hacía unas semanas con unos pantalones apretados de pitillo por encima del tobillo. Explicó que eran unos *skinnies* y que así iba como la modelo Kate Moss. Lucía dudaba de si llevaría esa moda. Con esos vaqueros iba a parecer más bajita de lo que era.

Al salir de la casa de estudiantes la saludó un sol pálido y débil. Nubes altas y translúcidas. Lucía sonrió. Por lo menos no llovía a cántaros. El clima galés fue otra de las cosas a las que le costó acostumbrarse. Pensó que nunca viviría en Reino Unido por esto. Que cada célula de su cuerpo lloraba por sentir el sol y el calor por lo menos una vez al mes.

«Y aquí sigo —pensó—, todavía añorando el sol y quejándome de cómo puede sobrevivir esta gente con este nivel de gris».

En el programa del primer día del fin de semana de la reunión, la mañana estaba dedicada a las charlas, como microconferencias, para los antiguos alumnos, y luego había una variada oferta de actividades dentro y en los alrededores del internado. Durante los dos años en el centro las actividades al aire libre ocupaban mucho tiempo, ya que formaban parte de ese programa de entrenamiento del carácter que tanto les gustaba a los británicos. Y aunque algunos estudiantes odiaban el senderismo por el campo galés, dormir en tiendas, cocinar con fuego, aprender a montar en kayak, a surfear o a escalar, ella, que había sido siempre una niña urbana y lo seguía siendo, reconocía que quizá había algo que merecía la pena en esta idea tan inglesa de sufrir para pasarlo bien o pasarlo bien sufriendo. Nunca estaba muy segura de qué iba primero.

Y aunque aprendió a ser más aventurera en el colegio, en su vida de joven reportera en Londres había pocas oportunidades para seguir con estos retos. Durante la semana estaba casi siempre atada a su escritorio dentro de la oficina de producción del programa donde trabajaba, mandando e-mails, hablando por teléfono, organizando, editando, o bien en reuniones eternas para organizar los contenidos del programa. Pero ella no salía, ni en el programa ni de la oficina. Unos meses antes, cuando la última tanda de reporteros principiantes, de su misma promoción, volvieron de su entrenamiento para desenvolverse en un entorno hostil, pasando tres días en el campo para prepararse y encarar situaciones como qué hacer si estallaba una bomba o te secuestraban, Lucía casi se echó a llorar de la envidia. Durante tres semanas sufrió un estado de ansiedad mientras se preguntaba por qué a ella no le habían pedido participar en ese entrenamiento. No sabía cómo decirles a sus jefes que ella también quería hacer eso: aventura, riesgo y estar en primera línea, donde ocurrían las noticias. Estos pensamientos le quitaron la sonrisa que había logrado sacarle el sol galés.

Bajó por el camino ancho que traspasaba el campus del colegio, apodado la M4 en referencia a la autopista que conectaba Gales con Londres, pero que en el internado iba desde la entrada del campus hasta el castillo, el núcleo de todo.

El campus del colegio estaba bastante aislado, solo conectado con una aldea galesa a unos diez kilómetros por una carretera estrecha de un solo carril. A cinco kilómetros había un pequeño pub en un cruce de dos carreteras, una que seguía hasta el pueblo y otra que terminaba en un camino de tierra hacia la costa, frecuentado más que nada por senderistas y los pocos habitantes que vivían en las granjas de alrededor, aparte de la comunidad del colegio. La carretera que conducía al pueblo pasaba cerca de la costa, prácticamente por la playa, y a veces en invierno el camino se inundaba, dejando el colegio aislado durante unos días. A los estudiantes les chiflaba la idea de estar separados del resto del mundo, aunque a los profesores y a los demás trabajadores del internado no les hacía ninguna gracia. La M4 llevaba hasta el castillo, pero hacia el sur conectaba con el salón de actos, los campos de deporte, los bloques de aulas y con los famosos jardines que conducían al mar.

Al llegar al muro que rodeaba el castillo, Lucía se quedó mirando el mar. Parecía una manta brillante, plateada con chispas…, reflejos del sol. Estaba a media marea, no podía saber si subía o bajaba, pero se veían las rocas, algas y arena que la marea alta cubriría más tarde. Aquí los ritmos de la naturaleza estaban a plena vista. Esto había sido otro descubrimiento para ella, que solo conocía el mar tranquilo de las playas cerca de la Empordà, donde pasaba los veranos con la familia de su padre. Pero en ese paraje galés aprendió que cuando la luna estaba llena tanto las mareas altas como las bajas eran más extremas. En Londres, Lucía podía pasar semanas sin ver la luna.

Todavía era temprano para desayunar, eran las ocho y veinte. Solo se había cruzado con un par de estudiantes más. Había quedado con Mikhael a las ocho y media. Tenía tiempo. Hizo una inspiración profunda, cerrando los ojos contra el sol tibio.

«Hablo con Mikhael, salgo de esto y voy a explorar el castillo».

Por la noche intentó hablar con Jaime para pedirle que fuese al desayuno temprano con ella y hablar con Mikhael. Lo interrumpió mientras hablaba con un grupo de estudiantes, entre quienes estaba la chica guapísima que tanto lo había distraído. Lucía no la reconocía, pero cuando intentó hablar con Jaime, este le respondió que «sí», pero sin mirarla a los ojos. De manera que estaba casi segura de que no acudiría a la cita. De todas formas, tal vez ellos ya habían hablado, pues compartían habitación en la misma casa. Además, era Mikhael el que quería hablar con Jaime. Para ella sería suficiente poder hablar con Mikhael a solas.

«Que lo busque él si tanto lo necesita. Mientras tanto, yo me puedo quitar de encima este compromiso y seguir con mi fin de semana».

Antes de la primera charla a las nueve y media, tendría tiempo de dar un paseo sola por la biblioteca, por los áticos de estudio y por el Departamento de Historia. Cada uno de los lugares del castillo donde todo ocurrió… Lucía cruzó un portón que iba hacia la cocina del castillo, donde había otra salida del campus hasta la carretera que llegaba al pueblo. Recordó las primeras salidas nocturnas por el castillo con otros estudiantes españoles y cómo le enseñaron sus trucos. Por ejemplo, a localizar la única puerta del castillo que estaba abierta de noche, la entrada de emergencia que daba a la cocina. Una vez dentro, tenías acceso a los pasillos, los áticos y el comedor, pero todas las aulas, las oficinas y las habitaciones de las torres estaban estrictamente bajo llave.

«Cerradas con llave, prohibidas y fuera de alcance, hasta que dejaron de estarlo…».

Cruzó la entrada a la enfermería, recordando la única vez que durmió allí, cuando tuvo varicela y Elena no sabía si la había pasado o no, así que permaneció en cuarentena hasta que los padres de su compañera regresaron de unas vacaciones por algún lugar exótico y confirmaron que su hija la había pasado. Este detalle le pareció casi más interesante que su propia enfermedad: no recordar si te había dado la varicela y que tus padres no estuvieran para preguntárselo. Para los padres de Lucía una noche en Madrid para visitar a su hermana mayor ya era como unas vacaciones de lujo.

Estaba en el patio interior del castillo. A un lado, las clases de Economía y una puerta que daba al comedor y, al otro, la sala de profesores y las oficinas de dirección. En las plantas de arriba había más clases, la biblioteca que ocupaba todo un lado del castillo y, en las esquinas, las dos torres que vigilaban cuanto pasaba bajo ellas.

Este era el corazón del colegio, el centro del castillo. Lucía respiró hondo. Quizá volver no había sido tan malo como había pensado. Se acordó de la primera vez que cruzó este patio interior, la falda de su nuevo uniforme haciendo el ruido característico de la ropa nueva, el jersey azul que le causaba picor en la nuca y los nervios a flor de piel.

Después de graduarse, Lucía volvió a España a estudiar una carrera y escogió Madrid como ciudad, en vez de Barcelona, así de paso estaba cerca de una de sus hermanas mayores. Pero cada verano regresaba a Inglaterra. Allí trabajaba, seguía practicando el inglés y, poco a poco, trataba de ir metiéndose en los medios de comunicación británicos. Tenía un sueño: ser reportera de televisión. Desde que una periodista de la BBC fue a dar una charla en el colegio y les enseñó diapositivas de sus reportajes en China, Bosnia e Irak, esta profesión se convirtió en su meta. Desde su escritorio en el centro de Londres, todavía parecía fuera de su alcance. Pero durante aquellos veranos insistió en trabajar en Londres, servía cafés los días que no ejercía como pasante en distintas oficinas de los canales de televisión donde traducía entrevistas eternas. También servía más cafés tanto a periodistas como a productores en redacciones de periódicos o productoras de reportajes, como trampolín para encontrar ese primer trabajo de verdad. Si no hubiera sido por los padres de Elena, que le compraron a su hija un piso en el centro de Londres para que pudiese vivir allí durante sus estudios, esos veranos hubiesen sido imposibles. Elena, generosa y relajada con todo lo que le daban sus padres, compartió su espacio cada verano con su amiga española.

Lucía fue de las primeras en llegar a desayunar. Seguían sirviendo los mismos boles de avena, pegajosos y grumosos, de sus años como estudiante. Lucía se negó. Una vez que completó su bandeja con fruta, zumo y un té, al ver que Mikhael todavía no había llegado, se sentó con unos antiguos alumnos que ya estaban disfrutando del festín. No ocupaban ni la mitad de una de las largas mesas de madera del comedor. No los conocía mucho, pero daba igual.

Allí habló con la chica que tanto había llamado la atención de Jaime la noche anterior, y Lucía la reconoció de golpe. Casi se atragantó con el pedazo de fruta que se había metido en la boca. No se lo podía creer. Era Paula, una chica colombiana, pero totalmente cambiada. La verdad es que no habían sido muy amigas, pero se sorprendió porque no la había reconocido hasta ese momento. Parecía otra. Al abrir la boca, identificó su inglés perfecto con acento estadounidense y luego, cuando la saludó, el acento musical y formal de su ciudad natal. Lucía logró tragar la fruta e intentó disimular su asombro, arrepentida de no haberla reconocido antes y saludado la noche anterior cuando estaba charlando con Jaime. Paula sonrió, como si estuviera acostumbrada a la reacción que causaba a su alrededor. La niña con la mitad de la cara escondida detrás de unas gafas enormes de culo de botella se había transformado en una mujer que parecía recién salida de una revista de moda. Las gafas habían desaparecido y su melena de pelo negro, que antes hacía un buen papel como una cortina que la escondía del mundo, ahora estaba perfectamente peinada y recogida con una horquilla a un lado, logrando que fuese como un adorno casual, pero muy elegante a la vez. Paula siguió hablando con la chica que tenía a su lado, una alemana que Lucía recordaba como una de las que había llevado una estética punk, constantemente cambiando el color del pelo entre tonos de rosa, púrpura y azul. Ahora tenía mechas rubias y oscuras igual que muchas chicas y la ropa que se había puesto era conservadora en tonos neutros.

«Cómo hemos cambiado».

Las voces que surgían de las distintas mesas se unían en un zumbido alegre. Estaban en las mismas. Todos habían vuelto a su antiguo colegio para conectar, reconectar y conocerlo de nuevo como adultos. En la mesa de Lucía se charló sobre los trabajos nuevos, la universidad y de otros estudiantes de la Academia con quienes se habían cruzado a lo largo de estos años. Ni Mikhael ni Jaime llegaban puntuales a la cita.

Lucía se quedó esperando. Se sirvió un segundo té. Se fueron los primeros compañeros de mesa, incluidas Paula y la chica alemana, y llegaron otros. Las mismas conversaciones. Lucía apenas escuchaba y no quitaba los ojos de la entrada del comedor. Cada vez llegaba más gente, pero Mikhael no. Y Jaime tampoco, pero este le importaba menos. Al rato entraron Bjørn, solo, seguido por Suhaas y el inglés pelirrojo que la había saludado el día anterior. Bjørn fue directo a sentarse a su lado, y luego Suhaas se puso enfrente. El pelirrojo se sentó al lado de Suhaas.

—Tom Fanshaw —se presentó dejando caer su bandeja a su lado con un golpe—. No me recuerdas.

No era una pregunta. Lucía se enfrentaba por segunda vez a otro compañero que no recordaba.

«Será que tengo la memoria fatal o aquí todos han cambiado más que yo».

—No, sí, claro que sí —mintió ella buscando por su memoria algún recuerdo de este chico de pelo rojo oscuro con pecas y ojos fríos.

—No pasa nada —dijo—. Tengo una de esas caras…

Lucía no sabía qué responderle. En ese momento vio a Elena al otro lado del comedor y le hizo señas. Ella le indicó que ya tenía plan para desayunar, iba con dos amigas africanas y otra chica de Jamaica. Por señas le dijo que luego se verían.

Lucía asintió y atendió de nuevo en la mesa para escuchar un cuento de Suhaas de la noche anterior, de paso así evitó otra conversación incómoda con Tom.

El comedor estaba casi lleno. Cada vez había más ruido y el tono iba subiendo con la llegada de más personas, exactamente igual que cuando habían sido estudiantes. Lucía no apartaba la mirada de la entrada, pero nada.

—¿Qué te pasa? —preguntó Bjørn—. Te veo preocupada. No paras de mirar a la entrada.

—Nada, bueno…, Mikhael.

—¿Mikhael? ¿Otra vez? Vaya capullo.

—No ha venido.

—Ah, sí, claro, se me había olvidado. Tu reunión secreta…

—No tan secreta. Él también quería hablar conmigo —respondió Lucía—. O quizá solo le interesaba hablar con Jaime, ya no lo sé.

—A Jaime tampoco lo he visto —dijo.

—Ya —respondió Lucía—, no creo que haya llegado todavía.

Miró de reojo por todo el comedor. No estaban ninguno de los dos.

—Suhaas, ¿viste a Mikhael en el bar del salón de actos anoche? —preguntó Bjørn interrumpiendo su narración de la noche anterior.

—No, ¿por qué? Solo lo vi discutiendo contigo en el jardín, ¿Lucía? —preguntó Suhaas.

—Se enfadó, no sé por qué —contestó la aludida encogiéndose de hombros.

—Quizá encontró el lugar en el jardín donde ninguna de las estatuas te está mirando y… ¡pfff! —Suhaas hizo un gesto de mago con los dedos—. ¡Desapareció!

Lucía sonrió y puso lo ojos en blanco.

—Ya, seguro que eso es lo más probable…

—Si no se lo llevó uno de los fantasmas de las torres… —siguió bromeando Suhaas.

—No creo que los fantasmas bajen hasta el jardín de las estatuas —dijo Bjørn—, creo que para ellos está bastante lejos.

—¿Cada torre tiene sus fantasmas o las comparten? —añadió Lucía sin abandonar la broma.

—Yo creo que cada una de las tres torres tiene su propio fantasma —soltó Tom.

—¿Qué tipo de espíritu querría estar en esa torre en ruinas? El pobre lo rechazaría —dijo Suhaas riéndose.

—Me sorprendería si esa torre sigue en pie, con o sin su propio fantasma —dijo Lucía.

—Se habrá derrumbado del todo ya —añadió Tom.

—No, en serio, puede que participe esta mañana en una conferencia —dijo Bjørn volviendo al tema.

—Claro, como fue becario y ganó el premio… —añadió Suhaas.

—No creo que tenga que hablar por eso —dijo Tom.

—Bueno quizá es suficiente con que hable en la cena de gala como para que también dé otra charla ahora, ¿no? —dijo Suhaas.

—En la cena de gala hablará seguro, nos lo dijo anoche —afirmó Bjørn al mismo tiempo que el inglés negaba con la cabeza.

—Pero no siempre habla un becario en la cena de gala —aclaró Tom.

—¿Y tú cómo lo sabes con tanta certeza? —preguntó Bjørn.

—Mi padre también estudió aquí, me conozco las tradiciones —contestó Tom.

—Pues no me sorprendería que Mikhael vaya a hablar en los dos eventos —señaló Bjørn—. Con todo lo que le gustó hablar de su megatrabajo y su megacargo y su megadoctorado ayer. Este también da una charla hoy por la mañana encantado. Y no sé por qué, pero recuerdo que fue uno de los favoritos de Skevington, ¿puede ser? Me ha venido este recuerdo a la mente. Seguro que ella está encantada.

—Rivalidad, tío —le respondió Suhaas enseñando las palmas de las manos—. Paz y amor. Acuérdate de dónde estás. El colegio de la comprensión internacional. Seguro que los dos están como bellas durmientes en la casa Wright. Se pasarían de cervezas anoche.

Lucía frunció el ceño. Dedujo que quizá Mikhael ya habló con Jaime la noche anterior en la casa donde estaban alojado y que, por lo tanto, pasaba de hablar también con ella. Børn la miró preocupado.

—Pues lo único que os puedo decir con certeza —dijo Tom— es que yo sí hablo esta mañana. Así que os tengo que dejar. Voy a hablar de bioseguridad para el siglo XXI. La nueva frontera de la guerra y el terrorismo. Bueno, eso decimos nosotros los que hemos visto la acción. ¿Tú estás en el ejército sueco, no, Bjørn? —Y se levantó con la bandeja en las manos.

—Sí... —dijo Bjørn inseguro, pues no sabía en qué dirección iría Tom.

—Pues me imagino que no habrás visto acción de verdad. Yo sí. Irak, 2003.

Bjørn abrió la boca para decir algo cuando Tom lo interrumpió de nuevo.

—Bueno, ya lo escucharéis en mi charla. Os prometo que va a ser muy interesante.

Sin esperar respuesta, Tom se fue de la mesa.

—Vaya tipo —dijo Bjørn enarcando las cejas y negando con la cabeza.

Luego, cuando Suhaas se despidió, solo quedaron Bjørn y Lucía en la mesa.

—Raro, ¿no? —dijo Lucía—. Que no haya venido.

—¿Quién?

—Mikhael.

—¿Sigues con eso? Pues no me parece nada extraño —respondió—. No sé por qué insistes en verlo. Ayer me pareció repelente. Y lo recordaba tan..., bueno, tan callado, normal. Un *nerd* más. Como todos. A ver, olvídalo, ¿no? Especialmente cuando puedes acompañar a un amigo de verdad a la conferencia de hoy...

—Pues este Tom que ha visto acción en Irak en 2003 no me inspira mucho, la verdad.

Bjørn sonrió con la imitación de Lucía y con cómo acertó con la voz arrogante del inglés.

—Este le gana a Mikhael en el premio de ego insoportable. Solo nos hace falta que salga Jaime Guerrero
anunciando que nos explica su plan de cómo va a ser el
próximo presidente de Venezuela. Y luego de toda Lati-
noamérica. Pero Musa también va a hablar del impacto de
las nuevas tecnologías en África. Mucho más interesante.
Y luego salgo en kayak; el profe de mates, David Hendry,
ha puesto una lista en el tablero en la entrada. ¿Te apuntas?

—No —respondió—. Prefiero dar un paseo a ver
si encuentro a Mikhael.

—¿En serio? —preguntó Bjørn—. No me vayas a
decir que aquí hay un interés especial, porque entonces
voy a pensar que trabajar en la tele te ha hecho perder
todo tu criterio.

—No, tonto, nada de eso —respondió Lucía sonriendo—. Para nada. Sino que…, bueno, luego os lo
cuento, ¿vale? Te lo prometo. No es nada. Pero le tengo
que decir algo y no lo puedo soltar ahora. Voy a dar una
vuelta y luego salgo a lo de los kayaks, ¿sí? ¿Me apuntas
en la lista? Y nos vemos después de la primera charla.

—¿Lo prometes?

—Sí, sí, seguro. No tardo nada. Quiero salir de
esto…

Bjørn asintió, aunque la miraba confuso. Lucía
le apretó el brazo con una sonrisa breve y salió del
comedor antes de que él le hiciera más preguntas. En
la entrada se giró para despedirse de él otra vez, sintien-

do que quizá había sido muy brusca con su amigo. Bjørn tenía la mirada fija en la taza de café. Estaba triste y la sonrisa se le había borrado del rostro. Como si se sintiera observado, alzó la mirada y, cuando la vio, sonrió. Pero ella se dio cuenta de que seguía preocupado. Elena tenía razón. Estaba más guapo que antes, incluso con ese pelo tan corto.

Subió de nuevo por el camino de la M4 para dirigirse a la casa Wright, caminando más rápido porque quería comprobar si Suhaas tenía razón. Era la última casa antes de llegar a la entrada del campus, pegada a un pequeño bosque. Pasó por el salón de actos donde los antiguos estudiantes empezaban a agruparse para las charlas de la mañana. Elena la saludó de lejos, invitándola a que la acompañara, pero Lucía le hizo señas de que luego se verían. No se quiso acercar para no responder a más preguntas.

Cruzó entre los pequeños bloques donde estaban situadas las aulas de Ciencias, el departamento de Arte e Idiomas. En su camino se encontró con pequeños grupos que disfrutaban del sol, tomaban café y hablaban entre ellos, pero la mayoría se dirigía hacia la conferencia.

Llegó a la casa Wright sin encontrarse con Mikhael. Metió la cabeza en la sala común a ver si había alguien allí, pero todo estaba desierto. No se escuchaba ni un ruido. La estancia estaba vacía, silenciosa. Recorrió el pasillo por si oía una radio puesta, voces o el sonido de las duchas. Nada. Solo silencio. Tocó la puerta de los baños de los hombres y no obtuvo respuesta. Entonces abrió un poco una puerta y llamó a Mikhael en voz baja. Si se encontraba a alguien en ese momento, seguro que se quedaría algo extrañado de la situación.

Un estudiante que Lucía reconoció como el suizo con quien Bjørn había estado hablando la noche anterior salió de una habitación y caminó hacia ella, deprisa, mirando el reloj.

—Perdona, pero ¿sabes dónde está Mikhael? —preguntó Lucía.

—No, no lo he visto —respondió—. Sé que comparte habitación con Jaime Guerrero porque los vi anoche en la sala común. Nos quedamos un grupito. ¿Sabes si todavía hay desayuno o tengo que ir directo al salón de actos para las charlas?

—Sí, te perdiste el desayuno —le contestó Lucía—. Pero creo que en el salón de actos te darán café.

—Necesito cafeína. Me pasé de cervezas anoche. ¡Nos vemos!

Se apresuró para salir del pasillo, dejando que la puerta se cerrara de golpe. El sonido rompió el silencio de la casa. En el pasillo de la planta baja había ocho habitaciones. Arriba ocho más, las de las chicas. Aunque los estudiantes podían asistir a la reunión con sus parejas, normalmente solo venían si los dos habían estudiado allí, y también solían pasar el fin de semana viviendo como estudiantes de nuevo, compartiendo habitaciones con los antiguos amigos, es decir, hombres en una planta y mujeres en otra. Ocho habitaciones. Lucía empezó a tocar las distintas puertas. Las tres primeras, vacías. En la cuarta no obtuvo respuesta, así que metió la cabeza y se dio cuenta de que las cortinas seguían cerradas. Distinguió una forma en una cama. Cerró la puerta, intentando ser rápida y eficaz.

«Mierda. Parezco una loca total. Aquí buscando a alguien que ni siquiera me cae bien».

—Eh, ¿Lucía?, ¿eres tú? Te he visto. No estoy durmiendo. ¿Qué haces? Me echabas de menos ¿o qué?

Se trataba de la voz inconfundible de Jaime Guerrero. La última persona con quien Lucía deseaba tropezarse.

—Nada, perdona… —respondió mientras abría un poco la puerta para hablar a través de la pequeña grieta hacia la semioscuridad—. Busco a Mikhael. ¿Lo has visto esta mañana?

—No. Pero pasa, loca, que no pasa nada.

—No, gracias, prefiero quedarme aquí.

—Si no duermo desnudo.

—Los detalles me interesan poco, Guerrero.

—No es lo que yo recuerdo. Bueno, tú dirás.

—Gracioso como siempre —respondió—. Pero, en serio, ¿has visto a Mikhael hoy? ¿Sabes si bajó a desayunar?

—No. No lo he visto.

Sintió cómo la cama se movía y Jaime salía de ella. Pasos. Cortinas corriéndose. La ventana también. Un bostezo largo.

—Hermana, se ve que el checo tuvo una aventura.

—¿Qué me dices?

—No durmió aquí.

—¿Qué?

—Tal y como te estoy diciendo, carajo…

—¿Seguro que estás decente?

—Define «decente»…

Lucía respiró hondo, impaciente. Apoyó la cabeza contra la puerta.

—Ya, no te enfades, estoy decente, según la definición de una españolita de colegio de monjas como tú. Pasa…

Lucía abrió la puerta y metió la cabeza antes de entrar. Igual que todas las habitaciones del colegio, era como un lienzo vacío durante el verano cuando no había estudiantes que cubrieran las paredes con póster y fotos. Solo quedaban las huellas: marcas en las paredes y pintura levantada de decoraciones estudiantiles que apenas duraban los dos años del internado. Cada una de las cuatro esquinas de la habitación con su propia

cama, armario, cajones de la mesita de noche y un pequeño sillón individual. Un espejo largo entre las ventanas. Sencillo, utilitario. Nada de lujo. Los lujos se
quedaban en casa. Una característica más de ese famoso
entrenamiento del carácter británico.

En medio del cuarto, Jaime Guerrero esperaba de
pie, con su pelo de punta (normalmente muy cuidado),
los pantalones del pijama de cuadros y la camiseta algo
estrecha para dormir. El bostezo dramático parecía estudiado para lucir los abdominales que habían reemplazado la barriguita de niño mimado que recordaba Lucía
de sus años como estudiante. La miró con los ojos recién
despiertos. Estiró los brazos y bostezó de nuevo, como
si todo esto le pareciera sumamente aburrido.

—¿Sigues con lo de Mikhael después de anoche?
Honestamente, creo que ahora puedes apuntar un poco
más alto…

—Imbécil.

—Esto ha sido un intento de piropo, aunque no te
lo creas.

—¿Seguro que no lo escuchaste esta mañana?

—Seguro.

—¿Y tú sí dormiste aquí? ¿Toda la noche?

—Qué mal pensada eres.

—Era una pregunta.

—Sí, sí, toda la noche. Solo. Antes de que me preguntes.

—No te lo pensaba preguntar.

—La verdad, no estoy acostumbrado a dormir solo en una cama tan estrecha…

—Jaime…

—Te estoy haciendo rabiar, loca.

Lucía echó otra mirada alrededor de la habitación. Era obvio dónde había dormido Jaime. Junto a la cama deshecha había una maleta pequeña, abierta, con un par de zapatos al lado. Se podía ver también el armario con dos camisas colgadas. Un jersey tirado en el respaldo del sillón. Un neceser bastante grande y un portátil cerrado encima de los cajones. Una Blackberry, de las nuevas, enchufada a la pared. El resto de la habitación, vacía.

—¿Y sus cosas?

—¿Qué cosas?

—Las cosas de Mikhael, ¿dónde está su maleta?

—No te vas a poner a buscar entre sus cosas, Lucía, en eso sí voy a tener que…

Jaime siguió la mirada de Lucía. La habitación vacía. La otra cama, perfectamente hecha. La joven abrió los otros tres armarios de la habitación. Todos vacíos.

—¿No te parece extraño?

—Quizá encontró un sitio mejor para dormir…

—Pero ayer ¿no lo viste en algún momento con una chica?

—No. Me ignoró después de que me fui del jardín. No sabes…

—Pero ¿no lo viste cuando llegó a la habitación ni si trajo una maleta?

—Mira, Hermione Granger, vi una maleta dentro de la habitación ayer, claro. Pero después de nuestro pequeño, bueno…, ¿cómo lo diría?, «intercambio» de palabras en el jardín, no le hice mucho caso. Yo tenía cosas más importantes que hacer, ¿sabes?

—¿Y no coincidisteis aquí en la casa anoche en ningún momento?

—Mira, Agatha Christie, déjate de tonterías. No lo vi hasta mucho más tarde en la sala de la casa un instante y luego lo perdí de vista. Después de cómo me habló en el jardín tenía pocas ganas, la verdad. Muy borde. Yo me distraje del todo.

Lucía no entendía cómo Mikhael se había enfadado tanto la noche anterior y, luego…, nada. Ella quería hablar con él, y él… con ellos. Y ahora no lo encontraba por ninguna parte. Le extrañaba mucho la situación. Y a Jaime parecía que no le importaba lo más mínimo lo que estaba pasando; esto solo le confirmaba que él no había cambiado nada.

«Aquí no voy a conseguir nada». No se sintió cómoda metida en la habitación con Jaime, todo era un poco absurdo.

—Vale, te dejo —dijo Lucía con los ojos clavados en sus zapatillas—. Esto es un poco ridículo. Pero creo que deberías hablar con él. No sé qué te quería decir, pero sonaba importante. ¿Seguro que no te dijo nada anoche?

—No, Nancy Drew, yo andaba…, bueno, ocupado. Ocupado y bebiendo, quizá demasiado. ¿Has visto a Paula, la colombiana?

Lucía puso los ojos en blanco.

«Por supuesto que andabas distraído».

—Estoy perdiendo el tiempo aquí —soltó, incómoda, Lucía—, si lo ves, dile que lo estoy buscando, ¿vale?

Jaime asintió y se dio la vuelta para mirarse al espejo. Se frotó el pelo, largo, negro y liso.

«Qué cabrón, qué buen pelo tienes».

—¿No sabes si tiene un móvil?

—Claro que tiene un móvil, Lu, ni que estuviéramos todavía en los noventa. Todo el mundo tiene un celular. El carajo trabaja en una farmacéutica global. Tendrá una Blackberry. Te lo aseguro.

—Pero no te sabes el número, ¿verdad?

—No. Solo nos comunicamos por e-mail un par de veces cuando el colegio nos puso en contacto por lo de la habitación compartida.

Jaime cogió una toalla de su armario y su neceser, el doble del tamaño que el de Elena, pero de la misma casa de lujo francesa. Lanzó la toalla sobre sus hombros.

—Si no te importa, tengo una cita para reencontrarme con las duchas. Y allí voy a reflexionar sobre el dineral que pagaron mis padres para que pudiera tener esta experiencia educativa de sufrimiento anglosajona.

—Las duchas están igual de horribles, ahora será un ejercicio el reconocer cuánto han cambiado tus estándares.

—Luci, mis estándares siempre han estado por encima de la media. Y seguro que por encima de los de este lugar. Piensa que cuando yo estoy en Caracas hay una chica que me prepara la ducha y espera. Ella pone la mano bajo el chorro de agua hasta que está a la temperatura adecuada y me pega un grito para avisarme de que ya me puedo bañar.

—Duchar.

—Nosotros lo llamamos a todo «bañar». Porque no nos «bañamos» como tú piensas, nunca. Tendríamos que ver el color del agua que sale del chorro y nadie quiere eso.

—¿Ni los que tienen chicas en casa para ajustarles la temperatura del agua?

—Especialmente ellos.

—No has cambiado nada, Jaime.

—¿Por qué tendría que cambiar? Sé perfectamente bien quién soy y no pienso cambiar para nadie.

—¿Ni siquiera si tuvieras que cambiar para ser el próximo candidato de la república de Venezuela?

—Mucho menos, mi amor, nosotros inventamos las telenovelas y entendemos profundamente la importancia de la creación del carácter…

Lucía se cubrió la cara con la palma de las manos, haciendo un falso grito de terror.

—No puedo más contigo, Jaime. No entiendo cómo te soportan las tías.

—Si quieres, te puedo dar una pista…

—¡Ya! —gritó Lucía con un ataque de risa—, ¡me voy! ¡No puedo más!

Jaime abrió la puerta de la habitación y miró a ambos lados del pasillo, se dio la vuelta y se dirigió de nuevo a Lucía.

—No hay nadie en el pasillo. Vete ya, porque si nos ven saliendo a los dos de mi cuarto se me cae la reputación por el suelo…

—Por el amor de Dios.

Con un último gruñido de frustración, Lucía le dio un empujón a Jaime y salió disparada de la habitación. Había llegado casi al otro lado del pasillo cuando escuchó a Jaime de nuevo.

—¿Lucía?

Se giró. Jaime estaba parado en la puerta del lavabo con una mirada inquisitiva.

—No me has dicho todavía por qué lo buscas. No hay un interés romántico, gracias a Dios, y sabemos que nunca fuisteis amigos… ¿Por qué te importa tanto verlo ahora?

—Quiero pedirle perdón —respondió Lucía con un tono de voz agudo y con las manos en la cintura, esperando que Jaime la entendiera.

Jaime la miró sin expresión alguna.

—Tú, más que nadie, tienes que saber por qué le quiero pedir perdón —añadió.

Jaime sacudió la cabeza. La miró con unos ojos negros redondos, inocentes. Jaime era muchas cosas, pero no sabía mentir bien. No tenía ni idea.

Lucía lo miró sin entender cómo lo que sucedió aquella noche, y que para ella era una mancha muy oscura en la colección de recuerdos que tenía del internado, podía haber desaparecido de la mente del venezolano. Para ella todavía era una sombra que le había dejado un gusto amargo en lo más profundo de su ser.

—No puedo entenderte, Jaime —dijo Lucía—, y menos mal. Tú a «bañarte». Yo voy a seguir buscando a Mikhael. No entiendo por qué ha desaparecido.

Abril de 1995

—*¿Cómo sabes que esto va a funcionar?*

—*Porque lo sé. No me preguntes más.*

—*Entonces me vas a decir que tú, Lucía, la españolita perfecta, sabes cómo entrar a la biblioteca de noche cuando todo el castillo está cerrado... No me lo creo.*

—*Inténtalo tú solo, Jaime, y mañana te echarán del colegio.*

—No, no, vamos, a mí esta aventura me parece genial. Lo único es que no creo que sepas lo que haces.

—Pues no te lo creas, Guerrero. Vuelve a tu casa y mañana verás cómo te va a ir en el examen cuando ni siquiera has abierto el libro.

—Es que quienes estudiamos matemáticas y física avanzada no nos preocupamos tanto por materias como literatura.

—Entiendo que quieras resaltar tu supuesta superioridad intelectual, pero, si no te has leído el libro y no repasas los apuntes de la sinopsis que hay en la biblioteca, no apruebas el semestre. Mates avanzadas o no.

—Y estás segura de que, si me lo leo una vez, ¿con eso ya estoy bien para mañana?

—Bueno, espero que sí. Pero, como eres una especie de genio, no te va a costar mucho, ¿no?

—¿Y no me lo puedes explicar tú y así no tenemos que arriesgarnos con esta pequeña salida nocturna? A mí me tienen bajo vigilancia estricta después de una fiesta...

—A la cual no me invitaste, capullo.

—Pensé que estarías estudiando.

—Pues quizá sí, pero ahora estoy aquí y te voy a ayudar a meterte en la biblioteca y te voy a salvar el semestre con el examen de literatura española.

—¿Y seguro que sabes entrar? La biblioteca siempre la cierran de noche. Esas puertas son gigantescas, está en el segundo piso y todas las ventanas dan directamente a muros exteriores. No lo entiendo.

—Confía en mí.

—OK, OK, sí, vamos. ¿Y tú cómo sabes que a través de la cocina podemos entrar al castillo?

—¿Por qué tantas preguntas, Jaime? Eso lo sabe todo el mundo. La única puerta que se tiene que mantener abierta, veinticuatro horas, siete días a la semana. Por el seguro de la cocina, o algo por el estilo.

—Sí, por si hay un incendio. Da igual, todos lo saben, pero no todo el mundo viene y lo intenta.

—Pues yo sí.

—Me sorprendes, españolita.

—No es mi intención.

Empujan la doble puerta de la cocina, haciendo muecas por el ruido que hace. Cruzan la estancia en un silencio absoluto, sigilosos.

—Pero ¿por qué subimos al Departamento de Historia?

—Porque se entra por ahí.

—¿Seguro?

—Tienes que confiar en mí, ¿vale? Y, cuando subamos por las escaleras de la torre de la horca, te tienes que callar. Me han dicho que la Skevington trabaja hasta tarde en su despacho al lado de las aulas de Historia.

—Esa tipa no me cae bien. No me fío de ella.

—Chisss, calla.

Lucía siente tanto su respiración como el corazón dentro del pecho. Los dos se encuentran en el pasillo que conecta el comedor con el acceso a la torre de la horca. Escuchan y esperan. Jaime tiene los ojos bien abiertos y no deja de sonreír. Le está gustando vivir esa aventura, a Lucía también, independientemente de que tengan el examen a la mañana siguiente. Por otra parte, Lucía sabe que con sus apuntes sobre La casa de los espíritus *de Isabel Allende sería suficiente para que Jaime pudiese aprobar el examen. Lo único que no ha compartido con él ese detalle, porque Lucía tiene otra idea. Y, para llevarla a cabo, es necesario que pasen esta pequeña aventura.*

«Con tal de que todo salga bien y no terminemos mañana los dos en la oficina del director».

Hace una indicación para que Jaime la siga. Los dos cruzan el pasillo de puntillas, las deportivas no hacen ruido sobre las piedras pulidas. El castillo de noche, sin el zumbido constante del ir y venir de los estudiantes, los profesores y los empleados, se llena de vacíos oscuros y de sombras extrañas. Suben las estrechas escaleras espirales de la torre de la horca.

—Dicen que esto está embrujado.

—Como soy una niña delicada, seguro que me desmayo. Con tus talentos y sabiduría tendrás que batallar contra los fantasmas.

—Tú no me crees, pero sí que hay fantasmas.

—Seguro que sí, anda, deprisa, sube.

—*Chisss.*

Los dos se paran de golpe. Han llegado a la parte más alta de la torre, donde un pasillo estrecho, con el suelo de madera antigua, conecta el Departamento de Historia con los áticos de estudio. Lo único que les alumbra el camino es una luz opaca de una bombilla. Lucía siente que respira más rápido que antes, y nota también la respiración de Jaime.

—*Vamos a los áticos de estudio. Tenemos que cruzar la oficina de Skevington.*

La voz de Lucía es como un susurro. Sabe que si hay alguien allí puede oírlos. Es imposible evitar el crujido de la madera antigua.

—*No creo que haya nadie.*

Lucía asiente.

—*Aquí, Jaime, sígueme.*

Lucía entra al primer ático de estudio. Aquí las sombras disminuyen. Las luces que dan a las murallas exteriores del castillo dejan formas y sombras extrañas, pero es suficiente para poder ver. Es una habitación pequeña, con escritorios y estanterías, que van creando espacios de estudio para los del segundo año.

—*No entiendo, ¿por qué estamos aquí?*

Su voz es casi un suspiro. Lucía pone un dedo en sus labios y sonríe. Detrás de los escritorios, la pared está cubierta de estanterías con libros. En medio puede distinguirse un picaporte, que queda disimulado entre los libros. En realidad es una puerta, encajada en la estantería llena de libros. Con movimientos mínimos, para que no suene, Lucía la abre. Solo un crujido que los deja sin aliento y la puerta se abre. Se agachan para pasar por ella. Jaime respira al darse cuenta de dónde está.

—Hermana, ¿cómo coño descubriste esta vaina?

—¿Descubrí o encontré?

Lucía le ofrece una sonrisa grande. Jaime sacude la cabeza y lanza el puño contra el hombro de su compañera, feliz. Se encuentran en la terraza de madera suspendida encima de la biblioteca, pegada a la pared del sur. Abajo está la gran sala repleta de libros con sus mesas anchas para estudiar. A un lado, las ventanas que dan al patio interior del castillo, iluminando el espacio de sombras en gris y azul oscuro.

—Muy bueno, españolita. Pero... ¿ahora cómo bajamos a la biblioteca?

—El descubrimiento no termina aquí, my friend.

Lucía camina hacia la barandilla de madera, que le llega hasta la cintura.

«Ahora, a ver si realmente puedo entrar».

La muchacha descubrió la puerta unas semanas antes, vio el pequeño picaporte que nunca nadie le había comentado. Estaba estudiando un domingo por la tarde en el ático a solas cuando lo descubrió. De aquí en adelante va a ciegas.

«Pero esto no se lo tengo que contar a Jaime».

Sin decir nada, Lucía pasa una pierna por la barandilla y tuerce el pie para apoyarlo por fuera.

—Pero qué haces, loca.

—Si me caigo, será por tu culpa, ¿vale?

—Dime, por favor, que esto lo has hecho antes.

En vez de responder, Lucía sonríe, y, entonces, alza la otra pierna. Se agarra a la barandilla por fuera y se queda colgada en el aire por encima del suelo de piedra, con solo una estantería por debajo y delante de ella. Levanta la cabeza y sonríe otra vez nerviosa a Jaime. Se agacha, moviendo las manos hacia abajo para aferrarse mejor a la barandilla hasta que está totalmente apoyada en las barras de madera, abrazándolas con las piernas dobladas para no caerse. Baja una pierna, saca la punta del pie y busca el apoyo de la estantería de debajo.

—Carajo, no llegas.

—Que sí llego, ya verás.

Lucía estira la pierna para tocar la parte de arriba de la estantería. Toca, pero solo con los dedos en punta, su pierna en una postura tensa, suspendida en el aire entre la barandilla de madera, la estantería y el suelo de piedra. Un triángulo efímero. Las manos rojas del esfuerzo, los músculos de sus brazos estirados del todo.

—No te caigas.

—Calla.

Con la segunda pierna casi pierde el equilibrio. El pie que ya está de puntillas sobre la estantería se arrastra hasta casi perder el contacto. Lucía siente que su segunda pierna no llega, que va a perder el agarre, que va a terminar con los dos pies pateando al aire, aguantando solo con la poca fuerza que le queda en los brazos.

—Mierda.

Con una patada rápida logra encaramar la segunda pierna al lado de la primera. Con los pies en el centro de la estantería se puede apoyar. Muy despacio, para no derribar la estantería, estira los brazos para apoyar todo el pie. Aguanta el aliento hasta que está completamente erguida, encima de la estantería. Se pone las manos en la cintura y sube la mirada hacia Jaime con una sonrisa de triunfo y alivio.

—Lo logré.

—Carajo, loca, ¿y tú cómo sabías que esto se podía hacer?

—Hice un cálculo.

—O sea, ¿no lo has hecho antes?

—Hay una primera vez para todo, Jaime.

—Esto no me lo esperaba de ti.

—Primera vez que se entra a la biblioteca de esta manera en la historia del colegio, estoy casi segura.

—O sea que ¿tampoco sabes si alguien más lo ha hecho?

—No.

Jaime sacude la cabeza y peina su pelo negro con las manos. No se mueve de la barandilla.

—Bueno, mi príncipe guajiro, ven. Ahora te toca a ti, vamos.

—Ni de vaina.

—¿Qué dices?

—Yo no me lanzo por esta barandilla ni de vaina.

—¿Cómo? Si tú eres más alto que yo, para ti va a ser mil veces más fácil.

—Yo sufro de vértigo.

—Anda ya, mentiroso. Eres un cobarde. Ven, esto es la hostia. Puede que esta sea la primera vez que alguien logra meterse en la biblioteca de noche en toda la historia del cole. ¿No quieres crear una nueva leyenda?

—Ni loco. Me caigo.

—Cobarde.

—Lucía, en serio, búscame ya el libro y nos vamos.

—¿Qué? Mientras que tú me esperas aquí arriba como una puñetera... ¿niñita ridícula?

—Me sorprende tu uso de la terminología de género.

Lucía suspira, pone los ojos en blanco y cruza los brazos. Se miran el uno al otro, firmes. Jaime junta las palmas, en un gesto de rezo.

—Please?

Lucía baja los brazos de nuevo a la cintura.

—Con una condición.

—*Lo que sea.*

—*¿Lo que sea?*

—*Te lo prometo. Lo que tú quieras.*

Una pausa breve, tan solo de un segundo, Lucía sabe pronto qué decir.

—*Las llaves.*

—*¿Qué?*

—*Quiero que me prestes las llaves.*

—*¿Qué llaves?*

Su voz no convence a nadie.

—*Eres muchas cosas, Jaime Guerrero, pero no un buen actor. Tú sabes de qué llaves te estoy hablando. Ya las has tenido un buen tiempo. Solo nos quedan un par de meses más aquí. Me las vas a prestar.*

Jaime se desploma sobre la barandilla y apoya la frente en su antebrazo por un momento para que Lucía no le pueda ver la cara.

—*¿Quién te lo contó?*

—*No hace falta que te lo diga. Hace tiempo que lo sabía. Bueno, estaba casi segura de que las tenías, pero como no quería decirte nada ni meterme en rollos…*

—*El estadounidense ese tonto que se graduó el año pasado. Vaya capullo. Yo sabía que se lo contaría a alguien. A finales del año pasado varios de segundo año me dejaron caer que lo sabían. Pero me hice el tonto.*

—*Eso no es muy difícil.*

—*Muy graciosa.*

—*Bueno, por lo menos nadie se lo dijo a los profesores* —*señala Lucía.*

—*Nadie nunca haría eso. Se va todo el encanto. La leyenda se acaba. Nadie quiere ser culpable de eso.*

Se quedan en silencio un momento, Jaime considera sus opciones.

—*Y, si tú lo sabías desde hace tanto tiempo…, ¿por qué ahora?*

—*Antes no me atrevía.*

—*¿En serio?*

—*Claro que no. Te pillan con esas llaves y se acabó todo. Te echan; lo sabes, ¿verdad?*

—*Nadie me va a pillar.*

—*Bueno, yo te he pillado, al final.*

—*Tú no cuentas.*

—*Entonces ¿me las vas a dar o qué?*

Jaime se muerde el labio, pensando. Ya queda poco tiempo. Lucía sabe que él ya estará considerando a quién pasarle este regalo tan cotizado.

—*Nadie se va a enterar* —*dice Lucía*—. *No te preocupes. Tu secreto se queda conmigo. Pero me las vas a prestar.*

—*Bueno, te las tengo que enseñar primero. No quiero que te pillen por aquí. Podemos caer los dos, tres meses antes de la graduación.*

—*Vale, lo que sea. Pero quiero esas llaves.*

—*Pero ¿para qué? Si se supone que tú eres una niña buena…*

—*Eso es lo que tú piensas. Ahora, ¿tenemos un trato o no? ¿Bajo a por el libro o vuelvo? ¿Pasas el examen de mañana o no?*

—*El libro.*

—*¿Seguro?*

—*Lo prometo.*

—*Las llaves del castillo.*

—*Te las voy a dar.*

3

Lucía entró en el salón de actos justo antes de que se terminase la primera parte de las charlas. No era la única que había llegado tarde. Algunos de los antiguos alumnos estaban desperdigados por el bar, pero no se topó con ninguno de sus amigos. Estaba exhausta, pues había recorrido el campus para llegar a tiempo, aunque durante el camino visitó cada una de las casas de estudiantes. No pensaba compartir este detalle con sus compañeros, pues podía resultarles extraño. Lo hizo para asegurarse de que Mikhael no había dormido en otro lugar. No fue gritando su nombre en cada estancia. Estuvo a punto de hacerlo al entrar en la casa que quedaba justo al lado de Wright, pero solo tuvo que pensar en la cara que pondría Jaime Guerrero para contenerse. Si la pillaban corriendo por el internado preguntando por Mikhael, ese sería el rumor del que se estaría hablando durante el resto del fin de semana.

Disimuló, entrando en las salas comunes y echando un vistazo en cada pasillo. Cada vez que se encontraba a un compañero se inventaba que estaba buscando a alguno de sus amigos, a Elena o a Bjørn; aun así, recibió alguna mirada de extrañeza. A una chica inglesa, que Lucía estaba segura de que no había intercambiado ni cuatro palabras con ella en su vida, le preguntó directamente por Mikhael, pero la muchacha no sabía quién era. Lucía se limitó a sonreírla y salió deprisa. Una vez visitó la última casa, la más próxima al castillo, se encontraba ya a dos pasos del salón de actos, solo tenía que cruzar la M4. Lo hizo prácticamente corriendo.

«Estará dentro. Seguro. Y podré terminar esta farsa», decidió Lucía, que cada minuto que pasaba se sentía un poco más ridícula.

Se sentó sola en un sofá en una esquina del bar, intentando simular que leía el periódico relajadamente. A los pocos minutos escuchó aplausos desde el salón de actos y empezaron a salir varios estudiantes, charlando entre ellos, sonrientes, así como también algunos profesores. Acompañando a estos últimos Lucía se fijó en un hombre y una mujer que no había visto antes, vestidos mucho más formalmente que los profesores. Parecía que estaban inspeccionando el salón de actos, cada uno llevaba una libreta, como si hubiesen estado tomando apuntes. La gente empezó a dispersarse: unos iban directos al bar, donde podían servirse café o té; otros salieron del recinto, y algunos fueron ocupando los espacios que quedaban alrededor de Lucía. Ella observaba todo de manera sutil. Tom Fanshaw, el inglés pelirrojo, pasó a su lado.

—No te perdiste nada —informó a Lucía—, más ridiculeces liberales. —Puso los ojos en blanco—. Pero no te pierdas la próxima parte, ahí voy a hablar yo.

—Seguro que no me lo pierdo —dijo esperando que su tono de voz sonara auténtico porque no tenía ninguna intención de escucharlo—. Una cosa —añadió—, ¿quiénes son esos dos que andan con David Hendry?

—Del Departamento de Educación. —Tom se giró para verlos y añadió—: Una auditoría o algo así. Estuvieron ayer también. Me dijo Margareth que vienen de vez en cuando.

Lucía asintió, extrañada de que vinieran a inspeccionar el colegio durante un fin de semana de reunión de los antiguos alumnos. Le dijo a Tom que estaría presente en su charla y siguió caminando entre la gente.

—La próxima conferencia empezará en quince minutos —anunció David Hendry, el profe de mates, encargado de la logística de este evento.

En cualquier colegio normal una reunión escolar de antiguos alumnos sería una fiesta y nada más. Pero aquí no. Aquí los valores eran otros. Y esto lo tenían que subrayar. Era parte de su marca, su *branding* existencial. Aquí se formaba una nueva élite de profesionales internacionales, y estas oportunidades de crear nuevas conexiones, enlaces y contactos profesionales componían parte de la filosofía del centro. Este, al final, no era un colegio más, aquí esculpían mentes.

Asomó la cabeza en el salón de actos, pero ya estaba vacío. Lo recorrió con la mirada por si se le había escapado que hubiese otra salida. Ni rastro de Mikhael. El sol no había salido todavía por completo y, aunque había sillas y mesas fuera, el tiempo no invitaba a que uno se sentara. Corría una brisa fresca y Lucía se estremeció. Regresó al bar.

«¿Y ahora qué hago?».

Tenía dos opciones. Esperar y no decir nada hasta que alguien más se diera cuenta de que Mikhael no estaba —si es que en realidad no estaba—. O hablar con alguien del colegio. Intentar advertir al centro de que había un exalumno… ¿desaparecido? No encontraba otra palabra.

«Y, si hablo con el colegio, tiene que ser oficial. No con un profe cualquiera».

Pero tampoco quería hablar con la directora. No solo porque le diera un poco de miedo enfrentarse con ella después de tanto tiempo, sino porque sabía que al pronunciar las palabras «creo que Mikhael ha desaparecido» iba a sentirse ridícula.

—Tierra a Lucía.

Era Elena, haciendo muecas porque no había reaccionado a su saludo. La tenía enfrente.

—Perdón, perdón —reaccionó con una sonrisa y poniendo los ojos en blanco—, no sé qué me pasa.

—¿Dónde está tu cabeza? —preguntó su amiga curiosa—. Te he estado saludando desde el otro lado del bar y era como si no me vieras.

—Nada. No lo sé. Nada.

Elena levantó las cejas, se cruzó de brazos y la miró de reojo.

—Vale, OK, bueno, es que…

—¿Sí?

—Mikhael. Nos íbamos a ver en el desayuno y no vino, y ahora no lo encuentro por ninguna parte…

Al decir las palabras en voz alta y escuchar su propia voz, ni ella misma estaba convencida de lo que estaba diciendo.

—¿Qué? ¿Mikhael? Después de lo borde y extraño que estuvo anoche no me sorprende nada… ¿Y qué más da? Luego lo verás, mira, siéntate conmigo en la próxima charla, anda…

—No, es que me parece un poco… extraño. Voy a echar un vistazo por el castillo y los jardines a ver si lo encuentro.

—OK, como quieras, pero cualquiera diría que tienes un interés especial, lo cual espero que no sea verdad…

—Para nada.

—Menos mal.

—Si no, te lo hubiera dicho.

—Obvio.

—Y conoces mis gustos.

—Aparte de que no tiene ningún sentido perseguir al científico checo cuando hay un soldadito sueco mucho más guapo que está interesado en ti.

—Anda ya, Elena.

—¿No lo has notado?

—No te inventes telenovelas. Somos amigos. Siempre lo hemos sido.

—Vale, vale, como quieras, no voy a insistir.

—Muy bien.

—Ven, por favor —le pidió Elena cambiando de tema—, siéntate conmigo para lo que queda del acto.

—¿Y tragarme a ese pesado de Tom hablando de lo importante que es?

—Bueno, no es el único que va a hablar —dijo Elena riéndose—, puede que haya algún debate interesante…

—No, gracias, sé que a tu mente de abogada le chifla cualquier debate, pero yo voy a escaparme para ir al castillo —volvió a negarse Lucía.

Se acercó a su amiga y le dio un abrazo rápido, antes de que argumentase otro motivo para que se quedara.

—Te vengo a buscar después, ¿vale? Te lo prometo —dijo mientras se alejaba—. Nos tomamos un café malo, ¿sí?

Elena sacudió la cabeza, sonriendo. Lucía le tiró un beso y salió del salón de actos deprisa, antes de que su amiga lograse convencerla de que tenía razón.

Decidió caminar entre los bloques de aulas, donde se encontraban los laboratorios de Ciencias y los Departamentos de Lenguaje, y luego pasar por el edificio del Soc, un lugar recreativo de los estudiantes, donde había otro bar, un sitio para bailar por las noches durante los fines de semana, una pequeña tienda, un café y una sala de televisión donde se proyectaban películas también los fines de semana. Este centro social estaba gestionado por los propios estudiantes.

Entre los bloques de aulas no había nadie. Lucía intentó abrir las puertas de los laboratorios, pero estaban todos cerrados con llave. Pasó por el gimnasio, que no existía todavía cuando ella se graduó, y también estaba desierto. En el Soc se encontró con varios estudiantes que fumaban y tomaban café, protegiéndose de la brisa fría que subía del mar en la única esquina del patio donde daba el sol. Cuatro de ellos estaban acurrucados en un banco y dos más apoyados en el muro. Lucía les sonrió y les saludó con la mano desde el otro lado del patio.

—¿Habéis visto a Mikhael o a Bjørn? —les preguntó.

Todos negaron con la cabeza. Lucía siguió su camino sin entrar en más conversación.

«Lo último, el castillo —pensó—. Un día entero aquí y no he podido verlo todo».

Con o sin la excusa de buscar a Mikhael, tenía que explorar el castillo. No quería que la inquietud que sentía envenenase esta parte de la vuelta al colegio. El castillo siempre había tenido su magia, y se había sentido hechizada por ella, al igual que todas las generaciones de alumnos.

Cruzó el cuadrado de césped deprisa esta vez, sin tiempo de pararse a observar el castillo ni sus ventanas en forma de pequeños diamantes, con la tenue luz del sol reflejándose en sus cristales, ni sus torres y parapetos que tocaban el cielo azul y gris.

«Primero la biblioteca, luego el Departamento de Historia y, por último, si todavía no he localizado a Mikhael, iré a la oficina».

Le pareció que lo más sensato sería pasarse por las oficinas y ver quién estaba en Administración. Quizá podría disimular su inquietud y pedir el número del móvil de Mikhael, así como preguntar si él les había informado de que tenía que irse.

«Aquí no ha pasado nada», trató de convencerse abriendo la puerta del castillo. «Debe haber una explicación normal y corriente. Tengo que parar de comerme la cabeza como hago siempre».

Lucía respiró profundamente. El olor no había cambiado. Desinfectante con barniz de madera. Sus pasos resonaron por el suelo de piedra, cada vez más liso por las pisadas de tantos pies de nacionalidades diferentes a lo largo de todos estos años. Cruzó el pasillo que iba a las oficinas de la dirección, donde Margareth Skevington ahora tendría el despacho más grande, y también pasó por delante de la entrada del gran hall, la sala principal del colegio, donde se impartían conferencias, se celebraban asambleas, se disfrutaba de conciertos y se realizaban los exámenes finales bajo el techo abovedado de madera, todo un logro arquitectónico del siglo XVI. Esa noche se celebraría la cena de gala allí, el evento clave del fin de semana. Escuchó voces y ruidos de gente dentro de la sala.

«Seguramente están montando las mesas y por lo menos una tarima». Se escabulló para no toparse con nadie. Escaleras, otro pasillo, ventanas que daban al patio interior y la puerta que daba acceso a la sala de profesores. Lucía se acordó de sus primeras semanas en el colegio, cuando ella y sus compañeros se perdían yendo de un lugar a otro y llegaban tarde a clase, porque subían escaleras que no conducían al lugar que buscaban o a menudo se encontraban con lugares que parecían secretos y olvidados, aunque nunca lo eran. Cada esquina del castillo tenía un uso específico.

«Es como si nunca me hubiese ido de aquí. Me lo sé de memoria. Podría haber llegado a todos los sitios con los ojos cerrados».

Pasó por la pequeña puerta, cerrada con llave, de la torre de lady Jane Grey, donde se encontraban las lujosas habitaciones que ocupaban los huéspedes ilustres cuando venían a dar conferencias a los estudiantes. Allí habían descansado jefes de Estado, presidentes, reinas, pero más a menudo periodistas conocidos, políticos, autores de éxito y diplomáticos de todas partes del mundo. Se decía que como exalumno sabías que eras «alguien» si, al volver al colegio para dar alguna charla o participar en un debate, te asignaban una habitación en la torre de lady Jane Grey.

Continuó su recorrido por el pasillo hasta que alcanzó el comedor de nuevo y, a su izquierda, localizó otras escaleras que subían a la biblioteca. Lucía las subió de dos en dos y, al llegar a las dos puertas de roble, las empujó sin saber si se abrirían.

Sonrió cuando cedieron, enormes y silenciosas, invitándola a pasar a la biblioteca. Muros de piedra, suelo brillante de parqué, hundido y decolorado en distintas partes por el paso de los años. Y libros. Libros y más libros que llenaban estanterías enormes. Ese olor a libro viejo como una manta vieja que todavía huele a la casa de la abuela. Estanterías enormes y hasta arriba de libros. Al fondo de la sala principal, la pequeña terraza de madera suspendida encima de las estanterías de libros. Lucía sonrió al verla de nuevo y recordó la noche que se quedó colgando desde el piso central de la biblioteca mientras buscaba la estantería adecuada con los pies.

«¿Cuándo dejé de romper las reglas?». Lucía se dio cuenta de que hacía tiempo que solo hacía lo que se esperaba de ella. Seguir las normas. Trabajar mucho. No quejarse. Continuar adelante. Echaba de menos la versión de sí misma que se colaba por la biblioteca de noche y hacía tratos para conseguir más maneras de romper más reglas.

«Aunque todo eso terminó bastante mal». Sacudió la cabeza para borrar ciertos acontecimientos de la memoria.

En un lateral de la biblioteca, al lado de donde estaba parada, había grandes dobles ventanas enmarcadas en metal que daban al patio interior del castillo. Cada ventana tenía un alféizar de piedra que cubría una calefacción. Estos eran lugares muy cotizados por los estudiantes que se pasaban horas sentados, acostados, arrimados en grupos hasta de dos o tres a la vez, encima de las piedras calientes. Ahí leían, hablaban en susurros y esperaban que a la bibliotecaria no se le acabara la paciencia y les llamara la atención porque habían cruzado ya la barrera de silencio que ella quería mantener en la estancia. Todo esto hacía de la biblioteca un lugar acogedor y cálido donde pasar horas leyendo no era un deber, sino un lujo. Entre las paredes repletas de libros, bajo un techo de vigas curvadas de madera, penetraban los rayos de luz, que se reflejaban también en las ventanas con vidrios antiguos e irregulares, dando al lugar un aire mágico. No solo se fomentaba la divagación intelectual, sino que uno estaba rodeado de belleza.

Se tumbó en uno de los alféizares, pensando en las veces que lo había hecho durante sus dos años de estudiante y en cómo había cambiado desde entonces.

«Si le dijese a alguien en el trabajo que yo antes me metía en la biblioteca de noche y trepaba por las distintas alturas, descolgándome desde el techo, nadie se lo creería», sonrió ante esta reflexión. Se echó hacia atrás en el alféizar, apoyó la cabeza en las manos y miró al techo. Cerró los ojos para concentrarse mejor en el olor a libro viejo de la biblioteca.

La mayoría de sus compañeros de trabajo tampoco se imaginarían que hubiese estudiado en un lugar como este. Los internados que formaban la élite de la educación británica no eran particularmente populares entre la mayoría. Los reporteros que se graduaban en ellos solían esconderlo en el trabajo, y Lucía fue aprendiendo cómo había hasta ingleses que moderaban su acento para no sonar tan pijos. Se sorprendió cuando una compañera inglesa le explicó que un colega que siempre decía que había estudiado en «un cole en Windsor» en realidad se refería a Eton, quizá el centro más elitista del reino, pero en el ambiente del canal de televisión esto no era algo de lo que presumir. Había cosas de los ingleses que nunca lograría entender del todo. Y el último mes de trabajo le hizo cuestionarse hasta su papel dentro del telediario. Y no porque hubiese sido especialmente duro. Ni porque además de duro fuese también opresivo y agotador. Fue algo que no se esperaba, que solo lo empezó a ver con el tiempo.

El día de los atentados, ese 7 de julio que jamás podría olvidar, Lucía terminó con un reportero y una productora en un hospital, ayudando a las familias que buscaban a su gente querida. Se quedó horas colgada al teléfono, haciendo llamadas, comprobando las listas de personas hospitalizadas, comunicándose con la oficina donde preparaban el telediario de la noche y ayudando a sus otros dos compañeros, ambos con más experiencia que ella. Lo que no intuyó hasta mucho más tarde fue que esta tarea tenía un propósito. Si lograban ayudar a una familia, luego la idea era entrevistarlos. Lucía no podía con esto. Esa noche no durmió nada. Ni la siguiente. Cuando uno de los reporteros más conocidos del programa logró hablar con una familia que ya se sabía que había perdido a alguien, en la oficina actuaron como si fuera un éxito. Lucía se quedó atónita. No se lo podía creer. Le parecía que se habían convertido en buitres. Ella no quería ser un buitre. Cuando por fin tuvo el coraje de cuestionar esa forma de trabajar con una de las jefas de producción, con la que mejor se llevaba, esta le contestó que el trabajo de periodista consistía en contar una historia y honrar a los individuos, y no en perder los papeles en una moralidad estúpida.

—¿Qué crees? ¿Que si no se muestra o se habla de ello es mejor? No, señorita —le dijo—, nosotros solo contamos lo que ocurre. Si te pierdes en la moralidad de cada paso, no sabes lo que es ser periodista.

Desde entonces Lucía sintió que perdía el norte. Se escondió durante las siguientes semanas, sin poder quitarse de la cabeza el comentario de su compañera. Pensó en esa primera charla que escuchó de la periodista de la BBC, de lo noble y valiente que parecía todo desde el gran hall, viendo las diapositivas y escuchando sus grandes aventuras para que la verdad saliera a la luz.

«¿Por qué la realidad tenía que ser tan, tan... sórdida?».

—¿Hay espacio para dos aquí?

Lucía abrió los ojos. Bjørn estaba parado a su lado. No lo había escuchado entrar a la biblioteca. Sonrió y se sentó para que su amigo pudiera ponerse junto a ella.

—Me encontré con Elena al final de la última charla. Me dijo que habías venido al castillo.

—¿Escuchaste a Tom? —le preguntó ignorando lo que acababa de decir su amigo.

—Sí —respondió, y se sentó en el hueco que le había hecho Lucía—, cuando terminó su charla, se abrió un debate interesante.

—¿Y?

—Nada. Su opinión no fue muy popular. Dijo que éramos todos una panda de liberales sosos que no veíamos el futuro del mundo y defendió tanto a sus compis en el Gobierno británico como a la guerra en Irak.

—Vaya cabrón.

—Como te imaginas, esto no cayó muy bien. Por lo menos, a la mayoría de los europeos. Y los estadounidenses permanecieron callados, lo cual no es nada usual.

—Menos mal que no estaba yo allí.

—Eso comentó Elena. Dijo que le hubiera gustado que estuvieras para gritarle cuatro cosas.

—El año pasado uno de los cámaras con quien trabajo en el canal perdió una pierna. Y a él no le fue mal. Su traductor murió. Padre de dos niños. Y el Gobierno británico no quiere extender el visado a la madre para que se puedan quedar en Inglaterra, capullos.

—Y en el ejército sueco yo he escuchado rumores de que nuestro servicio de inteligencia ayudó a Estados Unidos en los primeros bombardeos de Bagdad. Nadie sale oliendo a rosas en toda esta mierda.

—Vaya cagada de mundo. Todo nuestro entusiasmo juvenil, ¿recuerdas? Como cuando decíamos que con el final de la Guerra Fría el nuevo siglo iba a suponer un nuevo amanecer.

—Por eso decidí hacer la mili en Suecia y no esquivarla con el servicio social, como hacían todos. Pensé que así ayudaría a construir un mundo mejor.

Lucía le sonrió.

—Y yo pensé que siendo periodista salvaría el mundo.

—Pero, bueno, todavía lo puedes hacer. —Bjørn quiso animarla con unas palabras amables.

—Ya, desde mi escritorio escondido, evitando que me hagan hacer cosas de las que no soy capaz.

—No me lo creo, ¿tú? ¿Incapaz?

—No sabes —contestó Lucía, seria de nuevo.

—Llegará… —dijo Bjørn parándose frente a ella y cogiéndola por el brazo para levantarse—, Elena me comentó que sigues buscando a Mikhael. ¿En serio estás preocupada por ese tonto?

—Bueno, no, pero, si no lo encuentro hoy en algún momento, sí.

—Quizá se tuvo que ir…, quizá está viviendo un romance con alguna chica que no conocemos…

—Ya, ya, lo sé… Todo esto lo he considerado —respondió Lucía haciendo muecas de impaciencia—, pero no sé, no sabemos dónde está, y, por si acaso, lo quiero encontrar. Por otra parte, sabía que no me perdía tanto si no iba a las charlas de esta mañana.

—Ahí tienes toda la razón. Vamos.

—¿Adónde?

—Bueno, adonde sea, ¿qué más te queda por ver?

—¿Del castillo?

—¿De dónde va a ser?

—¿Te vienes conmigo?

—Si no quieres que te acompañe…

—Entonces ¿no crees que estoy loca?

—No te voy a responder a todas tus preguntas.

—Pensaba subir al Departamento de Historia y pasear por los áticos de estudio…

—Pues vamos. David Hendry está dando una última minicharla sobre el futuro del colegio en el salón de actos para terminar el evento, creo que quiere dar buena impresión a estos tíos que han venido a hacer la inspección del Departamento de Educación o algo por el estilo. Después hay un rato libre antes de comer y luego salimos en kayak.

Sin mirar hacia atrás, los dos bajaron por las escaleras de la biblioteca. Lucía se sentía feliz porque Bjørn la había ido a buscar, no podía negar la evidencia. Cuando estaba sola, sus pensamientos negativos la amenazaban. Siempre le había gustado la claridad y lo directo que era el sueco. Él siempre había sido así, desde que estudiaron juntos en el colegio. Pero ahora lo veía más seguro de sí mismo, más decidido.

«Y sí, más guapo, exactamente como dice Elena».

Sonrió a solas y en ese momento Bjørn se dio la vuelta para ver si lo seguía. Con la mirada, le preguntó a su amiga sobre esa sonrisa.

—Nada, no es nada —dijo Lucía sonrojándose un poco.

Cruzaron el comedor, escucharon el jaleo en la cocina en plena acción para preparar la comida y tomaron un pequeño pasillo que los llevó a unas escaleras en espiral que subían a la torre de la horca; la razón de su macabro nombre se había perdido a lo largo de los años, tan solo quedaban las historias de que estaba embrujada.

La torre tenía tres niveles y en cada uno había una pequeña habitación, anteriormente habían sido dormitorios para estudiantes. Pero esto cambió justo antes de que Lucía llegara al colegio. Durante su estancia se convirtieron en cuartos de huéspedes, pero más sencillos que los de la majestuosa torre de lady Jane Grey.

Tras subir las escaleras probaron todos los picaportes de las puertas. Los tres cuartos estaban cerrados con llave.

—¿Sabes si las siguen utilizando? —preguntó Lucía.

—Creo que alguien me dijo que este fin de semana las iban a ocupar Margareth y David, los únicos profes que se quedan todo el evento.

—Ah, vale, ¿y han dejado la torre de lady Jane Grey para los invitados del Departamento de Educación?

—No lo sé, creo que se van esta noche después de la cena de la gala. David me lo dijo cuando fui a hablar con él sobre los kayaks. Y eso no lo vas a cancelar, ¿vale?

Lucía sonrió y asintió con la cabeza antes de pasar desde la torre al pasillo que conectaba con los áticos de estudio y el Departamento de Historia. Bajo el techo del castillo se encontraba la madriguera de áticos de estudio, donde a cada estudiante en su segundo año se le asignaba un pequeño cubículo con un escritorio y un juego de estanterías para que tuviera un espacio personal para estudiar. Luego los alumnos se iban cambiando de ático e intercambiaban cubículos, dependiendo de si estaban rodeados de gente que también quería estudiar o no. Sin hablar apenas, Lucía y Bjørn recorrieron los áticos, uno detrás de otro, hasta que llegaron al suyo. Caminaron despacio entre los cubículos de madera, repletos de grafitis de hacía ya años, con nombres olvidados, chistes y palabras que ya no tenían sentido. Las paredes entre los escritorios y las estanterías vacías estaban de nuevo blancas, sin las marcas de celo de los pósters que se arrancaban al final del curso, preparadas para que la próxima generación de estudiantes que llegase en septiembre pudiese decorar su zona de estudio y sentir que eran únicos y especiales. Empezar todo el proceso de nuevo: ilusiones, amores, odios, horas de estudio, tareas a medio hacer, amigos ayudándose entre ellos, un poco de trueque aquí y allá (pero no demasiado), porque desde esta institución todos podían llegar adonde les tocara por su intelecto superior y la preparación ejemplar.

Lucía se quedó mirando la estantería llena de libros antiguos. Ignoró el pequeño picaporte. No quería enseñárselo a Bjørn. Demasiados recuerdos y eventos que ella no quería repetir.

—La muralla de la vergüenza —dijo Lucía con una sonrisa mientras miraba la pared opuesta del ático y señalaba la de encima de una chimenea antigua y fuera de uso—. ¿Lo recuerdas?

—Donde pegábamos las cartas de las universidades que nos habían rechazado —respondió Bjørn.

Se sentaron, cada uno en un pupitre con la vista puesta en el muro blanco.

—Me salvé cuando decidí ir a la mili.

—No estabas tan seguro entonces.

—¿Qué hijo quiere seguir los pasos de su padre, especialmente cuando es tan insoportable como el mío?

—¿No te arrepientes?

—Para nada.

Se puso serio.

—Me hizo el hombre que soy.

Sacó pecho y se dio un golpe con el puño, estrujándose la cara para que Lucía se riera.

—¿Y tú? ¿De meterte a periodismo?

—Pues no…. —respondió pensativa—. Pero no es lo que me imaginaba. Me va a costar mucho más llegar a…, bueno, llegar a cualquier parte que no sea estar sentada frente al ordenador siendo tan solo un eslabón más entre los periodistas de verdad, los que están allá fuera grabando, entrevistando y haciendo el trabajo real. Yo estoy siempre detrás de las cámaras. De apoyo. Y con las semanas que llevamos desde... desde el atentado...

—¿Qué? —preguntó Bjørn cuando se quedó callada.

—No sé si es mejor así. Quizá lo mío siempre va a ser un papel más de apoyo desde la oficina, planeando, preparando, investigando...

—Pues esta no es la Lucía que salió de aquí hace diez años —dijo Bjørn sacudiendo la cabeza y frunciendo el ceño—. ¿Qué pasó con esa Lucía? ¿La que se graduó llena de grandes ideas e ilusiones, la que se lanzaba a todo y nunca decía que no se podía?

—Se hizo adulta —respondió algo triste.

Se paró y caminó hacia la puerta del ático.

—Vámonos. Aquí no vamos a encontrar a Mikhael.

Dejó la puerta abierta para que Bjørn la siguiera. Cruzó sin parar por las aulas del Departamento de Historia y los despachos. No quería entrar, tenía claro que todo esto era en vano. El único ruido que había eran los pasos que retumbaban contra el suelo de parqué. Lucía pasaba la mano por la pared. Le vino a la mente una noche del verano pasado en su oficina en Londres, viendo por primera vez cómo la pieza que ella había producido iba a emitirse en el programa. Salió hacia el final, no fue un evento que cambiara el rumbo de la historia humana, pero por lo menos algo que merecía cuatro minutos. Cuatro minutos que había investigado, preparado y ayudado a filmar, con un guion escrito, editado y pulido por ella. Sentada frente a las pantallas durante horas para que cada imagen fuese perfecta, encajando cada imagen con cada frase y cada secuencia perfectamente construida. Y cuando el productor ejecutivo preguntó, sonriendo, por el autor de la pieza, fue el otro productor, un poco mayor que ella, quien respondió de inmediato: levantó la mano, se encogió de hombros y recibió todo el mérito como si ella no existiera. El jefe le dijo que estaba muy bien. «Muy bien», repitió asintiendo con la cabeza, con el clásico estilo británico, sin pasarse demasiado. Lucía se quedó esperando a que su compañero, el otro productor, abriera la boca para nombrarla. Podría haberla incluido, pero ni se molestó. Lucía recordó la sensación que tuvo, como que se hundía en una espera inútil. Se quedó callada, abrazando su cuaderno de apuntes y mordiendo el boli que tenía en la mano.

Bjørn y Lucía bajaron en silencio por la torre, pasando por un pasillo que salía a otro lado del castillo, donde se encontraban las clases de Economía, la enfermería y el patio interior del castillo.

—Lucía, yo… —dijo Bjørn, que se paró para mirarla de frente, rompiendo por fin el silencio desde que bajaron del ático.

Ella permaneció a la espera. El sueco se quedó callado y frunció el ceño en busca de las palabras adecuadas.

—¿Qué? —preguntó por fin Lucía.

Bjørn se metió las manos en los bolsillos y miró hacia el techo.

—Pues solo te quería decir que... Que como tu amigo... Solo era que...

—¿Sí? —preguntó de nuevo Lucía confundida por la falta la claridad de su amigo, quien siempre parecía seguro de sí mismo—. ¿Qué te pasa?

—Nada —dijo finalmente—, nada. No sé.

Se giró de nuevo y empezó a caminar por el pasillo.

—Entonces... ¿ya has terminado?

—¿Qué?

—Tu búsqueda de Mikhael.

—Pero si no lo he encontrado. Y en vez de estar con los demás alumnos, me he pateado el campus a ver si él también lo hacía. Y no me he cruzado con él en toda la mañana. Tiene que estar en alguna parte... Solo me falta bajar al mar...

—Para ya. Ve a la oficina —dijo Bjørn con voz cansada e impaciente—. Habla con secretaría y deja de perder el tiempo.

—Ya, ya lo sé.

Lucía sabía que estaba pareciendo un poco histérica.

—Seguro que no es nada.

—Seguro.

—Yo vuelvo al salón de actos.

—Vale.

—¿Nos vemos para comer?

—OK.

Lucía le sonrió. Bjørn no respondió. No entendía el cambio de su amigo, pero sentía que algo de lo que dijo le había molestado. Cada uno tomó un camino distinto, ella hacia la oficina de dirección, y él por el lado opuesto, hacia la entrada de servicio de la cocina. Lucía se giró una vez, pero él seguía de espaldas, con las manos en los bolsillos, mirando hacia abajo. Iba a entrar de nuevo al castillo cuando escuchó su nombre. Era Bjørn.

—¡Lucía! —gritó.

Se dio la vuelta y con el segundo chillido de su amigo echó a correr, cruzando el patio interior, en dirección a su voz. Se encontraba justo enfrente de la entrada de servicio, donde había un pequeño aparcamiento, cubos grandes de reciclaje y, en una esquina, la salida hacia el mundo exterior. Estaba parado en la entrada del colegio, con las manos en la cintura y mirando hacia abajo. A sus pies, una pequeña maleta con ruedas.

Mayo de 1995

—*Aquí estamos, una vez más, tú y yo.*

—*Chisss, alguien nos puede oír.*

—*Creo que no he pasado tanto tiempo contigo durante los dos años que llevamos aquí, y ahora parece que estamos juntos todos los fines de semana. Cargándonos las reglas del colegio, escapándonos por las noches... Menos mal que nadie nos ha visto. Tu reputación estaría por los suelos.*

—*En serio, calla. ¿No dijiste que la Skevington está en su oficina por las noches?*

—*No está. La hubiéramos escuchado.*

—*Lucía, en serio, calla ya.*

—*Pero si es supertarde. Nadie va a estar despierto. Estamos a dos semanas de los exámenes finales.*

—*Dormir es lo que deberíamos estar haciendo nosotros.*

—*Ya, pero yo tengo que vivir esto. No me quiero graduar sin haber salido ni una vez al parapeto del castillo, ¿en serio estaremos encima del muro más alto de todo el castillo?*

—*Yo tengo un examen de física mañana y debería estar estudiando, carajo.*

—*Llevas un año entero con estas llaves para ti solo y dudo mucho que a un genio como tú le haga falta estudiar, ¿no? No creo que si dedicas esta noche* a enseñarme adónde llevan estas llaves vayas a suspender.

—Ya, pero tampoco es para que te pongas chulita, y no hables tan alto, por favor.

Están en el último ático de estudio, en el que tiene la chimenea en un lado. Jaime se acerca a la chimenea, cubierta de cartas de rechazo de universidades, la mayoría estadounidenses y británicas, y va directo a uno de los escritorios con su estantería y libros pegados a la pared exterior del castillo. Lo tiene que empujar, raspando madera contra madera y haciendo un ruido que los frena en seco. Esperan. Lucía siente que no puede respirar. Por fin, espira. Jaime la mira con pánico en sus ojos negros.

—¿Qué?

—¿No lo oyes?

—No...

—Chisss...

—Ahora sí.

Los pasos lentos de una persona que se acerca. Y no de alguien que intente disimular su presencia. Solo camina despacio. Lucía no se mueve. Siente el sudor en las axilas. Puro nervio. Su corazón parece un tambor en un concierto de rock. Jaime mira tanto a Lucía como al juego de llaves que lleva en las manos. Observa entonces la pequeña puerta, casi una trampilla, un cuadrado de medio metro de ancho y alto de madera y hierro, escondido y olvidado dentro de la pared.

Pasos de nuevo. Parece que se están acercando.

Jaime reacciona y, con las manos temblorosas, escoge una llave antigua y gruesa. La mete en la cerradura y le da la vuelta. Produce un chillido que en cualquier otra circunstancia sería inaudible, pero para los dos estudiantes retumba como una alarma. El pánico se refleja en sus rostros.

—*Sal, sal* —*susurra Lucía, casi empujándolo con las manos para que su compañero salga por la trampilla al parapeto.*

Con los nervios, Jaime casi deja caer las llaves al sacarlas de la cerradura. Finalmente abre la trampilla y empuja un poco el escritorio que ocultaba esa entrada para que haya más espacio y sea más fácil salir. Mientras tanto los pasos continúan acercándose.

Lucía se agacha y empuja las suelas de las zapatillas de Jaime, que ya están desapareciendo por la trampilla. Oye cómo Jaime maldice, pues no está siendo fácil arrastrarse por un espacio tan pequeño que realmente parece que no está hecho para una persona. Lucía lo sigue, con el miedo de esos pasos retumbando en su cabeza. Para ella, más bajita que el venezolano, está siendo más fácil deslizarse a través de la trampilla. Entonces se echa a un lado, con ayuda de su compañero, para que este pueda cerrar la trampilla por fuera.

«No hemos podido esconder la puerta con el escritorio», reflexiona de golpe.

Lucía se para, respira y regula los pálpitos de su corazón. Siente que lo podría vomitar sobre las piedras antiguas del castillo. Se agarra al parapeto, y de pronto el miedo por que los pillen queda reemplazado por otro.

El cielo oscuro. Nublado. Sin estrellas ni luna ni una brizna de aire. Como si el mundo entero estuviese conteniendo el aliento, a la espera, atento. Ahí está, el parapeto del castillo. No hace falta mirar hacia abajo para sentir que se encuentran en lo más alto. Lucía siente que casi roza las estrellas, nota la altitud y lo desprotegida que está.

—Ostras, Jaime, qué susto. Me ha dado vértigo y todo. No me habías dicho que daba tanto miedo estar aquí arriba.

—¿Qué te imaginabas? Esto es lo más alejado y escondido de todo. Casi nadie sabe que con estas llaves puedes llegar hasta aquí.

Jaime se para a su lado y sujeta el parapeto con las dos manos.

—Creo que todo está bajo control. No oí a nadie entrar cuando cerré la trampilla.

—¿Quién habrá sido? ¿Skevington?

—No lo sé. Su oficina está cerca, pero no sé si está exactamente aquí al lado.

—Está en una esquina, ¿no?...

—Pero este ático no es un cuadrado perfecto, tiene una forma extraña. A lo mejor ha sido un estudiante.

—¿Alguien que ha subido a estudiar a solas en su ático? Quizá.

Los dos se quedan en silencio un momento, observando su entorno. Lucía tiembla, sintiendo frío después del sudor y los nervios. Ahora tienen ante sí una perspectiva distinta del castillo. A un lateral, el bosque, donde pueden ver el contorno de la tercera torre, la que está medio derruida y escondida entre los árboles. Justo enfrente la torre más alta, la de lady Jane Grey, y el mar como un vacío oscuro detrás.

—Cuando me dieron las llaves, mi idea era subir a las habitaciones en la torre de lady Jane Grey.

Jaime indica con un dedo la otra torre, al otro lado del castillo, oscura y callada.

—Ningún estudiante sube a esas habitaciones. Solo los que hemos tenido las llaves. Y..., bueno, para una aventura es lo máximo. A la torre de lady Jane Grey no te pienso llevar. Por si te entran ideas extrañas...

—Muy gracioso, Jaime. El sentimiento es mutuo, yo contigo no subo allí ni de broma.

—Pues no serías la primera...

—Ya, ya, no quiero oír más.

Lucía hizo una mueca de disgusto a Jaime. Él puso los ojos en blanco.

—Bueno, ya está, ¿volvemos?

—¿Estás loco? ¿Y si es la Skevington?

—Ya se habrá ido, ¿no?

—*Qué va. Espera. ¿Damos una vuelta, a ver hasta dónde llegamos?*

Sin esperar la respuesta de su compañero de aventuras, empieza a caminar por el pequeño espacio entre la torre y el parapeto del castillo. Con cuidado de dónde pone los pies. La sombra del parapeto le impide verlos. El suelo de piedra es irregular, cubierto de hojas húmedas y en descomposición, convirtiéndose en un peligro, pues puede tropezar y romperse un tobillo.

—*Esto nunca lo he hecho, Lucía. No sé si debemos hacerlo. No lo sé, no me gusta. ¿Por qué no volvemos a la trampilla a escuchar?*

—*Anda ya, déjate de tonterías.*

—*La idea de las llaves es pasarlo bien, no arriesgar mi vida por tu chantaje...*

—*Sabes perfectamente que aprobaste el examen de literatura por lo de la biblioteca y que aparte te moló mogollón entrar allí sin una puñetera llave...*

Lucía suelta otra palabrota y tropieza con un pedazo de piedra en el suelo. Cae de rodillas. Jaime choca contra ella e intenta no caer con todo su peso encima de su espalda.

—*Joder.*

Otra palabrota de Jaime que Lucía no reconoce.

—*¿Qué haces, loca?*

—*Mierda, Jaime, casi me matas...*

Sus palabras se quedan colgadas en el aire. Se han caído justo en una esquina de la torre. Se dan cuenta de que a su izquierda hay una luz. Una ventana abierta, justo delante. Dos pasos más y Lucía se hubiese clavado la frente contra el marco de hierro de la ventana.

En el silencio, el sonido de una silla que se arrastra por el suelo y unos pasos que se aproximan hacia la ventana.

4

—¿Incómodo o qué?

—Sus caras.

—Pensarán tan solo que estamos desquiciados.

—Puede que tengan razón.

—Ya, lo he considerado.

—Bueno, la verdad, tu entrada fue algo...

—¿Exagerada?

Bjørn intentó disimular una carcajada nerviosa. Lucía le dio un golpe en el brazo, pero le sonrió a la vez.

—Cumplimos.

—Eso seguro. Con qué exactamente no lo tengo tan claro...

—¡Bjørn!

—Vale, vale. Cumplimos. Encontramos una maleta abandonada y se la entregamos a la oficina del colegio. Eso es exactamente lo que teníamos que hacer.

—Quizá habría sido mejor si no hubiera entrado en la oficina anunciando que un estudiante había desaparecido y que habíamos encontrado su maleta.

—Valió la pena por la cara de la secretaria.

—Cabrón.

Pero Lucía también se rio. Los dos iban rumbo al salón de actos, dejando a su espalda el castillo.

Sin abrir la maleta Lucía la llevó a la oficina. No dudaba de cuál era su origen. Reconocía que había pecado de un exceso de confianza. Cuando la secretaria del colegio, una mujer de avanzada edad pero con unos ojos azules que no se perdían nada y lo habían visto todo, le dijo que se sentara y que le explicara los hechos desde el principio, Lucía no perdió el tiempo en contarle cómo había llegado a la conclusión de que Mikhael había desaparecido y de que esa maleta era la suya.

—Entonces ¿no tienes ninguna certeza de que esta maleta sea la de un estudiante, que, según lo que me cuentas, no has visto por el campus esta mañana? —preguntó la secretaria frunciendo el ceño al final de la explicación de la joven.

—La verdad es que no —dijo Bjørn interrumpiendo lo que había sido hasta ese momento un monólogo de su amiga.

—Y crees que ha desaparecido porque no ha ido a desayunar, no lo has visto durante las charlas y lo has buscado por el colegio y no lo encuentras.

—Sí.

La secretaria se quedó callada un rato mientras asentía con la cabeza y miraba a los dos exalumnos como si los estuviera asesorando.

—Voy a hacer algo —dijo finalmente—. Voy a buscar su número de móvil en la lista de estudiantes que está aquí y lo llamaré. Le mandaré un e-mail. Lo más probable es que se haya tenido que ir y no haya podido avisarnos.

—Es que teníamos esa duda porque además fue el ganador del Premio Steadman-Rice de nuestro año, es uno de los becarios, y él tendría que dar una charla en la fiesta de gala —señaló Lucía.

—Pues eso también lo puedo verificar. Yo controlo la logística de este fin de semana y puedo comprobarlo todo. Por eso estoy aquí, un sábado, en vez de en el partido de fútbol de mi nieto. ¿Os parece bien?

—Vale, OK, gracias —dijo Lucía.

Bajó la mirada, y se preguntó por qué se sentía regañada por la secretaria si ella no había hecho nada.

—Pero esto —la secretaria señaló la maleta que Lucía había dejado frente a su escritorio—, esto no tiene nada que ver con lo que estamos hablando. Una maleta en un lugar extraño no significa nada más que una maleta en un lugar extraño. La dejamos aquí y a ver quién viene a reclamarla.

—Vale.

—OK.

—Y sugiero… —Se sentó tras el escritorio, poniéndose las gafas y mirando a la pantalla de su ordenador—. Sugiero que no os dediquéis a hablar por aquí de desapariciones. A Margareth no le va a agradar para nada. Ya está suficientemente estresada con la presencia de los auditores del Departamento de Educación. Se lo voy a comentar como un punto y aparte.

La secretaria tecleó rápidamente, sin apartar la mirada de la pantalla. Lucía y Bjørn se quedaron esperando. Como no se movían ni dijeron nada, la secretaria paró de nuevo, mirando de reojo por encima de sus gafas.

—Ya os podéis ir. El subdirector va a hablar ahora en el salón de actos y está esperando que os reunáis todos los estudiantes allí para escucharle.

—Y la maleta… —reclamó Lucía.

—La maleta se queda aquí. Si os interesa averiguar quién es su dueño, luego os pasáis otra vez y seguro que ya alguien habrá venido a por ella. Si no, también estaré aquí mañana. Trabajando un domingo en vez de comiendo en casa de mi hija. ¿Estamos bien?

Sonrió con esfuerzo. Los dos entendieron que la conversación había llegado a su fin. Salieron deprisa. Caminaron sin parar hasta llegar al salón de actos, donde se toparon con estudiantes y profesores que estaban desperdigados por la zona del bar y en el césped que rodeaba el antiguo establo convertido en el salón.

—No lo vas a contar, ¿verdad?

—¿El qué?

—Lo que he estado haciendo todo este rato, cuando tenía que haber estado aquí, participando... —dijo Lucía encogiéndose de hombros.

Se estaban acercando ya al salón de actos.

—¿Que has estado dando vueltas por el castillo buscando a un tío que ni siquiera te cae bien? —le preguntó Bjørn sonriendo, mientras saludaba de lejos a Suhaas que salía en ese momento de la estancia—. Claro que no, no te preocupes.

—Muy gracioso —respondió Lucía sin mirarlo.

—Es nuestro secreto.

—Vas a incluir a Elena, ¿verdad?

—Claro que no. A ella le diré que misión cumplida...

—¿Qué quieres decir con esto?

—Nada, fue ella quien me mandó al castillo porque le preocupaba que terminaras melancólica en algún rincón. Acertó.

—Como os preocupáis por mí.

—Somos tus amigos, tonta.

Bjørn le dio un empujón amable, sonriendo, como muestra de la complicidad que siempre habían tenido.

La tensión extraña que había surgido entre los dos dentro del castillo se había roto. Bjørn volvía a ser él mismo. Lucía se sintió aliviada, no solo porque ahora creía que tenían una pista, una pequeña evidencia de que quizá tenía razón y algo le había pasado a Mikhael, sino porque también la sombra que había envuelto a Bjørn se había despejado. Se le ocurrió otra cosa sobre la conversación con la secretaria.

—Me ha resultado curioso que la secretaria nos haya contado que Margareth está estresada por la auditoría del Departamento de Educación —añadió Lucía—. Ella que siempre es tan fría, tan capaz.

—Quién sabe lo que hay en juego —reflexionó Bjørn—. Me imagino que tiene que ver con dinero, mantener un castillo como colegio debe de ser cada vez más caro.

Lucía asintió.

—¿Dónde habéis estado? —preguntó Suhaas, ahora enfrente de los dos, con una taza de café en la mano, y Tom justo parado a su espalda.

—¿Os habéis perdido mi charla? —preguntó Tom, el pelirrojo inglés, sin esperar a que respondieran a la pregunta de Suhaas.

Los miró a los tres, en busca de alguna reacción.

—Sí, sí, muy interesante, aunque no estoy de acuerdo contigo...

—Totalmente...

—Bueno, en realidad…

Los tres chicos empezaron a hablar a la vez.

—Voy a por un café —anunció Lucía separándose del grupo.

Disponía de cinco minutos antes de que empezara a hablar el subdirector del colegio y no quería entrar en una discusión con Tom.

El olor a cloro, desinfectante y la humedad le pegó en toda la cara al abrir la puerta de la piscina cubierta. En el vestuario, ya vestida con un neopreno completo, de manga larga y que le llegaba hasta los tobillos, se miró al espejo, inspeccionándose, a ver si su reflejo le tenía algo que decir.

El resto de la mañana había transcurrido sin más interrupciones inesperadas. A Lucía le hubiese gustado volver a la oficina tanto después de la charla del subdirector como al terminar de comer, pero le vino a la cabeza la mirada seca de la secretaria y se convenció de que tenía que mantener la calma y seguir la rutina del fin de semana.

Durante el almuerzo no pudo concentrarse en la conversación de sus compañeros. Se había sentado con un grupo de hispanoparlantes y, entre sus risas y voces altas, Lucía trató de olvidar la inquietud que la acompañaba desde la hora del desayuno. Los hispanoparlantes, o simplemente «los latinos» como los llamaban el resto de los estudiantes, siempre habían sido una pequeña familia dentro del colegio. Lucía había mantenido contacto con varios de ellos, pero no con todos. Jaime Guerrero se sentó en el centro del grupo y habló en voz alta de la situación en Venezuela. Saludó a Lucía con la mirada cuando se sentó, pero no se dirigió a ella ni mencionó que había estado en su habitación esa mañana. Lucía se sentó entre Carmen, mitad española y mitad inglesa, que también estaba trabajando en Londres como ella, y Paula, la colombiana que había pasado de ser una niña tímida y callada a una belleza que podía parar el tráfico. La joven estaba abriéndose camino en una agencia de publicidad en Nueva York.

«¿Cómo es posible que en tan solo diez años alguien pueda cambiar tanto?». Lucía intentó imaginarse otra versión de sí misma, no una con el pelo encrespado y en deportivas, sino una versión parecida a la de su compañera de mesa, Paula, vestida de pies a cabeza con ropa de diseño.

Se pasó la comida entera esperando que entrara Mikhael por la puerta del comedor, alto y torpe, vestido con otra camisa de cuadros y pantalones de pana. Pero nada. Se le hizo tarde en el comedor y tuvo que darse prisa para no llegar con retraso a la salida en kayak. La humedad de la piscina cubierta no le facilitó ponerse el neopreno rápido.

«Por ahora no puedo hacer más». Se reajustó la cremallera que le apretaba el cuello. «Parezco un pingüino».

No pudo disimular que le sobresalía un poco de tripa.

«Vamos al mar. Donde da igual si se te ve la tripa, tontita».

Colgó su ropa en un perchero, al lado de las prendas de otras compañeras que sí habían llegado a tiempo para cambiarse despacio y estar ya en el cobertizo donde se guardaban los kayaks, las tablas de surf y el equipamiento de escalar. No quería mirarse más al espejo y juzgar esa tripa que dejaba ver el neopreno. Salió con prisas del vestuario, se recogió el pelo y bajó las escaleras que conducían a la piscina cubierta. No quería ni mirarse los pies dentro de los botines de neopreno, que aleteaban contra las baldosas del suelo.

Corriendo, llegó a la nave donde todos los demás rodeaban a David Hendry, el mismo profesor que se había encargado de las charlas y que ahora los iba a llevar de excursión. Lucía pidió perdón a su antiguo profe de mates con una sonrisa. Él respondió con un movimiento de cabeza y continuó su discurso sobre las medidas de seguridad. Lucía se aproximó al grupo. David les estaba explicando que el tiempo, a pesar del viento y las nubes, era bueno, que no había nada fuera de lo común. También informó de que la marea estaba cambiando, así que quizá tendrían que hacer una salida exprés.

Esta parte de Gales, les recordó, tenía una de las mareas más rápidas de toda la costa británica. El colegio se encontraba en una parte de la costa donde el canal de Bristol se estrechaba de repente, sobre todo durante la luna llena, y, cuando subía la marea, el proceso ocurría muy rápido. No te podías despistar. Les recordó cómo cada año alguien se quedaba aislado en la pequeña playa rocosa que había frente al colegio. Solía ocurrir porque se despistaba y no se daba cuenta de que la playa por donde había venido desaparecía con la marea alta. Lucía observó a su alrededor para ver quién más se había apuntado a esta actividad. Elena le había dicho rotundamente que ni de broma se sometería a ese mar marrón y congelado, que ella ahora solo se bañaba en el mar si era transparente, con una hamaca a no más de cinco pasos y acceso a *smoothies* recién preparados. Aparte de Bjørn, estaba también Suhaas, con una sonrisa enorme mientras escuchaba hablar con atención absoluta a David. Detrás de Suhaas se encontraba Paula, espléndida con el neopreno, con su pelo negro recogido en un moño como si se lo hubieran arreglado en una peluquería, con unos pelitos que se le escapaban para enmarcar el rostro y unos ojos marrones atentos y asintiendo a cada palabra del profesor de matemáticas. A su lado, Jaime Guerrero.

«Por supuesto». Lucía no pudo evitar la ironía en su mente. «No habló con ella ni una vez durante sus dos años aquí, pero ahora la va a seguir como si su futuro como presidente de Venezuela dependiera en ello».

Jaime parecía escuchar todo con suma atención. Lucía no se lo creía ni por un instante. Como si sintiese que lo estaba vigilando, se dio la vuelta y la pilló mirándolo. Subió las cejas, arrogante, con un atisbo de sonrisa en las comisuras de los labios. Lucía se estaba poniendo roja, frunció el ceño y miró de nuevo al profesor. Cruzó los brazos, pero sintió que Jaime la seguía observando.

«Qué capullo, madre mía. Pobre Paula, lo va a tener de sombra todo el fin de semana».

—Bueno, como sé que Tom sigue siendo aficionado a los kayaks, a él lo voy a nombrar mi número dos, ¿vale? —David terminó así sus explicaciones.

Lucía volvió a prestar atención e intentó no irritarse demasiado al escuchar el nombre de Tom.

Tom Fanshaw dio un paso para situarse en medio del grupo. Había estado escondido tras Suhaas, que era bastante alto. Saludó a todos con la mano, sonriendo, como si toda esa atención fuera demasiado.

—Hola, hola, si no me conocéis o por alguna razón no os acordáis de mí, soy Tom Fanshaw. Uno de los ingleses menos insoportables de esta institución educativa.

Hizo una pausa para las risas que esperaba. Solo Jaime respondió. Lucía puso los ojos en blanco, y cuando miró al grupo de nuevo se dio cuenta de que Tom la observaba fijamente. Notó que estaba molesto, una sombra de enfado cruzó su rostro. Después se dirigió al resto del grupo.

—Bueno, como ha dicho David, salgo mucho en kayak, tengo uno en casa de mis padres en Escocia y otro en Londres. Practico cuando puedo. Cualquier cosa, estoy aquí para ayudar. Vámonos, antes de que nos pille el cambio de marea.

Otra sonrisa, otra pasada de la mano por su pelo pelirrojo y se dio la vuelta para indicar que cada uno sacase su kayak de la estructura de metal donde estaban colgados, uno encima de otro, equilibrados sobre postes horizontales de metal.

—Bjørn —le llamó David—. Cuando coloques tu kayak, me ayudas a coger los kits de emergencia, están colgados allí. Tú llevarás uno, Tom y yo otros dos, y con estos deberían ser suficientes.

Bjørn asintió y salió deprisa con su kayak.

—Lo vas a pasar genial, ya verás —le dijo en voz baja cuando pasó a su lado sonriendo.

Lucía puso los ojos en blanco, pero sonrió rápido para que supiera que era una broma y que le gustaba el plan que le había propuesto. Sabía que ya no había más que hacer respecto a Mikhael hasta que tuviera la oportunidad de toparse con Margareth o le facilitaran por fin un número de teléfono para intentar llamarlo.

«Seguro que se ha tenido que ir por alguna emergencia y ya está».

Lucía esperó su turno para sacar un kayak de la estantería y acabó al lado de Jaime. Se ignoraron mutuamente. Cuando llegaron a la estructura de metal, solo quedaban un par de kayaks. Uno más fácil de sacar, justo a la altura de la cintura, y el otro más arriba, por encima de la cabeza de Lucía. Sin mirarla, Jaime se agachó y sacó el kayak del medio, dejando a su compañera sola ante el que colgaba encima. Solo cuando Jaime ya tenía su kayak sobre un hombro y la pala en la otra mano, le cedió paso hacia la estantería de metal, mirándola con una sonrisa sarcástica.

—No necesitas que te ayude, ¿verdad? La hermandad puede con todo.

—¿No eres tú él que necesita ayuda para las tareas básicas? —respondió Lucía cabreada.

Jaime salió de la nave sin decir palabra y casi le da con el kayak al darse la vuelta.

Sudada por el esfuerzo de sacar el kayak con los brazos alzados y sin dejarlo caer, Lucía fue la última en salir de la nave. Llevaba el kayak sobre el hombro y la pala la arrastraba por el suelo, pues tenía el casco en la misma mano. No estaba muy cómoda. Paula se hallaba en la parte trasera del grupo mientras veía, y esperaba, cómo los demás acercaban los kayaks a la rampa de acceso al mar.

—¿Esto lo recuerdas bien de cuando estuvimos aquí? —preguntó Paula acercándose a Lucía y preguntándole en español en voz baja.

—Bueno, algo —respondió intentando animarla.

Ahora parecía otra vez la niña tímida, un poco arrepentida por la decisión tomada. El mar ya no brillaba tanto como por la mañana. Las nubes cubrían el sol por completo y el reluciente plateado se había convertido en un gris amarronado poco apetecible. También estaba más picado. Paula no parecía muy contenta.

—¿Seguro que quieres salir? —le preguntó Lucía.

—Sí, sí, seguro —dijo—. No pienso dar excusas de que no puedo. A mí me gustaba el kayak cuando estudiamos aquí… Pero este mar…

—Ya, es horrible —le contestó con una sonrisa—. Piensa que es un rito. No puedes volver aquí y ser menos valiente que antes, ¿verdad?

No estaba segura de si se lo decía a Paula o a ella misma.

—Tienes razón. Vamos. Le voy a enseñar a ese Jaime Guerrero que yo no necesito ayuda para nada.

La colombiana sonrió, deslumbrante, con los dientes perfectos y las mejillas rosadas, y bajó la rampa sola con su kayak, dejándolo caer directamente al mar y subiéndose a él sin dudarlo ni un segundo. Lucía suspiró, sintiendo que el viento rozaba su neopreno. Había empezado a sudar peleando con el kayak para sacarlo de la estantería y llevarlo hasta la rampa. Y, ahora con el viento más intenso y más frío cada segundo, Lucía ya no sabía si se creía o no sus palabras de ánimo.

«A mí no me hace falta ayuda tampoco —quiso animarse—. A por ello».

El frío del agua se filtró por las aperturas del neopreno como pequeñas agujas que le quitaban el aliento. Tiritó al entrar al agua, dejó caer el kayak y lo balanceó con los brazos para meterse dentro.

«No te caigas, no te caigas», se decía a sí misma en bucle.

Lo logró. Se sentó de golpe dentro del casco de plástico, con poca elegancia pero con éxito. De pronto se dio cuenta de que Paula y Jaime la observaban. Paula le devolvió una sonrisa motivadora. Jaime, una burlona.

—Muy bien, españolita —gritó por encima del sonido del viento—. ¿Será que tus antepasados aprendieron de los míos cómo montar en canoa?

Lucía remó duro con la pala para que el mar no la tumbara contra la rampa de nuevo. Pasó al lado del kayak de Jaime.

—¿Tus antepasados no eran caciques? ¿No los llevaban en la canoa? —respondió, también en español, dándole sin querer un pequeño golpe a la embarcación de Jaime.

Paula soltó una carcajada. Lucía la miró con una sonrisa radiante.

«Qué pena que nunca fuésemos amigas durante el cole».

David subió su pala al aire, indicando que lo siguieran. Tom, con unos escasos movimientos fluidos y fuertes, pasó cerca de ellos hasta situarse detrás del profe. Suhaas chocó contra el kayak de Lucía, y le pidió perdón entre risas. Poco a poco el grupo empezó a moverse con más fluidez, alejándose de la costa hacia el este, pasando las murallas del colegio que daban al bosque denso que rodeaba el castillo antes de que subiera hasta el acantilado. Desde el mar se veía lo alto que era el acantilado, con el faro que los observaba, indicando dónde terminaba la bahía del colegio. Tras el faro, puro mar marrón hasta llegar al Atlántico.

Media hora después, Lucía empezó a disfrutar. Cogió el ritmo, presionando la pala cada vez que la sumergía en el mar, buscando la fuerza de todo su cuerpo, desde sus pies, que empujaban dentro del kayak para balancearse, hasta sus manos, que se torcían con cada movimiento de la pala para que entrase en el mar en el ángulo correcto. Se tenía que concentrar para hacerlo bien, si no, la pala patinaba sobre la superficie del agua, frenando el kayak y provocando un desequilibrio. De pronto toda la incertidumbre acumulada por ir de nuevo al colegio, ese espacio que tanto la había inspirado y cambiado, sin haber llegado a ser la reportera que había soñado, se le escapó, se dio a la fuga. Al coger el ritmo de los movimientos se sentía fuerte, equilibrada y capaz. Estaba dejando atrás hasta el misterio de Mikhael, el mal humor y su estado alterado. Aquí fuera, en alta mar, lo veía todo con una perspectiva distinta. Lo de Mikhael había sido una distracción mental. Estaba segura de que, al volver, allí estaría, arrogante y fanfarrón, hablando de su doctorado y su megatrabajo. Con su camisa de cuadros, pantalones de pana y pelo engominado.

El viento azotaba a su alrededor, las olas pegaban contra el kayak, lanzando gotas de agua fría y salada que le picaban la cara, le entraban en la boca y chorreaban por su espalda. Pero nada de esto se le hacía incómodo. Se sentía viva. Sonreía sola, en silencio, siguiendo el kayak de Suhaas que iba delante de ella y con la certeza de que tenía a Paula detrás.

El grupo no se apartó mucho de la costa hasta que llegaron al punto donde la bahía se abría al mar. Lucía apreció que ya no estaba en un canal, sino al borde de un océano. El horizonte se expandía, el volumen de agua marrón gigante, eterno. De pronto el grupo sintió el cambio del viento; en vez de a su lado, golpeando agua de estribor, venía de popa, fuerte, empujándolos hacia fuera con olas pequeñas pero insistentes. Paula se dio contra el kayak de Lucía, otros dos también chocaron, y tuvieron que subir las voces para escucharse por encima del ruido del viento y la marea. Lucía miró hacia arriba y vio que las nubes grises se habían agrupado en montañas agresivas. El cielo estaba gris y el sol, oculto. Miró a David. No podía leerle la cara. Ni preocupado ni sonriente. Después de una ola, Lucía tuvo que esforzarse para no volcar. Sintió los nervios en la tripa. Estaban lejos del colegio, fuera del canal, sin la protección de la bahía. David les indicó que se agruparan a su alrededor, cada uno cogiendo la pala de la persona que tenía al lado. Al final lo lograron. Nadie sonreía ahora. Ni Jaime.

—Vale, chicos, el panorama ha cambiado —dijo David en voz alta para que se le escuchara por encima del viento—, vamos a tener que volver antes de lo previsto. Si no, quizá no disfrutemos tanto y la idea es pasarlo bien y no someternos a ningún tipo de riesgo, ¿vale?

—¿Cuál es el riesgo? —preguntó Suhaas en voz alta intentando, sin éxito, hablar sin que se le notara el tono preocupado.

—El riesgo es que alguien no pueda contra el viento y la marea que ahora van subiendo a la vez. Así que todos juntos. Y, si lo estamos pasando mal, avisamos. Tenemos cabos y nos podemos atar uno a otro.

Intercambiaron miradas. Nadie dijo que no pudiese seguir.

—Si alguien cae al agua, todos nos paramos a ayudarle a subir de nuevo, ¿vale? Una persona a proa, otro a popa y si es necesario Tom o yo salimos del kayak para ayudaros a subir. Así que todos atentos. Nos quedamos juntos. Una pequeña aventura al estilo Academia Global, ¿qué os parece? ¡Aunque estemos en un nuevo siglo no le hemos tenido que quitar toda la aventura y riesgo al colegio! ¡Vamos, seguidme!

«Lo bien que se lo está pasando…».

Pero a ella también le estaba gustando la aventura. Más que gustando. Le encantaba. El grupo se movió de nuevo, intentando mantenerse cerca unos de otros. Cada vez que Lucía movía su pala contra el mar revuelto, y con cada ola que rompía por la popa de su kayak, se sentía más fuerte, más capaz. No paraba de sonreír. Una mezcla de sudor y agua goteaba por su cara. El pelo aplastado en las mejillas. Se mordía el labio por el esfuerzo de moverse, los músculos de la espalda y los brazos le ardían por la acción continua, las manos rojas y frías apretaban el metal de la pala. Esto era mil veces mejor que sus ocasionales visitas al gimnasio en el sótano del canal de televisión. Quiso ver cómo iban los compañeros. Suhaas le devolvió la mirada con una sonrisa tensa. Paula no. Su boca era una línea fina, con muecas de miedo y dolor a la vez. Cuando David los paró para hablarles, ella se había situado cerca de él, pero ahora se estaba quedando atrás, Lucía la había pasado sin querer y ahora iba detrás de una de las inglesas, que tampoco tenía muy buen aspecto. A Jaime no le veía la cara porque iba delante.

—¿Estás bien? —gritó Lucía.

—Más o menos —respondió Paula intentando sonreír—, ¿cuánto crees que nos queda para llegar a una zona sin tanto viento?

—Creo que ya hemos pasado lo peor —la consoló Lucía indicando cómo se aproximaban al faro—, pero con la subida del viento y la marea esto está igual de difícil, creo que será así hasta que...

Y entonces escuchó el rugido de una ola que rompía a su lado y se giró, echando el cuerpo directamente hacia la ola, con la pala extendida. La ola rompió encima de su kayak, pero con toda su fuerza logró no volcar. Lucía tragó agua, jadeando. Cuando se quiso dar cuenta, parpadeando para retirar cuanto antes toda el agua que caía por su cara, vio que la canoa de Paula se había volcado. Lucía gritó. La chica inglesa también. Pánico en sus voces. Todos giraron. No había señales de Paula. David, Tom y Bjørn se movieron, rápidamente, hacia Lucía y la canoa de Paula.

—Creo que sigue en el kayak —gritó Lucía.

Sin esperar instrucciones, le lanzó la pala a Suhaas y, tirando de la cubierta del kayak, se lanzó al agua. El frío la golpeó todo el cuerpo. Pasó por debajo de otra ola y evitó darse en la cabeza contra su kayak. Cuando emergió de la ola, vio que Jaime y Tom habían cogido su kayak, uno en cada punta; Bjørn estaba a su lado, metido en su kayak, aguantando su posición con la pala, manteniendo distancia pero cerca a la vez. No fue necesario decir nada. Cogiendo aire, Lucía se sumergió al lado del kayak de Paula con los ojos abiertos. Lo vio todo de un marrón turbio. Burbujas. Oscuridad. Sintió el cuerpo de Paula dentro de la canoa, peleando con la cubierta del kayak. Lucía veía borroso, destellos entre burbujas, sombras y agua marrón. El amarillo fosforescente de un salvavidas. Brazos, cubiertos de neopreno, moviéndose bajo el agua. Un codo casi le dio en la cara. Lucía se acercó pateando fuerte, brazos alzados bajo el agua, los pulmones ya agotados del esfuerzo. Logró coger a Paula por el hombro de su salvavidas y, con toda su fuerza, la arrancó de la cubierta. Paula se cayó de cabeza del kayak, dándole una patada a la pierna de Lucía al volcar bajo el agua. Lucía la soltó en una nube de burbujas. Las dos subieron, pateando y escupiendo agua. Paula, con los ojos bien abiertos, salpicando agua, abriendo y cerrando la boca, jadeando fuerte. Lucía abrazó el kayak tumbado de Paula y la cogió por el brazo, con más firmeza, respirando hondo, y la sacudió con toda su fuerza.

—Ya, ya está, respira —le gritó en español.

Paula tragó aire, sus ojos estaban llenos de lágrimas. Hizo igual que Lucía, abrazó su kayak, apoyó la frente contra el casco naranja y su respiración se fue calmando.

—Estás bien, ya está —dijo Lucía respirando fuerte—. Un momento de pánico, nada más. No pasa nada.

—Gracias, Lucía —dijo Paula abrazándola.

Estaban paradas frente a la puerta que daba a la piscina. Paula la había esperado, sentada en el muro, ya vestida con un jersey gris de cachemir. Lucía se tomó su tiempo en la ducha, bajo el agua caliente, que era como un alfiler sobre su piel fría. Cerró los ojos y se quedó allí, intentando sacarse de la cabeza la imagen de ese mar turbio y marrón, las burbujas, el viento, los gritos, el pánico de Paula... Esperó hasta que ya no se escucharon voces en el vestuario. No tenía ganas de hablar.

Paula la abrazó contra su melena negra, aún húmeda. Olía increíble.

—Lucía, en serio, creo que me salvaste la vida, sé que suena un poco exagerado, pero no he sentido tanto miedo en mi vida —dijo sin retirar los ojos de su salvadora.

—Ya..., no pasa nada, pudo haber sido al revés, en serio —respondió Lucía sintiéndose un poco avergonzada por recibir tanta atención de alguien que no conocía bien—. Y no te pasó nada, mira. Estás perfecta, como siempre.

Paula la interrumpió sin parar de reír y la abrazó de nuevo.

—¿Te vienes? —preguntó Paula—. Creo que están sirviendo té en la sala de profesores.

La cogió por el brazo, como si fueran viejas amigas, y caminaron hacia las escaleras que subían al castillo. Se giraron cuando escucharon sus nombres.

Bjørn, Jaime y Tom se dirigían hacia ellas. Venían de los cobertizos donde se guardaban los kayaks.

—Ey, ¡Paula! ¡Lucía! —soltó Tom.

—¡Esperen! —pidió Jaime, que trotaba mientras se arreglaba el pelo a la vez.

«¿Paula será consciente de cómo cambian los tíos a su alrededor?». Lucía sonrió de nuevo, después de la adrenalina que había soltado con el susto que les había dado Paula.

Los tres las alcanzaron.

—Lucía. La que salvó el día —dijo Tom una vez a su lado.

Una nota de sorpresa en su voz. Tom seguía con las mejillas enrojecidas, su pelo rojo estaba mojado todavía. Bjørn tenía cara de preocupación, fue directamente hacia Lucía. Parecía que la iba a abrazar, pero en vez de eso le dio una palmada en la espalda que casi le quitó el aliento. Jaime seguía intentando arreglarse el pelo con disimulo.

—¿Estáis bien? —preguntó Bjørn mirándolas con cautela.

—Yo sí —respondió Paula—. Creo que Lucía ha entrado en estado de shock. No me ha dicho ni dos palabras desde que salió de la ducha.

—Estoy bien —contestó Lucía, y quiso sonreír—. Me he quedado un poco en shock, tienes razón, pero ya se me pasará. Quiero un vino. O un chupito de tequila.

—Aquí está, nuestra españolita querida —dijo Jaime en español, y le alborotó el pelo con una mano como si fuera una niña de ocho años.

Lucía le quitó la mano con un gesto brusco, haciéndole muecas de desagrado. Él las ignoró y no dejó de sonreír.

—Déjame en paz —le soltó molesta.

—David estaba preocupado —dijo Tom—, lo vimos en los cobertizos cuando pasamos por allí ahora.

—¿Por qué? Si ya todo ha pasado —dijo Paula caminando hacia el castillo de nuevo—. ¿Qué va a hacer el hombre? Cosas que pasan, ¿no?

—Bueno —señaló Bjørn—. En mi opinión, en el momento que dimos la vuelta al acantilado y se dio cuenta de que subía la marea y el viento empezaba a azotar fuerte, nos teníamos que haber dado la vuelta de inmediato. Yo se lo dije…

—Anda ya, soldadito —soltó Jaime poniendo los ojos en blanco—. No te las des ahora de gran explorador marítimo. Tú también te lo estabas pasando del carajo allá en la tormenta y te vi…

—Yo te vi un poco acojonado, la verdad —le dijo Lucía a Jaime sonriendo otra vez.

—¿Yo? ¿Cagado? —respondió Jaime, con los ojos abiertos de par en par—. Mira, mi amor, esa vaina se la puedes decir a alguien que no camina con regularidad por la ciudad más peligrosa del mundo. Qué me vas a decir de una salida en kayak con una brisita suave en el primer mundo. Tendrías que acompañarme por los barrios del oeste de Caracas, donde todos están armados y...

—Ya, ya, que era una broma, mi cacique. —Sonrió Lucía dándole una palmada en el hombro.

—En fin, lo que está claro es que Lucía es la heroína del día —dijo Paula cogiéndola por el brazo y apretándola contra ella.

Cuando le sonrió, Lucía sintió que cada uno de los hombres que tenía a su lado matarían por ser los receptores de tan luminosa sonrisa.

«¿Cómo es posible que tenga los dientes tan perfectos?». Lucía subió los primeros escalones que daban acceso al castillo a través de los jardines amurallados.

—Nada, no fue nada —respondió poniéndose roja otra vez.

—En serio, Lucía, lo hiciste superbién —dijo Bjørn subiendo los escalones de dos en dos para estar a su lado—. Como si estuvieras en el ejército sueco.

Le guiñó el ojo. Lucía sonrió, entendiendo que este comentario iba dirigido a Jaime, porque Bjørn no tenía ni una gota de nacionalista.

—O un cacique venezolano. Futuro presidente de la república… —añadió Lucía riéndose.

Jaime puso los ojos en blanco, parándose para recuperar el aliento de tantas escaleras.

—Ríanse, europeos, ríanse —dijo—. Ya verán a quién voy a invitar a mi nombramiento como presidente cuando logre eliminar el comunismo de mi país. Ya verán cómo vamos a cambiar el mundo.

—A mí sí me invitas, capullo —dijo Tom dándole un golpe en el hombro.

—Lo que está claro es que acabamos de ver a la Lucía que conocíamos —añadió Jaime alborotándole el pelo otra vez, ahora con una sonrisa genuina—. Me tenías preocupado, españolita, cuando llegaste ayer te vi un poco callada y apagada. Te fuiste de aquí hecha una leona y volviste como una sombra. Ahora estamos viendo a la Lucía de antes, ¿no?

—¿Qué dices?

Ella se disgustó ante esas palabras.

—Nada, solo dice estupideces —respondió Bjørn—, no le hagas caso.

—Soldadito, tú estás de acuerdo —dijo Jaime—. Lucía has estado dando vueltas por el castillo a solas buscando a Mikhael, nadie sabe por qué. Sí, estás distinta, y, en lo poco que te he visto, lo he notado. Quizá porque has vuelto al colegio siendo diferente, quizá porque no eres la persona que querías ser al salir de aquí, te entendemos…

—Jaime, déjame en paz, en serio...

Lucía prefirió mirar el mar. Estaban ya en el cuadro de césped, frente al castillo. Parpadeó, dejando que el viento que subía del mar le secara las lágrimas que no entendía de dónde habían salido. Respiró hondo. El resto del grupo la esperó. No estaba segura de si lo que le disgustaba más era que Jaime tuviese razón o que todo fuera tan obvio para la gente que tenía a su alrededor.

Al estar allí, en su antiguo colegio una vez más, recordando la niña que fue durante esos dos años, llena de sueños y ambiciones y con ganas de comerse el mundo, vio cómo había cambiado. Y no era solo el último mes de trabajo lo que había hecho mella en ella; lo difícil que le resultó aceptar la cara fea, sórdida y mercenaria de su profesión, eso solamente había sido la gota que colmó el vaso. Había abierto los ojos ante su oficio, en el que tanto se había empeñado y sacrificado. Cada mes que pasaba en Londres veía que ese sueño se alejaba más, aun estando dentro del edificio adecuado. No lograba llegar. Sabía que si se lo explicaba a cualquier persona sonaría ridículo, pero esas bombas que lanzaron los terroristas, arruinando vidas, familias, futuros y posibilidades para siempre, también habían arrancado la venda que Lucía se había puesto sobre los ojos. Volver al colegio solo le mostró más cuánto había soñado y lo poco que había conseguido hasta ese momento. Quizá por eso se había empeñado tanto en buscar a Mikhael. Quizá él se había convertido en un símbolo. Aunque tal vez a la única persona a quien le tenía que pedir perdón era a ella misma.

—Vamos —dijo Paula en voz baja para romper el silencio que ya se había hecho un poco largo e incómodo—. ¿Entramos a por té y galletas?

—Tienes razón, Jaime —dijo Lucía dándose la vuelta para mirarlo de cara—. Quizá tienes más razón de lo que me gustaría admitir.

Jaime sonrió, aliviado.

«Claro que no soy la misma persona que salió de aquí. Llevo diez años fuera. Sería ridículo no cambiar. Hace diez años nunca hubiera podido rescatar a alguien de un kayak».

—Pero sigues siendo un capullo —añadió con una sonrisa pícara, dándole con un dedo en el hombro para indicar que todo iba bien.

Todos soltaron una risa para romper la tensión.

—Ya, pero con estilo, mi españolita…

Se unieron a más estudiantes que se dirigían al castillo, y Paula se puso a contar el rescate. Jaime hablaba a Bjørn sobre otras salidas en kayak y Lucía sintió alivio de que el mal momento hubiese pasado ya.

Al llegar a la puerta pesada de madera del castillo, Jaime la esperó.

—Me lo debes, capullo —dijo Lucía en voz baja para que solo él pudiese oír las palabras que estaba pronunciando ante el bullicio del castillo.

—Pero ¿por qué?

—Me lo debes por ser astuto… y capullo. Pero no lo voy a dejar de lado. Todavía no. Mikhael quería hablar con nosotros. Y yo con él. Y ahora no está. Voy a informar a Margareth Skevington. Como compartes habitación con él, puedes confirmar que no durmió allí, que no lo has visto desde ayer y que su maleta no está.

—¿Qué más da su maleta, Agatha Christie?

—Bjørn y yo encontramos una maleta abandonada cerca de la entrada del colegio y la hemos entregado en la oficina, pero lo mismo la secretaria no la ha abierto todavía para ver si se puede identificar como la de Mikhael.

—Bueno, primero vamos a ver si Mikhael no está aquí tomando té, sentado en un sofá pontificando sobre su grandeza como si nada, ¿OK?

Se hicieron muecas mutuamente y entraron al castillo.

Mayo de 1995

—*Hola, ¿hola?*

Una pausa.

—*¿Quién está ahí?*

—*Mierda.*

—*Súbete, carajo, que me estás pisando.*

Lucía respira fuerte y se frota las manos, apretándolas entre sus muslos, pues intenta exprimir el ardor y el dolor. Mira hacia abajo y ve que se le han roto los vaqueros justo en una rodilla. La otra tiene una mancha oscura debido a la suciedad acumulada sobre las piedras antiguas. Jaime le da un leve empujón hacia un lado con un codo para poder ver mejor la figura que se asoma por la ventanilla que tienen enfrente. La luz que alumbra el aula detrás lo deja en sombra. Los dos parpadean, intentando ver quién les está hablando.

—*¿Mikhael?*

Jaime lo reconoce primero.

—*¿Qué coño haces aquí?*

Su voz quiere aparentar normalidad, como si se hubieran encontrado en la cola para el café y la merienda después de clases un día cualquiera.

—*¿Yo? ¿Que qué hago yo? Jaime…, ¿eres tú? Y… ¿Lucía?*

La muchacha da un paso hacia la ventanilla y lo reconoce. Mira detrás, a la clase de Historia.

—*¿Qué haces en la clase de Historia?*

—*¿Qué hacéis vosotros aquí fuera y en el parapeto del castillo? Pensé que lo del cuento de los fantasmas y el embrujamiento de la torre eran verdad. Casi me da un infarto.*

—*A mí también cuando esta loca se ha caído a mis pies. Podríamos haber tropezado y caer por el muro del castillo. Ahora ella sería una tortilla de patatas y yo la salsa picante.*

Jaime se sacude los vaqueros. Lucía pone los ojos en blanco.

—*Oye, Mikhael, ¿nos dejas entrar? Creo que nuestra aventura nocturna ha llegado a su fin...*

—*Ya duró demasiado* —*rebate Jaime en un murmullo para que solamente Lucía lo oiga.*

Ella responde disgustada.

—*Yo soy la que me he hecho daño, capullo.*

—*Todo esto ha sido idea tuya...*

—*Pero ¿qué hacéis aquí arriba? ¿Y cómo habéis llegado hasta aquí?*

Mikhael retrocede para dejarles sitio, pues la ventana es estrecha, y tira del picaporte de hierro que la mantiene abierta. Las pequeñas ventanas del castillo no están diseñadas para abrirlas del todo, porque la idea es que dejen entrar un poco de aire fresco, no cuerpos enteros.

—*Os va a costar entrar.*

—*Voy yo primero, que soy más pequeña. Jaime, deja que apoye mi pie en tu rodilla para poder subir.*

—*Ah, ¿y luego cómo entro yo?*

—*¡Si eres mil veces más alto que yo! Y seguro que más fuerte, inteligente y capaz. Ya te las arreglarás...*

La joven pone los ojos en blanco y desde la rodilla de Jaime se impulsa hasta el marco de la ventanilla. No puede evitar una mueca de dolor, pues ya tiene las ma-

nos raspadas, y rozarse con el hierro del marco hace su efecto.

—Bueno, lo vuestro no ha sido una cita romántica. Ven, Lucía, te ayudo.

Mikhael coge el pie que Lucía logra meter por la ventanilla y lo apoya en una silla. Así ella cuenta con un punto de apoyo para que le resulte más fácil deslizar su cuerpo por la ventana, después meterá la cabeza y los hombros. La situación que está viviendo no es muy delicada. La chica espera que ninguno de los dos muchachos se dé cuenta del esfuerzo que está haciendo para meter el culo sin que le duela y sin romper más todavía sus Levi's 501. Para Jaime, más alto y menos flexible que Lucía, es más difícil todavía. Suelta palabrotas e insultos y, después de varios intentos, logra meter la pierna, el torso y la cabeza por la ventana. Desde dentro, Mikhael y Lucía tiran de él. Su camiseta se engancha en el picaporte de la ventana y se rompe. Se rasga y quedan dos tiras largas por la espalda. Jaime suelta entonces más maldiciones.

—Ya está, mi niña, ya está. —Lucía trata de mantener un tono de guasa.

—Sí, esta es mi camiseta favorita.

—No te preocupes, papá te compra la fábrica. A ver, ¿te has hecho daño?

Le levanta las dos tiras de la camiseta y ve un arañazo feo. El picaporte de la ventana solo ha encontrado piel cuando ya no había más camiseta que romper. Ella le toca delicadamente con un dedo y Jaime intenta no quejarse, cubriéndose la boca con una mano.

—Ya, mi princesa, ya pasó. No hay sangre. Es una pupa, nada más.

—OK, ya estáis aquí. Ahora, ¿se puede saber qué demonios hacíais fuera? —les interrogó Mikhael.

—Mira, Sherlock Holmes, ¿no ves que estoy sufriendo? Me tengo que sentar.

—Nadie puede decir que no tengas un sentido altamente desarrollado de lo dramático.

—¿Lucía? ¿Y tú qué? —Mikhael siguió insistiendo.

—Mikhael, yo también puedo preguntar lo mismo. ¿Qué haces metido en la clase de Historia a medianoche?

—Pues... yo estoy estudiando...

Mikhael señala la mesa que tiene justo detrás, con una lámpara iluminando un montón de libros de texto, apuntes, varios bolis de distintos colores y un par de carpetas de colores.

—¿Y por qué aquí? ¿Por qué no estudias en tu ático? ¿O en tu casa, como todos?

—Tú primero, ¿qué hacíais fuera? ¿Cómo lograsteis salir al parapeto?

—Uno por uno.

Lucía intercambia miradas con Jaime. Ella habla primero.

—*Encontramos una ventana en uno de los áticos de estudio que da al parapeto, al otro lado de la torre...*

—*... Decidimos volver de noche a ver hasta dónde podíamos llegar... —Jaime termina la frase.*

Jaime y Lucía intercambian miradas. Su discurso ha sonado coordinado. Parece que están en la misma página. Nadie va a mencionar las llaves.

—*Vale, ahora te toca a ti. ¿Por qué estudias aquí? —pregunta Lucía.*

Ella avanza dos pasos y se apoya de espaldas contra el escritorio, mirando de reojo los apuntes de Mikhael.

—*Física, igual que este.*

Lucía señala los libros con un dedo y luego a Jaime.

—*Examen mañana, ¿no?*

Mikhael asiente con la cabeza.

—*Nos deberíamos ir todos a dormir.*

Jaime habla en un tono bajo, cansado ya. Se frota la espalda con una mano, haciendo muecas.

Pero Lucía no lo quiere dejar.

—*Entonces ¿por qué aquí? Tú ni siquiera estudias historia...*

Lucía nota que Mikhael no está cómodo con sus preguntas. Se frota el pelo con las manos.

—*Margareth me prestó las llaves.*

Lucía se cruza de brazos e inclina la cabeza, quiere saber más. Se quedan mirando los dos hasta que

Mikhael se da cuenta de que ella no está satisfecha del todo con la respuesta.

—Ella es mi tutora y cuando le dije que en mi ático de estudio hay una panda de guais que ya tienen ofertas en las universidades donde quieren ir y que no paran de hacer el tonto y que en casa no tengo suficiente espacio…, pues me prestó las llaves de esta clase. Me dijo que podría venir cuando quisiera. Y dejar mis libros en su despacho…

Indica con la barbilla la puerta en la esquina de la clase que da directamente al despacho de la jefa del departamento. Lucía se pasa horas en esta sala, porque historia es de sus materias favoritas, y ha visto a Margareth Skevington entrar a clase desde allí directamente mil veces. Tiene celos, Margareth es su profesora de historia, a ella le encanta esa materia, pero Margareth nunca le ha demostrado ni una pizca de la atención que ahora sabe que recibe Mikhael.

—No te la estarás…, ¿no?

Jaime hace una seña internacional con las manos. Lucía se disgusta con su amigo ante la insinuación. Mikhael se pone rojo como un tomate en un instante y lo niega con palabras sin ningún sentido. Lucía se siente mal por él.

—Qué capullo eres, Jaime, ¿no sabes que Mikhael es quizá el más listo de nuestro año? Has ganado premios en República Checa, ¿no? Eres uno de los becarios, ¿verdad?

Mikhael sonríe y asiente con la cabeza. El color de su rostro vuelve otra vez a su tono poco a poco.

—*Ven, vámonos.*

La joven indica a su amigo que se vayan mientras este le echa un vistazo a una pila de papeles que hay sobre una mesa enfrente de donde estudiaba Mikhael, sin dejar de frotarse la herida de la espalda.

—*Pero ¿qué carajo es esto?*

Jaime coge los papeles, deja su languidez a un lado. Lucía y Mikhael se giran.

—*No sé. Todo estaba así cuando llegué. Me imagino que son cosas de la clase de Historia que Margareth ha dejado aquí.*

—*Mikhael, ¿en serio?*

Jaime deja los papeles y lo mira fijamente. Su sonrisa ha desaparecido, está tenso y tiene los ojos más abiertos y redondos que nunca.

—*Estos son todos los puñeteros exámenes de este año. Los exámenes a los que vamos a presentarnos…, ya.*

Empieza a leer cada una de las páginas, divididas en carpetas de cartón beis.

—*Esto…*

Alza una carpeta con la mano, mira perplejo a sus dos compañeros y señala el título impreso en la carpeta.

—*Esto es el examen de física que tenemos… mañana.*

—*Pero si yo...*

—*Jaime, deja eso ya.*

Lucía y Mikhael avanzan dos pasos hacia Jaime y extienden sus manos. Instintivamente, él sube la pila de archivos por encima de la cabeza.

—*Los has estado mirando, Mikhael. Estás haciendo trampa.*

—*Te juro por mi madre que ni los había visto. Ni me di cuenta.*

—*Mentira.*

—*Te lo prometo.*

—*No te creo.*

—*Si no, por qué estaría haciendo los puñeteros apuntes como un tonto para el examen de mañana, me estaría leyendo esos papeles...*

Lucía siente una ola de pánico que afecta a su estómago. Jaime se les queda mirando a ambos y toma una decisión.

—*Voy a leerlos. Todos.*

Jaime se sienta de golpe en una silla y deja caer una pila de papeles a sus pies. Lucía ve los títulos de las primeras carpetas que Jaime arrojó al suelo, que se despliegan como un abanico. Tiene razón. Están claramente marcados. Oficiales. Los exámenes de fin de año de cada materia que se da en la Academia Global...

5

—No me puedo creer que te hayas guardado este secreto todos estos años, Lucía —soltó Elena sacudiendo la
cabeza antes de tomar otro sorbo de su lata de gin-tonic.

Elena extendió un brazo para colocar unos rizos
que se le habían escapado a su amiga detrás de la oreja
y así poder ver mejor su cara.

Lucía no levantó la vista del suelo mientras golpeaba el banco de madera con sus tacones de terciopelo
celeste manchados de barro. Estaba sentada con sus
amigos Elena y Bjørn al lado del Soc, territorio de los
estudiantes y el mejor lugar para tomar ginebra de lata,
recordar y hablar de anécdotas de hacía ya diez años.

Habían escogido los bancos enfrente del edificio
para estar más protegidos del viento, más intenso y frío

desde la tarde, aunque pronto se dieron cuenta del poco éxito de la idea. Elena llevaba un chal, Lucía una chaqueta de lino que apenas la abrigaba y Bjørn un blazer encima de una camisa blanca. Bjørn lo llamó «mi look pijo» cuando se encontró con las chicas, ya todos vestidos para la cena de gala. Giró en un círculo frente a ellas mientras hacía muecas como si imitara a un modelo de pasarela y las dos se rieron.

—Bueno, aceptable —dijo Elena—. Creo que Lucía esperaba verte en tu traje formal militar con tu sombrero y todo, pero ¡qué se le va a hacer! Nos conformamos con el look pijo.

Bjørn se dio una palmada en la frente, cerró los ojos y sacudió la cabeza, exagerando su reacción por haberlas decepcionado, y los tres se rieron.

—Pues vosotras dos estáis guapísimas —apuntó él.

Los tres, acurrucados en el banco, se quejaban de lo miserables que eran los veranos británicos. Mientras, bebían sorbos de las latas de ginebra que Bjørn había comprado en la estación de tren antes de llegar al internado.

—Recuerdos de nuestra juventud —les había dicho cuando les enseñó el contenido de la bolsa del súper partiéndose de risa ante la cara de disgusto que puso Elena—. Vamos, uno no te va a matar, y seguro que el vino que servirán en la cena también será mediocre, así que esto nos sirve de introducción.

—Bueno, es verdad que hay tradiciones que tene-mos que revivir una última vez y después ya nos po-demos olvidar de que existen gin-tonics de lata en esta pequeña isla fría y lluviosa —comentó Lucía divertida.

—Aunque vosotras seguís viviendo aquí —respon-dió Bjørn abriendo la puerta de la casa y dejándolas salir primero.

—Sí, pero ya no tomamos ginebra de lata.

Elena hizo muecas y los tres se encaminaron hacia el Soc a conquistar ese banco en el que en ese momento se encontraban.

Nubes grises amenazadoras retumbaban por el cielo. La mañana casi soleada tan solo era un recuerdo, sin abandonar la tradición de un buen verano galés, que podía cambiar radicalmente en cuestión no de horas, sino de minutos. Mientras que Lucía y Bjørn se habían aven-turado a darse un chapuzón, Elena había pasado la tar-de con otras amigas, paseando por el bosque hasta el faro y pasando por el pub a la vuelta. Cuando regresó al cuarto compartido y se encontró a Lucía, ya había oído rumores sobre sus aventuras en alta mar. Mientras se cambiaban y se maquillaban, Elena le enseñó la co-lección que había acumulado de Juicy Tubes de Lan-côme que estaban tan de moda, sugiriendo cuál le iría mejor. Al entrar en la sala de la casa, ya listas para la fiesta, encontraron a Bjørn esperándolas para tomar gin-tonics antes de empezar la cena de gala en el hall del castillo. Fue Bjørn el que insistió en que Lucía les contara por qué buscaba tan insistentemente a Mikhael. Ninguno de los dos sabía que todo había empezado porque Lucía quiso tener las famosas llaves del castillo, aunque solo fuera una única vez.

—No me puedo creer que nunca me lo hayas contado —dijo Elena—. Si compartíamos habitación, cabrona. Estábamos literalmente juntas cada día y cada noche en la misma habitación y nunca me contaste nada sobre todo esto.

—Es que tú eras muy buena, no te habría gustado—se disculpó Lucía.

Elena asintió riéndose.

—Es verdad —dijo—. Recuerdo que después de la fiesta en el jardín cuando el estadounidense ese, se me ha olvidado su nombre, nos dijo que Jaime tenía las llaves, casi se lo suelto el día de la graduación, pero no tuve coraje. Sabía que yo nunca haría nada con ellas de todas maneras.

—Y luego, al año siguiente, ¿por qué no se las intentaste quitar? —preguntó Bjørn asombrado.

—¿Cómo? ¿Y cuándo? —preguntó Elena sacudiendo la cabeza—. Recuerda que yo realmente era una niña buena. Nunca rompí ni una regla en este lugar. Aparte de que durante el segundo año me puse las pilas para sacar buenas notas y entrar en la universidad. Y ahora soy una abogada de Derechos Humanos en Ámsterdam.

Por Dios, ¡creo que nunca más en la vida tendré la oportunidad de romper ninguna regla! Tendré que ser una santa para siempre, ¡vaya paliza!

Los tres se rieron.

—Pero tienes razón... —asintió Bjørn—. Todo se puso más serio el segundo año. Hasta para los más tontos como yo. ¿Y tú, Lucía? ¿Por qué tardaste tanto en quitárselas a Jaime?

—Tuve que esperar a tener una oportunidad y negociar con él —explicó a sus amigos—. A mí nunca se me olvidó que supuestamente las tenía. Yo no soy o, mejor dicho, yo no fui tan buena como Elena...

—Pero todavía no me queda claro después de todo esto, ¿qué es lo que le quieres decir ahora a Mikhael? —preguntó Bjørn todavía perplejo.

—Le quiero pedir perdón —dijo Lucía encogiéndose de hombros.

Sintió alivio solo con decir esas palabras en voz alta. Les había contado hasta el momento en que Jaime encontró los exámenes, asegurando que ni ella ni Mikhael miraron las preguntas.

—Pero ¿por qué? No le hiciste nada a Mikhael. —Bjørn seguía sin entender el motivo de la búsqueda.

—Sí, lo tenías que haber visto esa noche. Estaba tan preocupado... Él allí estudiando y nosotros dos haciendo el tonto. Todo su futuro en juego, la beca del colegio, la de la universidad y nosotros..., bueno, mejor dicho, y yo solo pensando en una última aventura por el castillo. Me di cuenta de que no todos los estudiantes éramos iguales aquí. Y le quiero pedir perdón. Ahora lo entiendo mejor.

—Es que con dieciséis años no se puede comprender lo que significa tener una beca para estudiar en este lugar, y más si vienes de una familia que te lo puede pagar y tienes asumido que todo lo que quieres lo vas a tener: la universidad, un buen trabajo, una casa en una calle bonita... Todo esto es lo normal... —explicó Bjørn intentando calmar el sentimiento de culpa de su amiga.

—Bueno, quizá para vosotros, que sois europeos —matizó Elena—. De donde vengo nunca se pierde de vista quiénes son los que tienen y los que no cuentan con nada. No he pasado ni un día de mi vida sin saber que soy una de las afortunadas.

—Pues yo fui muy tonta. Muy niña —dijo Lucía—. Nunca se me había ocurrido pensar qué es lo que significaba obtener una beca en un lugar como este. No entendía que solo la conseguían diez o doce chavales cada año y que esta les cambiaba la vida. No tenía en cuenta que era la oportunidad de entrar a una universidad estadounidense pagada, un máster y todo eso. No lo apreciaba. Pensé que todos los que veníamos aquí éramos, bueno, sí, unos privilegiados, unos afortunados como yo, que de repente tuve la suerte de que a mi padre le ofrecieran un trabajo que incluía matricularme aquí. Pensé que éramos todos más o menos igual. Bueno, y algún que otro millonario de verdad...

—Entonces tú querías volver a hacer las paces, te encuentras con un Mikhael atormentado y enfadado, no puedes hablar con él y luego el tío...

—Desaparece.

—O algo parecido —corrigió Elena—. No lo sabemos todavía.

—Siempre pensando como una abogada —dijo Lucía con los ojos en blanco, y sonrió.

—Seguro que aparece esta noche. Además, nos dijo que iba dar una charla esta noche como ganador del Premio Steadman-Rice —dijo Bjørn—. Quizá ha estado todo este rato escribiendo el texto. La charla de su vida. Nos va a dejar a todos con la boca abierta.

—Bueno, espero que esté allí, aunque no tengo muchas ganas de más charlas —apuntó Lucía.

—Además todavía no tenemos respuesta sobre la maleta misteriosa. —Y Bjørn le contó a Elena rápidamente cómo la habían encontrado esa mañana—. A Lucía casi le da un ataque. Entró a la oficina del colegio escupiendo teorías e insinuando que algo le había pasado a Mikhael. Ahora —se dirigió a Lucía— te han dicho que no saben de quién es la maleta, nadie la ha reclamado. No han tenido, parece, intención de abrirla. También te han insinuado en la secretaría que Mikhael había mandado un mensaje a Margareth Skevington para avisarla de que se había tenido que ir de urgencia. ¿No es así?

—Bueno, algo por el estilo —dijo Lucía con los ojos clavados en el suelo pensativa.

Después de tomar el café con Paula y el resto del grupo, Lucía se había pasado por la oficina de nuevo en busca de respuestas. La secretaria de antes no estaba. Había otra que le informó de que ella no sabía nada del asunto y que su papel era organizar la cena de gala de esa noche, no perseguir maletas sin dueño. Cuando Lucía insistió en que su compañera le había dicho que se lo preguntaría a Margareth, respondió que sí recordaba una conversación sobre un estudiante que se había tenido que ir de repente, pero que Margareth se había pasado la tarde entera metida en su despacho con los de la auditoría. Y cuando Lucía le preguntó si la charla de Mikhael seguía en marcha para la gala, la secretaria le devolvió una mirada de perplejidad aduciendo que ese tema era de otro departamento, que ya era suficiente trabajo para una persona encargarse de que hubiera suficiente comida y bebida y que, por tanto, no podía estar pendiente de la charla de un exalumno.

—Entonces ¿el nombre de Mikhael no te suena? —preguntó Lucía—. ¿Margareth no te lo ha mencionado?

—Para nada —respondió.

No disimuló una voz ácida.

—Vale, vale, perdón —se disculpó Lucía—. No te quería molestar, solo me preocupa mi compañero…

La mujer suavizó el carácter ante la inquietud de la joven.

—Te prometo que si veo a Margareth se lo pregunto de nuevo. Y yo estaré hasta que termine la cena, justo cuando se vayan los auditores, ¿de acuerdo? Los acompañaré a la estación para que tomen el último tren y seguro que por aquí todo estará más calmado.

Con esa respuesta Lucía tuvo que quedarse satisfecha. La maleta seguía en su lugar, abandonada en una esquina de la oficina. Se resistió a preguntar si podía abrirla, pues sabía la respuesta.

—Se lo tendré que preguntar a Margareth en la cena —soltó Lucía en voz baja como si hablara consigo misma.

—¿Qué? ¿Qué dices? —preguntó Elena.

—Nada, nada —respondió ella con una sonrisa fugaz—. Digo en voz alta lo que tengo en la cabeza.

—¿Piensas sacar a Margareth el tema de Mikhael en la cena de gala? —preguntó Bjørn inquieto.

—Si no hoy, ¿cuándo?

—Pero…

Lucía miró la cara de consternación de sus amigos.

—¡Es que no lo entendéis! —estalló Lucía—, Mikhael no ha aparecido en todo el día y nadie, pero nadie, sabe dónde está… Y no es solo por lo que os he contado de esa noche en el castillo... —aquí dejó en el aire su discurso mostrando que no lo había contado todo, que la última parte de esa noche prefería guardársela para ella misma—, pero es que me parece demasiado extraño que se haya ido sin decírselo a nadie. Nadie. Especialmente cuando quería hablar con Jaime y conmigo también. Y ya no está. Por algún motivo tiene que ser, ¿no? No puede haberse ido sin decir nada ni dejar huella.

Lucía bebió un sorbo largo de su lata de gin-tonic.

—¿Qué sabe Jaime? —preguntó Bjørn.

—¿Jaime?

—Bueno, aparte de nosotros, él es la única persona que sabe que querías hablar con Mikhael. Y también sabe que quería hablar con él aunque le importe poco.

—Pues no sabe nada, y no creo que me mienta —añadió Lucía—. Cuando desperté a Jaime esta mañana, estaba dormido y no tenía ni idea.

—Descartamos a Jaime, descartamos la opción romántica porque nadie más ha desaparecido con él...

Bjørn aplastó la lata vacía antes de tratar de encestarla en la papelera más cercana. Cayó al suelo. Elena se rio. Lucía sonrió un poco. Bjørn fue a depositar la lata correctamente.

—¿Te imaginas a un sueco tirando basura a la calle? —apuntó Elena divertida.

—O peor, alguna de nosotras dos tirando basura por la calle en Suecia —planteó Lucía.

—Os echarían por mucho menos —respondió Bjørn, y esbozó una sonrisa—. Bueno, hemos descartado las opciones más obvias. Ya habéis terminado, ¿sí o no? Venga, vamos al castillo, que todo está a punto de empezar.

—Ostras, tío, no todos bebemos al ritmo de los vikingos. —Elena agitó su lata para ver cuánto le quedaba.

—Yo sí —aseguró Lucía.

Se paró, bebió el último trago y bromeó poniendo cara de disgusto.

—A ver si lo logro. —E intentó repetir la maniobra de Bjørn.

También falló el tiro, y en su trayectoria las últimas gotas de líquido cayeron sobre la camisa blanca y planchada de su amigo. Elena y Lucía no pudieron evitar unas risas. Lucía volvió a depositar la lata.

—Joder, chicas, no sabéis el esfuerzo que he hecho para planchar esta camisa y ponerme guapo para acompañaros a la gran cena de gala y... ¿vas y me tiras gintonic barato a mis galas?

—Perdón, perdona. —Lucía trató de limpiarle la camisa lo mejor posible con el borde de su chaqueta de lino.

—Creo que estás haciendo que mi camisa empeore, Lucía —dijo Bjørn riéndose.

Elena sacó un clínex de su pequeño bolso de Prada y se lo entregó a Lucía.

—Repite, hazlo bien —le pidió su amiga.

—Gracias, Elena —respondió Bjørn—. Bueno, ¿ya estamos? ¿Tenemos más sucesos que contar? ¿Más aventuras? ¿Nadie más ha desaparecido? ¿Más líquidos que dispersar por aquí? ¿No? Pues ¿al castillo?

Bjørn abrazó a Lucía y la rodeó por los hombros. Era un gesto de viejos amigos. Ella se sorprendió cuando sintió por un instante fugaz que habría preferido que ese gesto de Bjørn no hubiera sido de amistad, sino algo más. Eliminó rápidamente ese pensamiento de la cabeza y se giró para que el sueco no se diera cuenta de que se estaba poniendo roja.

—Al castillo —repitieron las dos amigas sonriendo, cada una cogiendo un brazo de Bjørn, dejando atrás al Soc, las latas vacías de ginebra y todos los miles de preguntas aún sin responder.

Ya no se podía ver al sol ocultándose, pues las nubes grises ocupaban todo el cielo, convirtiendo la penumbra en algo amenazador, llena de sombras. Los tres pasaron por debajo del arco de piedra que marcaba la entrada al castillo y sus jardines. Por un momento las ventanas del castillo reflejaron los últimos rayos de sol que lograron escapar de las nubes. Los tres amigos se quedaron ensimismados ante el espectáculo. La piedra del castillo cálida, las ventanas reflejando la luz como si fueran miles de pequeñas joyas, el césped tan verde que parecía una alfombra esmeralda.

—Madre mía, nunca más voy a vivir en un lugar tan espectacular —suspiró Lucía.

—¿Crees que lo apreciamos lo suficiente cuando vivíamos aquí? —preguntó Bjørn al mismo tiempo.

—El seguro de este lugar tiene que ser la bomba —añadió Elena a su vez.

En el cuadrado de césped delante del castillo ya se estaban acumulando los antiguos alumnos, todos guapos y arreglados, algunos con su traje nacional, pero la mayoría iba de negro, con trajes de buen corte; tan solo algunos se atrevieron con un color chillón o con una prenda más llamativa. Suhaas llevaba un traje estilo Nehru de color azul claro. Paula, totalmente recuperada, lucía resplandeciente un vestido largo, amarillo mostaza, que muy pocas podrían llevar como ella. El pelo negro, suelto y liso, le cubría la espalda. Su vestido era atrevido para un verano galés.

«Parece que viene directamente de la pelu. Y que ha estado en un taller de alta costura de París». Lucía miró de reojo su propio vestido negro que parecía de seda, pero en realidad tenía una mezcla de poliéster, con la ventaja de que no se arrugaba tanto en la maleta.

Los tres se entremezclaron con los otros estudiantes que circulaban por allí, esperando que se abriera la puerta al castillo para entrar al hall, la sala más grande de todo el colegio donde se celebraría la cena de gala.

Tradicionalmente la noche de gala del sábado de este tipo de reuniones era el evento más formal del fin de semana. Una cena bajo el techo de madera y piedra del gran hall, un par de charlas y luego una subasta para recaudar fondos para el colegio. A Lucía no le apetecía nada esta parte de la noche. Aparte de que se sentía incómoda ante esa ostentación de dinero por parte de los alumnos —donde ella además no podría participar—, le parecía demasiado esperar que ellos, tan solo diez años después de haberse graduado, pudieran donar cantidades suficientes a una institución que francamente ya contaba con mucho dinero. Pero era una tradición del internado: sacar un beneficio de todo lo que había otorgado a sus estudiantes para que salieran al mundo y tuviesen éxito. El intercambio consistía en que los alumnos pudiesen volver y agradecer a la institución sus servicios con una buena donación para el nuevo campo de fútbol, para un teatro o para el fondo que provee las becas.

—Lucía, quería hablar contigo y darte las gracias…

La joven se dio la vuelta y se encontró a su antiguo profe de mates, David Hendry. Llevaba un traje que no le quedaba muy bien. Estaba incómodo, no parecía que se lo hubiese puesto mucho, pues siempre vestía como si estuviese a punto de salir a correr.

—No te preocupes —no lo dejó terminar—, en realidad no hice nada que no hubiera hecho cualquiera. Por lo menos ya sabes que las clases de kayak que dimos cuando éramos estudiantes no se nos olvidan.

El profesor sonrió un poco tenso.

—Desafortunadamente no puedo decir lo mismo de álgebra —añadió Lucía sonriendo—, aunque la culpa en este caso es mía —aclaró rápido antes de que David pudiera pensar que insinuaba que no había sido un buen profesor.

—Bueno, volviendo a lo de hoy…

—¿Sí?

David se inclinó hacia la exalumna para que su conversación se hiciera algo más privada.

—Lo que te quería comentar…, hoy en los kayaks, me gustaría poder confirmar que en ningún momento durante la salida estabais…, bueno, lo que quiero decir… —frunció el ceño buscando las palabras adecuadas—, si en ningún momento pensasteis que os llevé a una situación de peligro, ¿verdad?

«No me lo está preguntando como profesor a alumno». Se sorprendió de cómo estaba transcurriendo esa conversación. Ella siempre había pensado que los profesores estaban seguros de todas las acciones que llevaban a cabo frente a los estudiantes.

—Creo que fue mala suerte —dijo Lucía—, y nada más. No sentí que provocaras esta situación. El tiempo cambió muy de repente.

David suspiró aliviado. Los pliegues de su frente desaparecieron. Lucía le sonrió curiosa.

—¿Por qué lo preguntas? ¿Hay otros compañeros que no opinan igual?

—No, no, claro que no, nada que ver —respondió rápidamente—, solo quería estar seguro. Es que tenemos aquí a estos dos funcionarios del Departamento de Educación…

—Ah, sí, los he visto —asintió—, me ha extrañado verlos aquí, ahora, en verano, cuando el colegio no tiene alumnos… Es un poco raro que vengan durante la reunión, ¿no?

—Bueno, algo, pero… —David se giró para ver a quién tenían a su alrededor—. ¿Quién te ha dicho eso?

—¿El qué?

—Lo que me estás diciendo…

—Pues nadie, me ha parecido extraño a mí. —No entendía muy bien hacia dónde iba la conversación.

—Vale, pero ¿no es algo que se esté comentando entre los estudiantes?

—Pues no, pero sí me extrañó, eso es todo…

—Te digo la verdad, a mí también. Y Margareth anda bastante estresada con su presencia. Hoy estuvieron reunidos casi toda la tarde. No quiero que pase nada que pueda… —parecía que se quedaba sin palabras—, que pueda causar más tensiones. ¿Me entiendes?

—No te preocupes —le tranquilizó Lucía—. Si crees que me voy a quejar a Margareth de que casi nos matas con los kayaks en alta mar en una minitormenta cuando esté al lado de los funcionarios, no te preocupes, no lo haré.

David perdió el color de la cara.

—Lo decía de broma, David. —Se dio cuenta de que el profesor hablaba en serio—. No diré nada.

David se relajó.

—Vale, vale —dijo él—, menos mal. Voy a buscar a Paula para preguntarle lo mismo.

David soltó una risa nerviosa. Lucía se dio cuenta de que el profesor no sabía cómo terminar esa conversación y de que buscaba una salida. Se le ocurrió otro tema.

—Otra cosa, David…

Él ya se había dado la vuelta para irse. Se giró para escuchar a Lucía, pero ella lo notaba ya distraído.

—En la gala… ¿Sabes si la charla de Mikhael sigue en pie?

—Pues… pues no sé qué decirte… —respondió el profesor perplejo—. ¿Quién te ha dicho que no? Él ganó el premio de los becarios en vuestra promoción, ¿no?

—Sí, por eso me sorprende que no lo he visto…

—Pues se lo preguntaré a Margareth…

—No hace falta —respondió Lucía interrumpiéndolo—. Tampoco es tan importante.

—¿Por qué quieres saberlo? ¿Para salir antes y no tener que escucharle? —El profesor sonrió—. Entiendo que tantas charlas se pueden hacer largas…

—No, es que… es que no he visto a Mikhael…

Lucía no terminó la frase.

En ese momento vio a Margareth Skevington salir por la puerta principal del castillo. Como dos sombras tenía a los auditores a su lado, con los mismos trajes grises que antes y expresiones neutras. Esta conversación la quería tener con Margareth, no con David. Miró al profesor y vio que este la miraba extrañado, esperando todavía a que terminase la frase que había empezado.

—Perdón. Da igual. Tonterías mías —dijo—. Pero sí, tienes razón, demasiadas charlas se hacen pesadas. Mira…

Lucía señaló con el dedo a unos veinte metros de donde estaban parados.

—Mira, allí están Paula y Jaime. —Lucía quiso emplear un tono neutro, pero no tuvo mucho éxito—. ¿No querías hablar con ellos?

—Sí, es verdad, ahora voy. —El profesor se apartó de su lado con una sonrisa incómoda.

David fue directamente hasta Paula y Jaime, que estaban hablando con un par de estudiantes más. Lucía se había dado cuenta, pues conocía muy bien a Jaime, de que intentaba quedarse a solas con Paula. Cuando David los interrumpió, Paula parecía bastante aliviada y Jaime, irritado.

—¿Qué te ha dicho David?

Bjørn interrumpió sus pensamientos. Este levantó las cejas en dirección al profe de mates, que estaba ya hablando con Paula y Jaime.

—Ha sido un poco extraño... —le explicó pensativa—, intentaba averiguar si yo pensaba que lo que pasó en los kayaks había sido culpa suya... Creo que tienen demasiado estrés por la auditoría.

Se fijó en cómo los dos funcionarios estaban observando todo, con sus caras neutras, apartados del resto de la gente.

—Curioso, ¿no? —contestó su amigo—. Creo que aquí, como en todas partes, cada vez hay más vigilancia oficial.

—¿En qué sentido?

—Bueno, en mi trabajo nos tenemos que preocupar cada vez más por el bienestar de los nuevos reclutas, cada vez hay más papeleo antes de que podamos salir a cualquier operación de entrenamiento...

—Los periodistas más veteranos dicen lo mismo. —Lucía apoyó la tesis de su compañero—. Que antes salías a la calle con una cámara y un micrófono y a ver hasta dónde llegabas; ahora tenemos que rellenar mil formularios de análisis de riesgo. Ese es otro de mis trabajos aburridos, rellenar formularios para los reporteros de verdad. Me imagino que en los colegios pasa lo mismo.

—Lo que no tengo claro —apuntó Bjørn pensativo— es si son los padres los que tienen más cuidado o si son los mismos estudiantes, estos..., ¿cómo se les llama ahora?, estos mileniales los que quieren que se les trate con tanto mimo.

En ese momento Margareth Skevington subió de nuevo a las escaleras que daban a la puerta principal del castillo abriendo los brazos para llamar la atención. Sus gestos eran poco fluidos, como si no estuviese cómoda. Era alta y flaca, y parecía ignorar cómo funcionaba su cuerpo, insegura en ese aspecto. Cuando los reunidos empezaron a callarse a su alrededor, ella sonrió, observando el entorno, lista para hablar.

—Clase de 1995, ¡bienvenidos! —anunció en voz alta para que todos pudieran oírla.

Alzó los brazos de golpe en una gesticulación teatral. Miró a su alrededor. A Lucía le pareció que se fijaba en la pareja de auditores y que eso la hacía estar más nerviosa, pero luego decidió que estaba interpretando demasiado los gestos de Margareth y se dejó llevar.

—Espero que todos estéis disfrutando de este fin de semana. De parte de toda la dirección, los profesores y los fantasmas de las torres —aquí se desataron las risas entre los asistentes—, os damos la más cálida bienvenida. Esta noche es el plato fuerte de este encuentro tan emblemático en la Academia Global. Disfrutaréis de la cena de gala en el gran hall y después de nuestra famosa subasta, donde podréis realizar donaciones para poder llevar a cabo un montón de experiencias maravillosas. Por último, visitaréis la discoteca con la mejor música de vuestra época en el Soc donde os podréis quedar hasta muy tarde. No como cuando estudiabais aquí, hoy me da exactamente igual a qué hora os vayáis a dormir. No pienso vigilaros.

Más risas y aplausos entre los visitantes.

—Así que bienvenidos a la gran cena de gala, buscad vuestros asientos y que empiece la noche. Vamos a disfrutar como solo podemos hacer ¡los globalistas!

Otro gesto teatral de culminación, más risas y algunos gritos de ánimo. Lucía miró a su amigo y sonrió.

—No le vas a dejar disfrutar de la noche con tu teoría de que Mikhael ha desaparecido, ¿verdad?

—Cierto.

Lucía se zambulló entre la multitud que iba hacia el castillo y se dirigió a la directora del colegio.

—Margareth…

La directora se dio la vuelta. Lucía sintió una señal de irritación en el rostro de la exprofesora de historia, aunque quizá se lo estaba imaginando.

—Soy Lucía —intentó sonreír—, tu antigua alumna de historia… No sé si te acuerdas de mí…

—Claro que te recuerdo.

Margareth no mostró ni una pizca de simpatía ni rastro de la cercanía que había mostrado en su pequeña charla antes de abrirles la puerta al castillo. Las dos mujeres se miraron observándose mutuamente. Para Lucía este momento duró una eternidad. Estaban rodeadas por alumnos, que se estaban aglomerando en la entrada del castillo mientras esperaban pasar por la puerta más pequeña que daba al hall. Lucía sentía todo el movimiento a su alrededor, el eco y las reverberaciones de tantas voces dentro de la sala estrecha de techo alto, notaba todos los pies avanzando lentamente por el suelo de piedra. Margareth no se movía, las dos mujeres estaban como suspendidas en una burbuja creada por una huella del pasado, por los recuerdos de una noche que las dos preferían evitar. La sonrisa con que saludaba a los alumnos que se dirigían al hall desapareció en cuanto saludó a Lucía. Después de una pausa incómoda, la directora empezó a hablar deprisa, con un tono áspero, sin mirarla a los ojos. Al mismo tiempo continuó sonriendo a los alumnos que se le acercaban, indicando a Lucía que su momento con ella ya había terminado. La joven se dio cuenta de que Margareth la seguía viendo como una pequeña espina clavada en su memoria, una mera irritación fácil de ignorar.

—Margareth, pasé antes por tu oficina y me dijeron que lo hablarían contigo, pero estabas ocupada con la auditoría.

—¿Quién te ha dicho eso? —preguntó Margareth con ira.

—En secretaría —respondió Lucía tragándose las palabras.

Margareth no tenía intención de continuar.

—Margareth..., ¿sabes dónde está Mikhael? —preguntó insistente en un tono de voz demasiado alto como para ser ignorado, pero suficientemente bajo como para no atraer la atención de los que estaban a su alrededor.

La joven siguió hablando rápido antes de que Margareth tuviera tiempo de buscar una disculpa para interrumpirla.

—Y quiero saber si él te dijo algo, si se tuvo que ir, quizá por una emergencia, o si puedo averiguar cuál es su número de móvil para llamarlo... Él iba a hablar esta noche, me lo dijo, y por eso me sorprende que se haya ido sin decir nada...

Se había quedado sin aliento. Los ojos azules de Margareth no dejaban de observarla, los labios aplastados en una línea fina, sin sonrisa alguna.

Margareth la cogió con fuerza por el brazo y tiró hacia ella, pero lo hizo de tal modo que fue como un gesto invisible para los que seguían entrando en el hall.

—¿Qué dices? ¿Qué ridiculez es esta? —le siseó acercándose a ella para poder hablar en voz baja.

—Es que Mikhael…, no lo encuentro… Se lo mencioné a la secretaria esta mañana y…

De golpe Lucía se sintió ridícula. Margareth se la quedó mirando unos segundos más, en silencio, hasta que se recompuso de nuevo. Le soltó el brazo, sonrió y asintió la cabeza a todos y a nadie en particular. Mientras, los estudiantes y profesores seguían entrando en la gran cena. Eran como un río convertido en torrente, todos hablando entre ellos, palpitando una energía positiva que anticipaba el tono del evento que tenían por delante. Lucía quiso decir algo más cuando Margareth le devolvió la mirada. Ahora había logrado cambiar la expresión de furia por una neutra, diplomática. Pero sus labios seguían planos, blancos.

—Mikhael, pues, Mikhael… —casi escupió las palabras—, creo que se tuvo que ir.

—¿Y no iba a hablar en la cena de gala? Como un antiguo ganador del Steadman-Rice…

Margareth abrió y cerró la boca sin hablar, la furia cruzaba sus ojos de nuevo. Miró rápidamente alrededor de Lucía antes de acercarse.

—¿Acaso eres tú la organizadora de este evento? —siseó—. Pues no. No lo eres. Soy yo. Él no quiso hablar. ¿Te parece bien? Creo que alguien me informó de que se había tenido que ir. En la oficina —hizo gestos con las manos para indicar que todo esto eran detalles de los cuales ella no tenía ni tiempo de preocuparse—, luego buscaré su número de móvil para que le puedas llamar. Le puedes preguntar sobre su charla. Si tengo tiempo. Mañana, quizá. Pero te tengo que pedir que desistas de difundir rumores ridículos. Sé que ahora trabajas en la prensa —casi escupió la palabra—, pero aquí no ha pasado nada.

Lucía no tuvo oportunidad de responder. Antes de que Margareth terminase la frase se había dado la vuelta para entrar al hall, dejando a Lucía con la boca abierta en la entrada. Dejándose llevar por la gente que tenía a su alrededor, Lucía la siguió. Parada en la entrada podía ver la espalda de Margareth que se dirigía a la pareja de auditores y los acompañaba a una mesa frente a la tarima que encabezaba la gran sala. Este era su show y nadie lo iba a interrumpir. Mientras la multitud se apartaba para dejarla pasar, ella iba cogiendo la mano de los estudiantes, saludando como si fuese una candidata política en su cumbre.

El hall se había convertido en un decorado de película, mesas adornadas con manteles largos y cubiertas de flores silvestres con enredaderas verdes que parecían cogidas de los alrededores del castillo. No faltaban tampoco velas altas y elegantes. También había luces en tonos púrpura y rosa que iluminaban el techo de madera. Y allí estaban los principales protagonistas, los antiguos estudiantes, celebrando sus logros y éxitos, conscientes de que eran producto de esta institución y dispuestos, ahora que habían regresado, no solo a presumir un poco, sino a dar las gracias y devolverle el favor al lugar que les había proporcionado las herramientas para brillar en sus vidas profesionales.

Lucía, sin embargo, se sintió aislada, sola. No podía aplaudir, animar, silbar o patear con los pies como hacían sus compañeros, más cuando Margareth se paró delante de todos y subió los brazos en un gesto de falsa modestia. La directora les pidió que se callaran, sintiendo que era el centro de atención. Los exalumnos y los profesores estaban ya colocados en las mesas redondas que ocupaban prácticamente toda la sala. Solo quedaba Lucía, con los pies clavados en el suelo sin moverse de la entrada.

Había algo que no quería olvidar. Algo que le había dicho Margareth. Algo que no le cuadraba...

«¿Qué fue lo que me dijo Margareth que tengo que recordar? Hay algo que no tiene sentido...».

Alguien le había pasado un micrófono a Margareth y empezó a hablar, una pequeña charla de bienvenida, una continuación de lo que ya había dicho cuando todos estaban fuera. Daba las gracias a los miembros de la dirección por confiar en ella y por estar allí para esta ocasión tan especial...

—¿Qué haces? Ven a sentarte, parece que has visto a un fantasma. —Elena estaba a su lado agarrándole el brazo para guiarla hasta la mesa—. Me estás preocupando. Ven conmigo antes de que alguien más se dé cuenta.

Lucía se dejó arrastrar hacia el centro del hall. Vio cómo Elena y Bjørn intercambiaron miradas cuando se acercaron a la mesa donde él estaba esperándolas para sentarse. No cabía la menor duda de que habían estado hablando de ella.

—No pasa nada. «Aquí no ha pasado nada» —dijo Lucía en voz alta a nadie en particular.

Le había tocado al lado de Tom Fanshaw. Se quedó mirando a Elena.

—Ya, perdona, tía, no pude hacer nada —susurró su mejor amiga—. Por lo menos tienes a Bjørn al otro lado. Él insistió.

—¿Qué dices? —preguntó Tom mirándolas de reojo.

—Nada, no es nada —respondió Lucía, que se sentó a su lado y empezó a aplaudir como los demás.

—¿Qué te pasa? —preguntó Bjørn en voz baja para que solo ella lo pudiese escuchar—. Parece que te hayas tropezado con el fantasma de la torre de lady Jane Grey.

Lucía no le respondió. Solo sacudió la cabeza y en ese momento Margareth le entregó el micrófono al jefe de la junta directiva, un viejo británico de aspecto militar, que la joven recordaba solamente del día de su graduación. Era alto, flaco, el pelo peinado hacia atrás, con una mancha roja en la mejilla derecha.

«Aquí no ha pasado nada».

Las palabras de Margareth. Su mirada fija. Ojos azules clavados en los suyos.

—Aquí no ha pasado nada —repitió Lucía.

—¿Qué? —preguntó Tom girándose para mirarla confuso—. ¿Me hablas?

—No —respondió ella sacudiendo la cabeza.

—Buenas tardes. —La voz del jefe de la junta directiva emergió con fuerza y seguridad.

—Este es el jefe del servicio secreto del país —dijo Tom inclinándose hacia Bjørn, hablando con un tono importante.

Todos empezaron a aplaudir. Tanto Bjørn como Tom giraron su mirada hacia la tarima, donde estaban Margareth y el viejo militar con la mancha en la cara. Lucía no se unió a ellos. No era consciente del tumulto que había a su alrededor.

«Pero si yo no le dije en ningún momento que le hubiese pasado algo a Mikhael».

Mayo de 1995

—*Jaime, deja eso ya.*

—*En serio, vámonos ya de aquí.*

—*Calla, que me tengo que concentrar.*

—*Jaime.*

—*Por favor.*

Jaime alza la mano, los ojos clavados en el examen que tiene enfrente, el ceño fruncido, pues está plenamente concentrado.

—*Callen ya, que solo tenemos un par de horas para todo esto.*

—*Si tú me habías dicho que no te hacía falta estudiar más, vámonos, Jaime, por favor.*

—*Eso fue antes de que supiera que tendría acceso al examen.*

—*Esto no pinta bien.*

Mikhael muestra su miedo, se mesa el cabello con las manos, aprieta sus manos nervioso y no deja de merodear por la habitación. Mira a Lucía desesperado.

—*Vámonos los dos de aquí. Ya.*

—*Vale. Te dejamos, Jaime.*

Lucía se dirige hacia la puerta, pero se da la vuelta una vez más.

—*Ven, Jaime, no lo mires más. Ven con nosotros.*

—*¿Y qué? ¿Dejamos todo esto aquí?*

—*Déjalo igual que estaba y ya. Esto ha sido un error de la Skevington.*

Jaime no deja de mover la cabeza.

—*Tú es que eres un poco lenta, ¿no te das cuenta?*

—*Vámonos ya.*

Mikhael recoge sus cosas. Cuando ya lo tiene todo listo, se le cae todo al suelo y tiene que empezar de nue-

vo. *Está muy nervioso y es torpe con las manos. Tiene la cara roja.*

—¿*En serio crees que Margareth ha dejado esto aquí a propósito?*

—*Ya, Jaime, por favor.*

Lucía está cerca de la puerta esperando a Mikhael.

—*Margareth quería que él encontrara estos papeles, ¿no lo ves? Si ya le ha ofrecido un lugar especial para estudiar y le ha dejado las llaves de una clase. Le ha concedido el permiso para romper las reglas del colegio y entrar al castillo de noche... Y ahora todos, pero todos, los exámenes de este año los ha dejado justo donde estudia él. ¿Por error? Vamos, si crees eso, no eres inocente, eres tonta.*

—*Pues no es así.*

A Mikhael le temblaban los labios de ira. Ahí estaba con los libros, los bolis y las carpetas en sus brazos.

—*No me ha ayudado con nada más, aparte de ofrecerme este lugar de estudio. Y solo porque se lo pedí.*

—*Con razón sacas tan buenas notas, cabrón. Tienes a una de las profes más importantes del cole pasándote chuletas. ¿Ocurrió lo mismo el año pasado?*

—*No... es... verdad...*

Lucía siente que Mikhael va a estallar de furia.

—¿*Tú qué vas a saber lo que es estudiar de verdad? No sabes lo que supone que tu futuro completo dependa* tan solo de un par de exámenes, de poder entrar o no en una universidad o de obtener una beca completa.

—Pero Mikhael...

Lucía trata de calmarlo poniéndole un brazo encima, pero él le responde con una mirada de ira. No puede callarse y la incluye a ella en sus palabras.

—Nada, no sabéis nada. Vosotros dos que venís a estudiar aquí porque papá os lo paga. Porque os lo merecéis. Porque es lo más normal del mundo ir a un cole de miles y miles de libras al año y luego entrar en una universidad de élite en cualquier país de Europa o Estados Unidos que os apetezca. Pues no todos somos como vosotros. Yo tengo una beca completa para estar aquí. Y, si no me gano la beca completa para el MIT, tengo que volver a la República Checa a un piso de treinta metros cuadrados y llevar la vida de un funcionario mediocre en un país que apenas ha logrado salir del comunismo. Sobreviviendo. Mientras que estudiantes como vosotros seguís adelante sin pensar ni por un segundo qué pasa cuando os vais de aventura por el castillo de noche. En época de exámenes. Ni os planteáis qué ocurre cuando os metéis donde no deberíais.

Silencio absoluto. Jaime ha dejado de leer los exámenes y mira a Mikhael, sorprendido, por el nivel de pasión y furia que se ha desbordado por su boca. Lucía baja la mirada hacia sus vaqueros rotos y las Converse grises. Sabe que tiene razón. Se siente avergonzada por una realidad que ella nunca había percibido de sí misma.

Ella quiere salir de allí, que la tierra se la trague, desaparecer de esa clase, que ese enfrentamiento y esa situación acaben.

—Vale, vale, Mikhael...

Jaime trata de conciliar y calmar la situación, pero no deja de lado las carpetas con todos los exámenes.

—Te entiendo. Lo de salir al parapeto, justo esta noche, no lo teníamos que haber hecho. Fue idea de Lucía, y yo le debía un favor. Me sabe mal que te hayamos descubierto aquí. Nunca fue nuestra intención. Pero, mira, tenemos una oportunidad. Para ti y para todos. Alguien, sea o no Margareth Skevington, alguien o ha cometido un error enorme o te quiere ayudar. Así que... ¿por qué no aprovecharlo? Si a ti no te hace falta estudiar mucho más, esto solo sería para ahondar en lo que ya sabes y tener la certeza de una buena nota. La beca y el MIT a tu alcance...

—Pues no me parece bien.

Lucía se cruza de brazos.

—Ni a mí.

Mikhael camina hacia la puerta del salón con todo su material de estudio. Lucía y Mikhael intercambian miradas.

—¿Nos vamos?

—Me da igual lo que él haga. Yo me voy.

—*Vale.*

Lucía pone una mano en el pomo de la puerta.

—*No dirán nada, ¿no?*

Se dan la vuelta. Ahora es Jaime el que está nervioso. Su jugada no ha funcionado.

«Claro que no se quiere quedar aquí solo, jugándoselo todo».

—*Yo no.*

—*Ni yo.*

—*Vale.*

Una pausa.

—*Pero no te quedes mucho tiempo, Jaime, en serio. Además tú sabes que tampoco te hace falta.*

—*Ya, pero yo quiero entrar en Harvard.* —*Mira a Mikhael*—. *Aunque tenga quien lo pague, las puertas no se abren fácilmente...*

—*Como quieras. Estás cometiendo un error. Muy grave.*

Lucía gira el pomo, chirría. Los tres se sobresaltan. Después de hablar en voz baja, ese ruido les pone nerviosos. Se quedan paralizados, en silencio. Los tres oyen un paso sobre la madera. Otro. Viene alguien. Intercambian miradas, sus ojos reflejan pánico. Lucía siente que el corazón va a explotar contra sus costillas. Oye un jadeo de Mikhael y Jaime salta de la silla como si hubiese un incendio y casi tira la pila de carpetas. Tres pasos más. Seguros, definitivos. Lucía siente cómo el pomo de la puerta se está moviendo. Salta hacia atrás y se tapa la boca con las manos. Mikhael se ha quedado quieto, abrazando sus archivos. La puerta se abre.

Margareth Skevington está en el umbral de la puerta, con las manos en las caderas. La boca es una línea fina y el reflejo de la luz en sus gafas no deja ver sus ojos.

6

Por supuesto, la música que sonaba era la misma que cuando estudiaban allí. La fiesta tenía que transportarles de nuevo a las muchas noches que habían pasado en el Soc cuando eran todavía unos adolescentes. Pero ahora con más alcohol. Muchos ya habían aprovechado al máximo el prosecco que se había servido durante la cena, aunque fuera tan mediocre como había previsto Bjørn, y luego fue reemplazado por más vino mediocre, cervezas, ginebras y vodkas compradas en la barra cuando, después de la subasta, la fiesta se había trasladado desde el castillo hasta el Soc. Si hubo algunos que empezaron la noche pensando que ya eran demasiado adultos como para seguir bailando la música de su adolescencia, esto no duró mucho. Entre «Rhythm of the Night», «Waterfalls» de TLC y finalmente con «Here comes the Hotstepper», la pegajosa canción del *dancehall* jamaicano que todos bailaron durante todo el último año de su bachillerato, se les quitó cualquier sombra de vergüenza. Entre risas y bebidas, cantando y bailando, se amontonaron en la pequeña pista de baile, reviviendo una noche más lo que suponía tener dieciséis años.

Muchos alumnos de la Academia Global pensaron en los noventa que aquellas noches del Soc eran tan solo el entrenamiento para en un futuro celebrar mejores noches de baile y juergas más locas, pero diez años después muchos se habían dado cuenta de que realmente aquellas noches del Soc habían sido las mejores y que nunca vivirían unas igual. Aquellas noches adolescentes antes de que tuvieran que cumplir expectativas, aquellas noches donde todavía no les afectaba la presión social, sexual y capitalista, donde todavía podían disfrutar de la pureza de bailar con los amigos y cantar a voz en grito hasta perderla del todo porque sí... Y todo con la música que ahora entendían que no iban a poder olvidar jamás. Una música que daba igual que fuese mala, cutre o cursi porque siempre los transportaría a ese lugar, a esa edad y a esa brillante inocencia. No importaba su calidad. Esa noche era una oportunidad de revivir lo bueno, lo puro y lo perfecto de ese pasado cercano. Recuperar lo perdido y sumergirse una vez más en aquellos días... en que todo era posible.

¿Y qué mejor manera de hacerlo que bailando sin parar los grandes éxitos de la mitad de los noventa? Ahora, en el nuevo siglo, sonaban como si pertenecieran a un pasado lejano. Para muchos aquellas noches habían sido la primera oportunidad de probar el alcohol o de bailar dando rienda suelta a su instinto sexual, una oportunidad para soltarse y olvidar por un momento los estudios y las altas expectativas que cada uno traía en sus mochilas a un colegio como este. Durante ese periodo estaban lejos de sus padres, de las culturas y de las limitaciones que tenían en casa. El Soc funcionaba como un microcosmos donde danzaban las hormonas de la élite internacional.

Hasta Lucía logró olvidar por un momento su corta conversación con Margareth Skevington. Ella fue una de las primeras que se lanzó a la pista de baile en el Soc. A Lucía siempre le había encantado bailar, y en Londres las oportunidades para hacerlo eran muy pocas. Las horas de trabajo durante la semana o también los fines de semana, el vivir tan lejos del centro de la ciudad o la falta de dinero le impedían disfrutar de su afición. También ayudó que Elena había rellenado su copa de vino varias veces durante la cena en el castillo. Luego Bjørn los invitó a un chupito de tequila. ¿Y quién era capaz de no lanzarse a la pista de baile después de un tequila justo cuando estaba cantando Jon Bon Jovi «Keep the Faith»?

En ese momento Lucía tuvo la vaga sensación de que estaba entre su gente. De que formaba parte de algo más grande que ella, que pertenecía a algo. Aunque no fueran de su ciudad natal, no hablaran el mismo idioma, tuviesen distintos colores, religiones y filosofías de vida, esos dos años de adolescencia le habían inculcado una sensación de pertenencia, que solo ahora, diez años después, podía sentir como algo tangible, real.

Para ella también el Soc fue el centro de su vida social durante los dos años que estuvo en el colegio. Allí recibió su primer beso un sábado a medianoche en el patio, cuando ya no había música. Un beso del único novio que tuvo en el colegio, un italiano que no había podido ir a la reunión porque estaba haciendo una investigación para el doctorado en la India. También en ese centro social se peleó con Jaime por un debate que habían tenido en clase de literatura española y tuvo que mediar Elena para que dejaran de causar tanto alboroto. Allí enseñó, con la ayuda de otro estudiante español, a fumar a Elena, porque su amiga venía de un mundo más protegido. Y descubrió cómo al día siguiente Elena buscaba estadísticas en la biblioteca de cómo el tabaco podía reducir el rendimiento académico.

Después de mucho bailar, Lucía descansó un poco. Tenía dolor de pies por los puñeteros tacones de terciopelo y le hacía falta un refresco para no tener más sed y eliminar el sabor del chupito de tequila que no desaparecía. Se abrió paso entre la gente que se aglomeraba entre la pista de baile y el bar, y esperó su turno junto a Suhaas y a la chica inglesa con quien salieron en los kayaks hasta que pudieron pedir las bebidas. Se llevó el refresco fuera para ver si encontraba a Elena, a quien había perdido de vista desde que se puso a bailar en la pista. Elena siempre había sido más discreta, bailaba en los laterales y no se ponía en medio de la pista. Cuando salió del centro se arrepintió enseguida. El viento golpeaba fuerte y habían bajado las temperaturas. Estaba a punto de volver al calor acogedor del Soc cuando las puertas se abrieron de nuevo y salieron muchos exalumnos de golpe, hablando, riéndose y cantando juntos. Todos se movían en masa hacia las escaleras que bajaban al patio, justo enfrente del Soc. En su época se podía fumar allí, pero esa era otra norma que había cambiado desde su marcha. Lucía se movió con la multitud, que la arrastró como una ola, y pensó que podía darse una vuelta rápida y ver a quién se cruzaba antes de subir de nuevo.

Bajó los primeros escalones, pero cuando se quiso dar cuenta alguien la había cogido del brazo: Jaime. No tuvo tiempo de reñirle. Él subía las escaleras y el otro brazo lo tenía sobre los hombros de Paula, quien llevaba puesto su blazer. Justo en ese momento la aglomeración de gente hizo que se detuvieran en las escaleras. Paula iba hablando animadamente con una muchacha mexicana.

—¿Qué? —le preguntó molesta a Jaime.

Él la interrumpió.

—Algo no va... —Levantó la mirada y miró a su alrededor observando rápidamente a la gente que tenían cerca.

Lucía frunció el ceño. Esto no se lo esperaba. La aglomeración no permitía el tráfico en las escaleras, no podían bajar ni subir. Todos intentaban hablar y nadie se movía. Paula ni se había dado cuenta de que Jaime estaba hablando con Lucía, ella seguía conversando animadamente con la mexicana y también con una estadounidense que estaba intentando bajar.

—Algo va mal —repitió Jaime—, no sé exactamente qué, pero tiene que ver con Mikhael. Algo le ha pasado. Estoy convencido de que no se fue de aquí por su propia voluntad... —Jaime se lo dijo todo en voz baja—. Luego te cuento, ¿OK? Estuvimos hablando un grupo sobre Mikhael y cómo tenía que haber estado en la cena para dar la charla y...

—¡A la barra!

En ese momento Tom Fanshaw, borracho, con movimientos torpes, tropezaba por las escaleras desde el Soc hacia abajo, dispersando a la gente que se había aglomerado allí. En su trayecto dejó varias caras de disgusto. Lucía solo quería hablar a solas con Jaime. Estaba asombrada. Nunca se podría haber imaginado que Jaime se pusiera de su lado, pensando en Mikhael y considerando qué era lo que le podría haber pasado. Por primera vez pensó que quizá Jaime era… ¿un amigo?

—¡Jaime! ¡Lucía! —gritó rodeándolos con los brazos.

Paula hizo muecas, quitándose del camino del inglés y frotándose el brazo indicando que Tom le había hecho daño. Jaime se dio cuenta de que ella estaba disgustada. Lucía puso los ojos en blanco intentando que Tom la soltase. A todo esto parecía que el pelirrojo no se daba cuenta de nada.

Jaime logró que Tom lo dejara en paz y se arrimó a Paula. Le sonrió y después miró hacia donde estaba Lucía, por encima de la cabeza de Tom, pues este no había dejado de saltar y de crear más problemas de tráfico en las escaleras.

—Luego —vocalizó Jaime en español moviendo los labios sin hablar para que solo Lucía le entendiera.

—¡Vamos, chicos! ¡Os invito a una ronda! ¡A Lucía! Por no haber dejado que la princesa Paula se hundiera en el Atlántico, ¿qué os parece?

Tom le dio una palmada en la espalda a Jaime e hizo lo mismo con Lucía. Esta se sintió incómoda e intentó liberarse de Tom con más ganas, pero él no la soltaba, sino que sacudió sus hombros como si fueran viejos amigos. Tom olía a cerveza, no dejaba de sudar, tenía la cara más pálida que de costumbre, los pelos de punta y las pecas se le notaban más que nunca.

—¡Yo no soy ninguna princesa! —intervino Paula riéndose entre la multitud que les rodeaba—. Pero podemos celebrar que no pasé más tiempo en el mar, eso sí, y brindar, claro, por Lucía, ¡que me salvó!

Paula se inclinó para coger a Lucía por un brazo y ayudar así a que Tom la soltara. Por fin estaba libre, pero los cuatro seguían bloqueando la escalera, y cada vez más gente se iba juntando a ambos lados.

—¡Ey, chicos! —chilló Suhaas desde arriba—. ¡Moveos! ¡Que no hay espacio para hacer otra fiesta en las escaleras y tengo que ir al lavabo!

El grupo, por fin, se fue dispersando y el tráfico empezó a fluir de nuevo. Tom, Jaime y Paula subieron las escaleras y arrastraron a Lucía.

—Pero, Jaime… —Lucía lo miró alarmada.

—Luego —repitió el venezolano serio por un solo momento y poniendo fin a una conversación que ni había empezado—. ¡Vamos a la barra, que Tom invita!

Lucía sintió que se iba a hundir bajo una ola de calor con la gente y el ruido. Le entró pánico, solo quería salir de allí y respirar. Sentía el corazón acelerado.

—Vale, vale, nos vemos allí. Yo tengo que bajar…

—Y sin terminar la frase Lucía dejó a Paula y a Jaime, se dio la vuelta y empujó para bajar las escaleras, yendo en contra de la muchedumbre que se movía en dirección contraria.

Suhaas también estaba bajando en ese momento.

—¡Suhaas! —le gritó y se cogió de su brazo, dejando atrás a Tom, a Paula y a Jaime.

El venezolano se giró para mirarla un segundo más, pero en ese instante Tom aulló: «¡Más chupitos!», y los tres desaparecieron por las puertas del Soc.

—¿Qué te pasa, Lucía? —preguntó Suhaas—, tengo que ir al lavabo. ¿Estás bien?, te veo perjudicada.

—Ah, pues muchas gracias —soltó Lucía con sarcasmo.

Alcanzaron, por fin, el patio protegido por el edificio. La gente ya se había dispersado.

—No, en serio, ¿estás bien? —preguntó de nuevo Suhaas y puso una mano en el hombro de su amiga, mirándola preocupado.

—Sí, sí, no pasa nada —contestó—, un poco de frío y luego me quedé atrapada en las escaleras con el capullo de Tom saltando y gritando sin parar... Ve al baño, anda, ¡que no queremos accidentes!

Hizo señas para que la dejara y Suhaas echó a correr haciendo todo tipo de muecas para que Lucía se riera de él.

Respiró y caminó hacia el perímetro del patio, con la esperanza de que nadie se acercara a hablar con ella. Había gente fumando, pero todos bajo el refugio del edificio. Recuperó la tranquilidad y su corazón latía con más calma. Si antes el calor la había hecho sudar, ahora estaba temblando por el viento helado. Se abrazó intentando que el frío no penetrara en su cuerpo.

«Jaime. ¿Qué sabe Jaime?».

No se podía quitar de la mente lo serio que se había puesto el venezolano. Estaba preocupado. Lucía nunca había visto que se tomara nada en serio si no tenía que ver con su persona. Lo había visto siempre como un egoísta total; y, sin embargo, en ese momento en el Soc había descubierto el otro lado del joven. Quizá ella tenía que dejar de juzgarlo.

«¿Cómo puedo hablar con él?».

Se dio la vuelta, miró hacia las ventanas del Soc. A través de los cristales solo veía a una masa de gente. Las luces coloridas y chillonas provocaban que todos los cuerpos formaran una sola sombra, como si se movieran juntos, como si fuesen un cuerpo, un monstruo con los brazos extendidos como tentáculos que intentasen despegarse de la masa.

—Ey, ¡tierra a Lucía!

Era Suhaas de nuevo. Estaba justo al borde de la terraza del patio, de espaldas al Soc, con los brazos alzados saludándola desde lejos.

—¿No me oyes? Parece que has visto a un fantasma. Y estás tiritando de frío. Ven, entremos. Si no hay un fantasma de verdad, por supuesto. Si has visto uno, lo buscaremos, que sería la mejor manera de terminar esta noche...

—Vale, vale, vamos —reaccionó Lucía mientras se acercaba a Suhaas y lo cogía del brazo—, pero calla ya, por Dios, van a pensar que estamos locos los dos aquí hablando de fantasmas. Además, todo el mundo sabe que los fantasmas no salen de las torres…

Juntos subieron de nuevo las escaleras hasta el Soc. Justo antes de pasar por las doble puertas, Suhaas se dio la vuelta y miró a Lucía. Esta vez no bromeaba.

—¿En serio que no te pasa nada, Luci? Es que te he visto un par de veces esta noche… un poco seria. Como si tuvieras la cabeza en otro lugar. Sabes que, aparte de Bjørn y Elena, también puedes contar conmigo, ¿vale?

Lucía le sonrió. No le pegaba mucho esto de ser tan serio. Parecía que se estaba preparando para lanzar otro chiste o un comentario sarcástico para hacerla reír.

—¡Lo digo de verdad! —repitió encogiéndose de hombros.

—Ya lo sé, Suhaas, gracias —dijo Lucía—, ha sido un fin de semana… de altibajos. Ha sido increíble ver a toda esta gente de nuevo…, pero hay cosas… hay gente…, bueno, ahora no es el momento.

Suhaas la miró extrañado, pero cuando se disponía a responder, Lucía empujó la puerta y entraron de nuevo al caos. Lucía perdió a Suhaas de vista entre el gentío. Caminó por el borde de la pista, evitando a los que bailaban. La gente se movía con ritmo bajo las luces. «What is Love?», preguntaba una canción, que había sido un éxito de principios de los noventa de un grupo del que jamás se había vuelto a hablar. Lucía sonrió al recordarla, sonaba como de otro siglo, nunca mejor dicho.

«Tengo que buscar a Jaime —pensó—. Tengo que buscar la manera de hablar con él».

Llegó al bar, pero no vio ni a Jaime ni a Paula. En la barra depositó el refresco vacío y pidió otro. Escuchó la voz de Bjørn a su espalda.

—¡Pídeme una cerveza, Lucía!

Una vez que se la pidió, buscaron un lugar para sentarse. Ella no quería salir otra vez al frío inhumano, aunque su amigo le prestase su chaqueta. Lucía tenía ganas de quitarse ya los zapatos, incluso le incomodaba su traje negro. Echaba de menos sus vaqueros. Encontraron una mesa, y Lucía le contó cómo Tom estaba absolutamente borracho y tropezando con la gente por el Soc. Bjørn puso los ojos en blanco.

—¿No lo viste?

—Aquí no, pero no me pasó inadvertido cómo se llenaba una y otra vez la copa de vino durante la cena…

En la cena en el hall Lucía se tuvo que sentar entre Bjørn y Tom, mientras que Elena y Suhaas estaban al otro lado de la mesa. Tom intentó monopolizar la conversación entre ella y Bjørn, hablando por encima de Lucía para dirigirse al sueco directamente sobre temas militares, la guerra en Irak, el tiempo que pasó en el desierto, dejando entender que había sido una especie de héroe. Bjørn escuchó con cortesía, pero Lucía sabía que estos relatos no le gustaban nada a su amigo. Recordaba las veces que se habían visto desde que se fueron del colegio, después de que Bjørn entrara a la universidad militar. Le contó que una de las cosas que más le molestaban de ser soldado era cómo la gente solía juzgar que a él le gustaba hablar solo de temas militares, de guerras y armas. «Como sueco, la idea es ayudar a otros países a no entrar en guerra, a salir de la guerra y protegernos de ella en el futuro», le había explicado a Lucía. «Me gusta trabajar con gente, no con las armas. Paso de esos tíos, y siempre son tíos, que creen que como soy militar me chifla hablar de armas. Me importan un pito, la verdad. Es como si a ti te estuviesen hablando de grabadoras todo el santo día». Lucía sonrió a Bjørn durante otro monólogo de Tom cuando este empezó a hablar «del teatro de guerra». El sueco le guiñó el ojo antes de ponerlos en blanco cuando el pelirrojo no miraba. Le gustó ver cómo su amigo en ningún momento soltó algo que pudiera impresionar a Tom. Le gustó ver cómo actuó frente a alguien tan tedioso como Tom. Lo más fácil hubiera sido ponerlo en su lugar, hacerse más grande o más importante que él, pero Bjørn no lo hizo. No lo necesitaba. Y tal y como había dicho Elena, estaba muy guapo…

Después del postre, mientras servían tés y cafés y preparaban la subasta, Lucía se dio cuenta de que otro arquetipo masculino estaba en acción. Dejó a Tom hablando y observó cómo Jaime se movía de una mesa a otra y desplazaba sutilmente a otro tipo para situarse al lado de Paula.

Lucía y Bjørn intercambiaban relatos sobre la cena y la fiesta del Soc seguía a su alrededor. Lucía mientras tanto no quitaba el ojo de la pista de baile, pues buscaba a Paula o a Jaime. Sabía que, si la encontraba, el venezolano estaría cerca. Elena se les acercó con tres chupitos y les contó que uno de los estadounidenses los estaba regalando en la barra, pero que no los quería. Bjørn se los bebió. Luego él y Elena convencieron a Lucía para continuar bailando. Ella se dejó arrastrar y se puso de nuevo los zapatos que había abandonado bajo la mesa. Los tres se lanzaron a la pista.

Durante una canción de Gloria Estefan, que había servido en su día para que los latinos enseñasen a los demás estudiantes a bailar salsa, Lucía vio por fin a Jaime bailando con Paula, los dos se movían como si llevasen semanas ensayando. Lo hacían tan bien que los demás parecían torpes y brutos a su alrededor. No quiso interrumpirlos, tampoco cuando empezaron a cantar y brincar como locos con «Jump Around». Luego los volvió a perder de vista cuando Tom casi la tira al suelo, pues saltaba en la pista de baile como si estuviera en un concierto de rock.

—¡Perdona, perdona! —le gritó al oído—. Quizá voy un pelín borracho… Ey, nunca nos tomamos esa bebida; voy a por Jaime, Paula y Suhaas… Sobrevivimos a una tormenta en alta mar, ¡cojones!

—¡No hace falta, Tom! ¡No te preocupes! De verdad. —Lucía se dejó la voz.

Pero cuando quiso darse cuenta, Tom ya había desaparecido entre la multitud, saltando de grupo en grupo, abrazando a la gente y casi cayéndose una y otra vez. Con la última canción, «Omaha» de Counting Crows, que había sido el himno no oficial de la clase y el *hit* de su año de graduación, todos los que quedaban dentro del Soc se lanzaron a la pista. Entrelazando los brazos, sudados y con las caras brillantes, hicieron un gran círculo y cantaron a pleno pulmón. Felices y sonrientes, pretendiendo regresar a los dieciocho cuando tenían el mundo a sus pies, aunque solo fuera por un momento fugaz.

Al acabar las canciones, empezaron a salir del Soc. De dos en dos o en grupos, entre risas y conversaciones. Algunos se quedaron atrás, sin parar de hablar, terminando sus bebidas o buscando prendas de ropa desperdigadas por la sala. Sin la música se podía oír el viento que golpeaba las ventanas de la sala. Elena, Lucía y Bjørn se encontraron en el patio. También se les unió Suhaas.

—Un grupo está bajando hacia el mar, ¿venís?

—¡Claro que sí! —respondió Bjørn inmediatamente, que tenía las mejillas coloradas de felicidad y alcohol—. Bueno, con tal de que vengas tú.

Se giró para mirarla y Lucía sintió que el color subía por sus mejillas.

—A mí me dejáis fuera de este plan —dijo Elena sonriendo—. Yo feliz me voy a casa. Suhaas, acompáñame.

Elena quería dejar solos a Bjørn y a Lucía, pero Suhaas no se dio cuenta de la indirecta.

—Venid, en serio, será una aventura —dijo Suhaas—. A ver si tiembla el muro de contención con la fuerza de las olas y este viento.

—Pero si el tiempo está horrible —respondió Lucía mientras intentaba domar su cabello, que estaba revuelto por la fuerza del viento— y está empezando a llover.

Elena sacó la palma hacia arriba, arrugó la nariz y miró hacia el cielo oscuro y nublado.

—Lluvia y mi pelo, ni de broma —dijo—. Vamos a casa, anda.

—Vamos…, venid, ¡no seáis aguafiestas! —pidió Suhaas—. ¿No sobrevivisteis dos años a la lluvia y al frío galés? Qué más da una noche más. ¿No recordáis cómo sonaban las olas contra el muro?

—Vale… Vamos, Elena, solo es un poco de lluvia —se animó Lucía con una sonrisa—. Y si empieza a llover de verdad, nos escondemos en la piscina cubierta hasta que pase, ¿vale? No te voy a abandonar.

—¿No estáis cansados ya, por Dios? —preguntó Elena ahora sonriendo y siguiéndolos hacia el castillo—. ¿No te duelen los pies, Lucía?

Lucía le enseñó los zapatos que llevaba en la mano. Ya no podía más con ellos.

—¡Vas descalza! Madre mía, qué desastre. Qué diría tu abuela de ti, macarra. Vale, pues vamos, qué se le va a hacer...

Elena vio que su plan de abandonar a Lucía y Bjørn había fracasado.

—Es que tus zapatos de marca son más cómodos, Elena, qué quieres que te diga. Como sigo comprando zapatos baratos, tengo que tomar medidas extremas.

Lucía entrelazó un brazo con el de Elena. Ella entendió perfectamente lo que había intentado su amiga.

—Pues estos son mis Jimmy's preferidos. Si les pasa algo, Suhaas, te envío la factura, ¿vale?

—Claro que sí, no te preocupes. En Bombay te consigo copias de todo. Igualitos. Vamos, que está chispeando.

Todos los del grupo, apiñados contra el frío y el viento, caminaron hacia el castillo. Suhaas colocó su blazer en los hombros de Elena. Bjørn pidió disculpas por andar en camisa y sin chaqueta. Ya se la había prestado a una de las noruegas que iba de camino al mar. Lucía le dijo que no la hubiese aceptado de todas maneras. Elena la regañó, y entre risas le dijo que algún día, cuando las actitudes caballerosas hubiesen muerto para siempre, se arrepentiría. Siguieron rumbo al castillo para tomar el camino por los jardines hasta llegar al mar. Iban hablando y riéndose de los eventos de la noche.

—No me puedo creer que Paula no se separara de Jaime en toda la noche —dijo Elena sacudiendo la cabeza.

—Parecían pegados —cotilleó Suhaas—, al final no los vi, seguro que se fueron juntos…

—Si Paula empieza a salir con Jaime después de este fin de semana, está claro que no entiendo nada de nada —opinó Lucía.

—Bueno, Jaime sí tiene un cierto…, no lo sé, ¿encanto? —apuntó Elena sonriendo.

—Yo este look de *latin lover* lo tengo más visto que… Bueno, lo tengo muy visto. Y no me convence. No entiendo cómo una mujer con el criterio de Paula puede impresionarse por el príncipe… —Lucía no lo comprendía.

—¿No decías que era un cacique?

—Bueno, creo que de la misma manera que tú eres la reina de Mozambique…

Elena le dio un golpe en el brazo.

—¿Cuándo te voy a convencer de que realmente soy la reina de Mozambique?

—Yo a todo el mundo le digo que fui al cole con la reina de Mozambique —intercaló Suhaas.

—Gracias, Suhaas, por fin alguien me toma en serio.

—¿Y tú no dices que estudiaste con un maharajá guapísimo?

—Pero ¿no eres republicano y crees que esos vestigios del colonialismo se tienen que deshacer para siempre? —preguntó Bjørn.

Risas. Pasaron por debajo del arco que los llevaba al cuadrado de césped delante del castillo, donde habían escuchado las palabras de Margareth antes de empezar la fiesta en el hall. Ahora la única iluminación eran los pequeños focos situados encima de las ventanas del castillo. Ojos ciegos que miraban sin ver. La noche desierta; el césped, una manta negra con el castillo detrás, como una sombra enorme, silenciosa y vacía. Las luces del interior que antes habían alumbrado, cálidas y coloridas, una invitación a la fiesta que transcurría en el interior, apagadas. En la entrada del castillo, justo la que daba a la torre de lady Jane Grey, en el suelo, vislumbraron una sombra negra. Un bulto. Como un abrigo grande, tirado frente a la entrada. El viento sonaba entre las torres. Lucía tembló y se arrimó a Bjørn. El grupo se quedó en silencio ante el castillo, y otra ráfaga de viento frío les pegó fuerte.

—¿Qué es eso? —preguntó Elena.

—¿De quién fue esta malísima idea? —se quejó Lucía mientras se escondía del viento tras Suhaas y Bjørn.

—Anda ya, ¡si esto no es nada! —respondió Bjørn.

—No, en serio. ¿Qué es eso? —Elena se soltó del brazo de Bjørn y se paró.

—¿Qué?

—¿Dónde?

—¿De qué hablas?

Los demás se pararon también y dieron media vuelta para seguir la mirada de Elena. Ella señaló al bulto enfrente de la puerta de la torre.

—Eso —repitió—. ¿Qué es eso?

Su voz se volvió seria. Tenía los ojos clavados en el bulto. Suhaas intercambió una mirada con Lucía y Bjørn y se aproximó a ella.

—Será un abrigo…

—No. No lo es. Acércate —respondió.

Notaron el pánico en su voz, como si le faltase aire para hablar. Lucía se puso rápido a su lado y le cogió el brazo.

—¿Estás bien, Elena?

Bjørn dio unos pasos hacia el bulto en el suelo. Suhaas le siguió. Lucía no podía seguirlos, porque Elena no se movía, tenía los pies anclados al suelo. Oía la respiración acelerada de su amiga y los jadeos.

—Seguro que no es…

Lucía se paró en seco. Elena subió una mano a la boca y dejó escapar un chillido al mismo tiempo que Bjørn gritaba:

—*Jävla helvete.*

Con su grito las chicas reaccionaron y se aproximaron a los jóvenes. Cuando se acercaron al bulto, Lucía fue consciente de que no era un abrigo. Reconoció a una persona. Desplomada, con los brazos y las piernas formando ángulos imposibles. Una mancha de sangre salía de debajo de la cabeza. Ante ellos se revelaba la cara de Jaime Guerrero.

Mayo de 1995

—*¡No he hecho nada!*
      —*Lo hemos encontrado así.*
—*Perdona.*
      Los tres estudiantes hablan a la vez, Jaime deja que caiga de sus manos la pila de papeles. Retumba en el silencio el sonido de las carpetas y los papeles que resbalan del escritorio delante de Jaime. Margareth tarda en responder, mira directamente a la cara de cada uno. Los tres responden agachando la cabeza, mirando al suelo. Lucía nota cómo la profesora respira más lento, cogiendo aire como si acabara de tocar el fondo de un mar profundo y oscuro, estirada en el umbral de la clase, con los pies clavados en el suelo y una mano agarrada al pomo de la puerta como si fuera a explotarle entre los dedos, rojos por el esfuerzo. La otra mano, cerrada en un puño, dejándole los nudillos blancos. En un momento sus miradas se cruzan y la joven desvía la suya hacia el suelo. Siente que está perdiendo el aliento y un calor incómodo le sube desde la planta de los pies hasta alcanzar cada poro de su piel, como si se le clavasen agujas de fuego invisible.

Siente vergüenza y sofoco a la vez. El tiempo transcurre más lento, como si se estirara y los envolviese para fijarlos en otra dimensión de esa sala de historia, normalmente tan llena de voces y risas, siempre con el ruido de libros que se cierran y se abren, con la presencia continua de discusiones, teorías, argumentos y voces apasionadas por temas que vivieron personas que ya están enterradas bajo tierra. Esa clase ahora hundida por el silencio. Jaime mueve un pie. Suena la suela de su deportiva contra la madera como el freno de un coche. Una hoja solitaria se desliza de la pila de papeles frente al venezolano y cae al suelo. Su aterrizaje se puede escuchar como un suspiro, o eso piensa Lucía. No sabe cuándo se romperá este silencio abrumador ni quién va a hacerlo.

Margareth empieza a hablar, intentando aclarar su voz, como si en ese primer intento le fallasen las cuerdas vocales.

—¿Quién me va a dar una explicación de lo que está pasando aquí?

Otro silencio.

Mikhael habla con una voz tímida, baja, sin poder subir la mirada. Lucía lo observa de reojo, tiene las mejillas resplandecientes, violetas, y las manos le tiemblan.

—Como sabes, Margareth, yo solo estudio aquí y repaso mis apuntes, sin mirar nada más que pueda haber en esta clase. Así estaba estudiando cuando estos dos

—*levanta el rostro por primera vez para mirar con rabia e ira a Jaime y a Lucía*— *se metieron por la ventana. Yo no vi nada.*

Mira otra vez al suelo, y refunfuña infeliz.

—*No entiendo. ¿Estabais fuera?* —*señala las pequeñas ventanas*—. *¿Cómo? ¿Dónde?*

Margareth no puede esconder el asombro de su voz.

—*Es que...* —*titubea Lucía con una voz tan tímida que casi se sorprende ella misma*—, *es que...*

No sabe por dónde empezar.

—*Margareth, no cabe la menor duda de que hemos infringido las reglas del colegio, y por eso te pedimos perdón. Incondicionalmente.*

Jaime habla claro, su voz retumba entre las paredes. Lucía piensa que es como un abogado en una peli estadounidense, que habla en el juzgado delante de un juez, que observa todo, severo y astuto, con su toga negra.

—*Lucía y yo estamos bajo mucha presión. Los exámenes están afectando a nuestro estado de ánimo y no sé cómo se nos ocurrió que tal vez podíamos subir al parapeto de la torre de la horca.*

—*Bueno, en realidad fue mi...*

Lucía intenta interrumpirle, pero Jaime levanta la mano y le indica que él va a contar este cuento.

—*Es culpa de los dos. Lo admito. Somos absolutamente responsables de nuestras acciones. Luego nos topamos con Mikhael aquí, estudiando, y encontramos...*

—*¡Yo no vi nada! Llevo horas estudiando aquí. Solo dejé de mirar mis libros cuando oí ruidos afuera... Eran estos dos —les señala con un dedo temblando—, tienen suerte de no haberse caído por el otro lado, al abismo. Han entrado aquí como si esto fuera una aventura, un juego...*

Se traga las palabras. Lucía cree que va a llorar, y no quiere que llore. No quiere verlo llorar. No sabe cómo reaccionaría.

—*Entiendo.*

Margareth cierra la puerta y da unos pasos hasta donde está sentado Jaime, con la pila de exámenes delante.

—*¿Y qué...?* —*Su voz con una huella de temor—. ¿Qué es todo esto?*

Jaime y Margareth no dejan de mirarse. Lucía no respira. Después de una pausa, una pausa casi imperceptible si alguien estuviera midiendo el tiempo en ese momento, Jaime no puede esconder una sonrisa. Lucía respira y escucha cómo el corazón le late y retumba por todo su cuerpo.

—*Ms Skevington...* —*La voz de Jaime suena ahora suave, calmada, respetuosa, como si estuviera a punto de pedirle un favor. Lucía sabe que llamarla «ms» tiene un significado concreto. Aquí a los profesores nunca se les llama por sus apellidos. Y, si Jaime sabe, cree o asume que Margareth prefiere el más moderno «ms» que «miss», el título tradicional de una mujer* soltera, casada o no, utilizarlo parece una burla casi disimulada. Casi.

«Pero qué cojones está haciendo».

Margareth levanta las cejas y se cruza de brazos, esperando que hable. Mikhael sigue detrás de la puerta, mesándose el pelo y mordiéndose el labio inferior.

—Tú sabes qué son estos papeles. —Jaime se dirige a ella sin miedo.

Por fin. Lucía también empieza a morderse el labio de los nervios. Margareth no reacciona a las palabras de Jaime, solo se oye que respira por la nariz y que pasa el peso de su cuerpo de un pie al otro. Sube la barbilla unos centímetros. No retira la mirada de Jaime. Él tiene que hablar más. Esta frase no le va a bastar. Si tiene algo que decir, Margareth no se lo va a poner fácil.

—Y yo creo, bueno, estoy casi seguro, de que tú has puesto estos papeles aquí aposta. Para Mikhael. Para ayudarlo. Esta es tu clase. Está pegada a tu oficina. Tú eres la única persona que tiene las llaves de esta clase, la única que le puede dar permiso a Mikhael para que estudie aquí, a esta hora, rompiendo las normas del colegio.

Las palabras le salen como un chorro de agua cuando se ha roto el grifo. Margareth no se mueve. Mikhael se cae a la silla y se desploma encima de los apuntes. Esconde la cara y apoya la frente en sus brazos.

—Él no los ha visto a tiempo. Pero yo sí. Física, química, matemáticas..., las más difíciles. Y me los voy *a quedar. Porque creo que estos papeles, fuera de tu oficina, te causarán un problema bastante grande. Enorme. Demasiado grande. Y eso que no nos has contado por qué se los dejaste a Mikhael...*

—Jaime... —Margareth por fin levanta un brazo, ya ha escuchado suficiente.

—Espera, pero nadie tiene que saber nada. Somos cuatro. Dos que no han visto ni saben nada, testigos, digamos, y tú... y yo. Yo necesito estos exámenes. Y tú, ahora, necesitas que yo me quede con estos exámenes.

—Jaime, creo que esta conversación puede parar ya.

Margareth baja los brazos y se enfrenta a Lucía y a Mikhael.

—Mikhael, Mikhael —repite cuando ve que este es incapaz de levantar la cabeza.

—¿Qué? —responde él derrumbado.

—Mírame, por favor.

Mikhael la mira, tiene los ojos rojos y las mejillas de un color violeta más profundo que antes. Lucía tiene ganas de llorar.

—Esto es lo que va a pasar. ¿Me oís?

Señala a los tres con un dedo. Su voz trata de contener la ira; la respiración, rápida; su cara también coge color como si estuviera hirviendo por dentro. Jaime, sonriendo de nuevo, asiente. Lucía y Mikhael, también. Con menos entusiasmo.

—*Vamos a salir de esta sala en este orden. Mikhael, Lucía y yo. Jaime nos va a seguir. Nadie va a hablar. Ni una palabra. Nadie se habla. Nadie se mira. Bajamos por las escaleras de la torre en silencio absoluto y salimos del castillo por las cocinas. Yo os acompaño hasta el portón del jardín. Desde allí volveréis directamente a vuestras casas. Si os topáis con otro profesor, le decís que os he pillado fuera de vuestras casas de noche y que está todo en mis manos, que hablen conmigo mañana para confirmarlo.*

—*¿Y los exam...? —Lucía deja que mueran las palabras en sus labios. No quiere saber la respuesta.*

Margareth tiene fuego en la mirada.

—*Salimos en ese orden de esta sala y nadie habla.*

Jaime y Mikhael no dicen de momento nada más. Mikhael recoge los libros. Lucía lo sigue. No mira hacia atrás.

—*Ah. Y una cosa más...*

Los tres se giran para mirar a la profe.

—*Dame las llaves —le dice a Jaime.*

—*¿Qué? —Él intenta que le salga una expresión inocente del rostro.*

Ella inclina la cabeza y saca la palma de la mano.

—*Se acabó, Jaime. Quiero esas llaves.*

El adolescente baja la cabeza un momento. Respira hondo. Sabe que ha llegado al final. Se vuelve hacia Lucía. Ella mira al suelo. Escucha el tintinear del juego de llaves que cae en la palma de la directora del colegio.

233

—*Muy bien. Yo voy a empezar a caminar. Vosotros me seguís.*

Lucía sale por la puerta, se adentra en el pasillo oscuro e intenta que las lágrimas no le resbalen por las mejillas. Quiere volver hacia atrás en el tiempo, a cualquier momento de las últimas doce horas, no, mejor dicho, de las últimas veinticuatro o incluso antes. A la fiesta en el jardín encantado. Que nunca se hubiera enterado de las puñeteras llaves secretas. Ni de llaves secretas ni de aventuras nocturnas ni de furtivas exploraciones por el castillo. Observa a Mikhael en la sombra. Los hombros hundidos, la cabeza agachada y cómo arrastra los pies.

7

Lucía se despertó y se sintió algo más cansada que cuando su cabeza se posó en la almohada la noche anterior. Se quedó un momento sin moverse, deseando que las imágenes que retumbaban por su cabeza fueran solamente fruto de una pesadilla, una terrible pesadilla que en breve olvidaría, con la conciencia de la mañana y de un nuevo día. Pronto se daría cuenta de que todo había sido tan solo un sueño terrible. Esperó en la cama con los ojos cerrados, sin moverse, pero no logró que desaparecieran las imágenes de la noche anterior. Jaime. Su cara. Sus ojos en blanco. La piedra manchada. Sangre. Los gritos de Elena y de Bjørn. Los brazos de Suhaas, que la sujetaban cuando se cayó al suelo, aferrándose a ellos hasta que logró ponerla de pie otra vez. La oscuridad, la lluvia y el viento, los latigazos contra el pelo y la cara, el frío que entraba por la nuca y la hizo temblar sin parar, de pies a cabeza, sin tener noción del tiempo que había pasado desde que estuvieron allí frente al castillo hasta que aparecieron más rostros, ojos abiertos de par en par, el pánico en los movimientos y en las voces…, y luego empezaron a aproximarse más estudiantes, hasta que Bjørn tuvo que gritar que nadie más se acercara, que se apartaran, y le pidió a Tom que trajera cinta americana, sillas y lo que fuera para acordonar la zona. La cara de David Hendry, taciturno y pálido, con los brazos en alto para que nadie se acercara al cuerpo. Las pintas de Margareth, en zapatillas de deporte y con los pelos de punta, envuelta en una bata oscura que le cubría las piernas y con el gesto desesperado. Se acordó del té, fuerte y lleno de azúcar, que alguien le entregó cuando llegó a casa, y del brandy, también servido a palo seco en una taza de té, sentada en el sofá junto a Elena, notando que la gente las miraba porque ya se corría la voz de que habían sido ellas quienes lo encontraron. A él. A Jaime. Jaime Guerrero. En ese momento el viento penetró a través de las ventanas antiguas, aunque estuvieran cerradas, y se removió. Una racha de lluvia golpeó los cristales. Fuera, la tormenta seguía con fuerza. Lucía abrió los ojos.

«No ha sido un sueño. Esta es la pesadilla».

Los ojos se le llenaron de lágrimas y se dio cuenta de que anoche no había llorado. Que no había sentido ni una gota de agua salada que le salpicase la cara. Abrió el grifo. Cuando sintió que ya las lágrimas y los mocos iban a ahogarla, se sentó en la cama, buscando sin suerte un pañuelo con el que limpiarse la nariz. Con otra racha violenta de viento contra la ventana, miró si Elena seguía durmiendo, pero su cama estaba vacía, las sábanas tiradas a un lado, como si alguien las hubiese retirado deprisa. La adrenalina y los latidos de su corazón le cortaron las lágrimas de golpe.

«¿Dónde está Elena?».

Saltó de la cama, y el mareo, como una ráfaga de sangre directa a la cabeza, casi hizo que se tumbara de nuevo. Sacó una mano para apoyarse en el sillón, que estaba al lado de la cama. Quería llamarla, gritar su nombre, pero nada le salía por la boca. Sintió que no podía respirar ni gritar y que si alguien entraba en la habitación en ese momento para matarla a ella también no iba a poder correr ni tirarle una silla a la cabeza y protegerse...

—¿Lucía? ¡Lucía!

Elena había abierto la puerta, con cuidado, como si no quisiera despertar a su amiga, y, al verla desplomada en la cama, corrió a su lado.

—¿Lucía? ¿Estás bien?

—Ya, ya está —logró hablar tragando aire hacia sus pulmones—, no sé qué me pasó.

—Ostras, pensé que te estabas desmayando —dijo Elena abrazándola.

—Ya, y yo. —Lucía dejó asomar una pequeña sonrisa de su cara roja e hinchada por el llanto—. Cuando me desperté y no estabas, no sé, entré en pánico, pensé que alguien te había…, que también te encontraríamos…

Elena apretó su mano.

—Yo pensé lo mismo cuando desperté, enseguida miré hacia tu cama con mucho miedo. Lo de anoche ha sido… Lo de anoche… —Elena negó con la cabeza, y Lucía sintió un escalofrío que recorrió todo su cuerpo—; yo no he dormido en toda la noche.

—Me desperté y no sé cuánto tiempo he estado con los ojos cerrados intentando creer que lo de anoche fue una pesadilla.

Elena suspiró. Apoyó su cabeza en el hombro de Lucía. Las dos se abrazaron de nuevo, unidas como si cada una fuera una boya salvavidas en medio del mar.

—¿Ya te encuentras mejor?

—Sí, algo…

—Nos tenemos que ir —le informó Elena, junto a la cama.

—¿Qué?

—Anoche, después de que te fueras a dormir, vi a Bjørn, solo un momento, pues iba con prisas y no se pudo parar a hablar. Él se quedó… allí… hasta tarde, ocupándose de todo. Me explicó que David Hendry había puesto un cartel en cada casa, anunciando una reunión de todo el colegio en el hall, ahora.

—Para contarnos…

—No sé, lo que saben, me imagino. Para que no haya rumores. Y, si no lo dicen todo, luego Bjørn nos lo contará. Como él sabe cómo actuar en situaciones como esta, está en todo. Y Tom también, no sé por qué. Quizá porque trabaja en un ministerio del Gobierno.

—Defensa —corrigió Lucía.

—Ah, pues ahí tienes la respuesta.

—También ha sido militar —añadió.

—¿En el ejército como Bjørn?

—No estoy segura. Aunque habló sin parar anoche en la cena, me aburrí tanto que no le presté mucha atención.

—Bueno, en fin, nos vamos. ¿Te duchas rápidamente?

—Paso.

—Pues ve al baño y quítate el maquillaje de anoche por lo menos —le recomendó su amiga—, al mal tiempo, buena cara y todo eso.

Lucía se quedó seria.

—Me quiero ir a Londres ya. Este fin de semana se está convirtiendo en un horror.

—No puedes.

—¿Qué?

—¿No oyes el viento? La tormenta de afuera es impresionante. Ha salido hasta en las noticias. Una de las inglesas tenía la radio local puesta en el baño. Toda la costa está jodida, carreteras hasta arriba de agua, inundaciones en los pueblos, servicios de emergencia a tope. Nadie puede salir de aquí, a no ser que lo hagas nadando. Y el mar estará igual de revuelto, así que... Aquí nos quedamos, a la espera.

—¿En serio?

En ese momento las cortinas de la habitación se movieron por el viento y al mismo tiempo otro golpe de lluvia las golpeó por fuera, como un monstruo feroz que tratara de abrirse paso.

—¿Lo ves?

—Estamos atrapados.

—Es una pesadilla. Para todos, me imagino. —Elena fue a su armario para coger su chubasquero—. Pero para nosotros todo ha sido..., bueno, bastante peor. Vamos, deprisa, que la reunión empieza en diez minutos. La verdad es que con la lluvia no te va a hacer falta una ducha. Nos vamos a empapar hasta que lleguemos al castillo.

—Y... y... —A Lucía le costó formular estas palabras—. ¿Dónde está Jaime?

Se miraron las dos y supieron que la escena de la noche anterior nunca se les borraría de la memoria.

—No lo sé —respondió Elena en voz baja mirando al suelo—, cuando regresamos a casa me quedé más tiempo que tú en la sala, con algunos compañeros, no podíamos dormir y, cuando vi a Bjørn, él no me dijo nada y yo no se lo pregunté. No quería hablar mucho. Se fue directo a dormir.

Lucía se puso los mismos vaqueros que el día anterior y la sudadera del cole por encima de la camiseta vieja con la que había dormido. Ni se molestó en buscar los tacones que llevó a la fiesta, que estarían tirados bajo la cama y seguramente arruinados para siempre. Se puso las deportivas de nuevo. En ese instante se sintió triste por el fin de semana que pensó que iba a pasar, ese que no tenía muchas ganas de vivir, pero que ahora le parecía mucho más bucólico en comparación con el que estaba viviendo realmente. Pensó en Bjørn, después de la fiesta en el Soc, justo cuando se dio cuenta de que ella lo quería acompañar hasta el mar, a solas, con o sin tormenta. Todo podría haberse desarrollado de otra manera. Hasta logró ver otro lado de Jaime, sentirlo como un amigo que se preocupaba por ella. Lo logró por un instante allí en las escaleras cuando le dijo… Cuando le dijo que él pensaba que Mikhael estaba en peligro. Y luego…

«No puedo pensar en él ahora, no puedo pensar en Jaime en las escaleras, preocupado, diciendo que luego hablaríamos…».

Sacudió la cabeza intentando disipar todos los pensamientos que se amontonaban en su interior.

Se puso un moño y, cogiendo nada más que un cepillo de dientes del neceser y una toalla, abrió la puerta de la habitación.

—¿Me acompañas al baño?

Elena la miró extrañada.

—No quiero hablar con nadie. Y... y no quiero estar sola.

—Vale, ni yo.

—Vamos.

Las dos salieron del cuarto.

—Y ahora... lo más importante. Lo que sabemos de anoche. Queremos compartirlo para que no haya ni dudas ni rumores. Le doy la palabra a David Hendry, quien, con la ayuda de nuestro exalumno Bjørn Bergstrøm, que como muchos sabréis tiene más de una década de experiencia como policía militar en el ejército sueco, ha estado bastante tiempo recopilando los hechos. Claro, toda esta información se le facilitará a la policía cuando logre llegar...

—¿Y qué pasa si empeora el tiempo? —interrumpió un exalumno sentado en la primera fila.

—Sí, ¿cuándo sabremos en qué momento llegarán?

—¡Yo tengo que regresar a Londres esta noche!

—¡Calla! Lo más importante es lo que le ha pasado a Jaime Guerrero...

Con la primera interrupción un murmullo de voces envolvió todo el hall. Poco a poco hubo más preguntas a Margareth y todos comentaban a la vez y hablaban entre ellos. Margareth, pálida y estirada en la tarima, vestida con vaqueros y una sudadera del cole, levantó las manos y pidió silencio. Observó el caos al que se enfrentaba mientras David y Bjørn se encontraban detrás con los rostros ensombrecidos. Lucía se dio cuenta de que apenas veinticuatro horas antes Margareth estaba en esa misma tarima resplandeciente y orgullosa por el éxito de la gran cena de gala.

—Clase de 1995 —dijo, y repitió lo mismo dos veces, más alto la segunda vez. Rogó de nuevo silencio con un gesto, pero a Lucía le pareció que cada vez estaba más desesperada, rogando que esta reunión no se le fuera de las manos, una reunión que sin duda era la peor de su vida profesional—. Silencio, silencio, por favor. —Movió las manos hasta las caderas y miró en dirección a David Hendry, quien ahora estaba parado a su lado, para darle la palabra, a ver si él tenía más éxito. Fue Bjørn quien dio un paso adelante mirando fijamente a un punto en la pared opuesta—. Bjørn, David, decidnos qué sabemos con certeza, por favor... —dijo Margareth tratando inútilmente, una vez más, de reconquistar la atención de la sala.

—Lo que vivimos anoche fue una tragedia.

La voz de Bjørn sonó alta y clara, y de golpe en el hall se hizo el silencio.

—Lo que sabemos hasta ahora es que Jaime ha muerto a raíz de un golpe mortal en el cráneo y quizá también por la rotura de la columna vertebral debido a una caída desde el tercer piso de la torre de lady Jane Grey.

Bjørn paró un instante, en el hall en ese momento se hubiese podido escuchar caer un alfiler. Lucía nunca había visto a su amigo así de serio. Habló en un tono seco, neutro, logrando quitar de su voz todo atisbo de emoción.

«Parece otra persona».

—Con la ayuda de nuestra compañera Shaziya Khan, en proceso de especialización para ser médico de urgencias, creemos que se cayó de la habitación principal del tercer piso de la torre, porque allí fue donde encontramos a Paula Echevarría. Cuando subimos David y yo anoche para ver si podíamos determinar lo ocurrido, estaba desmayada en un sillón del cuarto. A su lado había dos vasos, de los que se utilizan en el bar del Soc, ambos con los restos de una bebida alcohólica. La ventana de la torre estaba abierta. No había más señales en la habitación. Hasta ahora esta es la única información que barajamos de que Jaime estuviese con Paula en la habitación, pero tendremos que esperar a que esté en condiciones para hablar. Anoche la llevamos a la enfermería, donde sigue durmiendo. Se encuentra estable, bajo la vigilancia de Shaziya y Dorothy, que ha sido la enfermera del internado desde que estuvimos aquí nosotros.

Bjørn se calló y en ese momento los estudiantes empezaron a hablar entre ellos de nuevo. El ruido llenó el hall, esta vez con voces consternadas, horrorizadas.

—¿Cómo es posible?

—¿Se habrá caído?

—¿Cómo está Paula?

—¿Alguien los vio?

Lucía y Elena no hablaron, se limitaron a escuchar a los estudiantes a su alrededor. Las dos no apartaron la mirada de la tarima, donde aguardaban Bjørn, la directora y el profesor. Mil preguntas, dudas e incertidumbres rebotaron en la cabeza de cada una. Lucía sintió que alguien las miraba, se giró y vio que Suhaas estaba sentado detrás, solo, y también sin hablar. Se miraron fijamente. Intercambiaron un gesto con los labios, reconociendo que estaban sintiendo y viviendo algo parecido.

Sin mirarla, Lucía cogió la mano a Elena y la apretó. Allí, sentada con sus antiguos compañeros de clase, sentía una especie de cansancio físico, como si tuviera una mochila pesada colgada a la espalda que la impedía respirar bien. Agotada, su cerebro contenía un caos de preguntas e imágenes que las últimas palabras de Bjørn iban dispersando.

Cuando empezó la reunión, Margareth confirmó la muerte de Jaime Guerrero y expresó que aquello era una tragedia impensable. Informó de que ya habían llamado a la policía, a los servicios de emergencia y a sus padres en Venezuela. La directora tuvo que parar, emocionada, al recordar la naturaleza de esa última conversación. Tras este silencio, se escuchó cómo varios alumnos empezaban a llorar y otros a sonarse la nariz. Los antiguos estudiantes se abrazaron unos a otros y se iban repartiendo clínex por doquier. Las emociones que sintieron Lucía y sus amigos la noche anterior cuando encontraron el cadáver empezaban a asomar.

Luego David cambió el rumbo de la reunión. Tomó la palabra para hablar de cosas prácticas respecto a la tormenta. Confirmó que la carretera que les unía con el pueblo más cercano estaba inundada y que los servicios de emergencia estaban intentando arreglar el derrumbamiento de una carretera bastante más importante que conectaba toda la península con la autopista hacia Cardiff y que permitía conectar con Londres. Así que los únicos profesores que estaban en el colegio eran la directora y él, los únicos que se habían quedado a dormir en el campus después de la fiesta. También estaba la enfermera, que debía permanecer en el internado siempre que había gente pernoctando. Lucía recordó entonces las ganas de irse a casa que tenía la última secretaria con la que había hablado y cómo le había dicho que acompañaría a los auditores del Departamento de Educación a la estación de tren.

«Menos mal que se fueron, si no, Margareth no hubiese podido controlar el estrés».

—No disponemos de personal de cocina —continuó David con una voz áspera, mecánica—, tendremos que hacer turnos para hacer la comida y que haya suficiente para todos. Si alguien tiene experiencia en manejar cocinas grandes y en organización de catering, que venga a hablar con nosotros, vamos a necesitar un equipo que se encargue de esto. Lo mejor va a ser una persona que dirija con una rotación de voluntarios para cubrir por lo menos las próximas veinticuatro horas. Lo más seguro es que estemos atrapados aquí por lo menos hasta mañana por la mañana o por la tarde, y, por eso, es mejor organizarse en consecuencia. La situación meteorológica pinta mal, ahora se anuncia menos lluvia y viento, pero hay previsión de un nuevo frente que va a entrar esta tarde. Así que esto no ha terminado. Estamos viviendo una tragedia, una tristeza enorme y, además de la tormenta, nos encontramos en una situación en la que nunca nos hemos visto en toda la historia de este colegio. Confío en que entre todos haremos lo mejor para salir de esta juntos, apoyándonos y haciendo cuanto esté en nuestras manos para mantener la calma.

En ese momento Margareth empezó a hablar de nuevo, volviendo a los eventos de la noche anterior, pero los alumnos sintieron que ya tenían demasiada información y que necesitaban procesarla poco a poco. No podían mantener más la atención.

—¡Escuchad, chicos! —David alzó la voz de nuevo y todo el hall quedó en silencio—. Hemos terminado ya con la reunión. Por favor, subid a la tarima si queréis apuntaros para ayudar en la cocina. Esperamos poder tener algún tipo de almuerzo listo para la una. Mientras tanto, os sugerimos que volváis a las casas donde estáis alojados. Avisamos de que solamente hay cobertura móvil aquí en el castillo, y no demasiada. Podéis ir a secretaría para hacer llamadas de teléfono si os hace falta para ajustar vuestros planes de vuelta. Abriremos también la sala de tecnología para que todos utilicéis internet desde allí, aunque no podemos garantizar que el módem funcione. Esta no ha sido la reunión con que queríamos terminar este fin de semana tan especial, espero tener mejores noticias para todos cuando nos reunamos esta noche después de la cena. Abrigaos bien.

—Vamos a ver a Paula —sugirió Elena a Lucía—; quiero estar allí cuando se despierte.

Elena cogió del brazo a su amiga y las dos se dirigieron a la puerta. Lucía intentó mirar a Bjørn, pero David le estaba hablando y él tenía la mirada fija en el suelo. Lucía no se podía imaginar la noche que habría pasado su amigo después de lo ocurrido. Quería darle un abrazo. Deseaba ayudarlo a pasar todo esto. Reconoció que quería estar cerca de él.

Las amigas pasaron entre los pequeños grupos de estudiantes que se habían formado al terminar la reunión. Justo cuando iban a cruzar el umbral de la puerta principal del hall para ir al pasillo, se cruzó en su camino Tom, que tenía la cara gris, unas marcadas ojeras y el pelo rojo y grasiento cubriéndole el ojo.

—Elena, Lucía —las llamó con su voz ronca.

Lucía se acordó de él la noche anterior, borracho, saltando por todo el Soc o interponiéndose entre ella y Jaime cuando quedaron atrapados en las escaleras. Parecía que había pasado mucho más tiempo desde entonces. Sintió un escalofrío por la espalda. Esa fue la última vez que habló con Jaime Guerrero. Un par de horas después lo encontraron boca abajo en un charco...

«Tienes que quitarte esa imagen de la cabeza».

Se dio cuenta de que su rostro estaba reflejando sus pensamientos, porque la mirada de Tom cambió en un instante, como si sintiera que su compañera le estaba insultando. Ella intentó borrar la expresión negativa.

—Perdona —dijo Lucía—. Es que... es que todo esto ha sido muy... muy fuerte...

Sacudió la cabeza, sabía que no se estaba expresando muy bien.

—Chicas, estoy ayudando a Bjørn y a David a recopilar todos los detalles de anoche. Queremos tener la máxima información en cuanto a detalles para cuando llegue la policía. Y como…, bueno, como soy un aburrido funcionario del Ministerio de Defensa, tengo experiencia en este tipo de cosas…

Ninguna de las dos sabía con certeza qué esperaba Tom que respondieran.

—Bueno, entonces, como vosotras dos estuvisteis en la escena…

—También con Bjørn y Suhaas —intercaló Elena.

—Claro, ellos también —añadió Tom—. No estaría mal si nos sentáramos todos en algún momento a repasar exactamente lo que pasó…

—Por supuesto —colaboró Lucía—, claro que sí. Pero primero tenemos un par de cosas que hacer…

—Vale, pues luego pasaré por vuestra casa, ¿qué tal después de comer?

—Vale, vale, lo que sea —dijo Elena intentando dirigirse a la puerta.

Tom no se movió de su lugar.

—Ahora queremos ir a ver a Paula…

—Pero ¡no podéis!

Las dos lo miraron, sorprendidas. Tenía la cara roja, agitado.

—Es que es importante que no se intercalen vuestras impresiones…

—¿De qué hablas? —le preguntó Elena molesta.

Lucía miró a su amiga, sorprendida por la tensión de su voz.

—Nosotras podemos hablar con quien nos dé la gana, ¿o no? ¿O me estás prohibiendo mi libre circulación por el campus?

—No, no, claro que no, perdona, es que me han dado este trabajo y me lo quería tomar en serio... Claro, vosotras id donde queráis, a lo que queráis, yo solo...

Elena asintió con la cabeza e indicó a su amiga que la siguiera. Pasaron por el pasillo, dejando atrás el hall y a Tom, quien no se movió de la entrada.

—Ostras, nunca te había visto en modo abogada.

—Eso no es nada. Que ni se le ocurra meterse conmigo. Ya me verá en modo abogada de verdad, créeme, esto solo fue un aperitivo...

Elena sonrió ácidamente a su amiga y empujó con fuerza la puerta, porque el viento venía en contra, para que las dos pudiesen salir y cruzar el patio interior del castillo hasta alcanzar la enfermería, una serie de pequeñas habitaciones en el lado más funcional del castillo, cerca de la entrada a la cocina.

Las dos chicas se apoyaron una a otra, agarrándose fuerte con sus brazos, inclinadas contra el viento que entraba al patio en rachas constantes. El viento pegaba latigazos, Lucía intentó sin éxito retirarse el pelo de la cara. El frío, la lluvia, el viento y la capa de gris que cubría el cielo parecían interminables.

—Esta chaqueta no hace nada contra el viento —dijo Lucía cuando pasaron por la pequeña puerta que daba a la oficina de la enfermería—. No sé por qué no traje una más decente, como si no supiera qué tiempo hace aquí.

—Ven, vamos a ver dónde está Paula —dijo Elena al comprobar que la enfermera no estaba en su escritorio.

—No he estado aquí dentro desde que hubo el brote de varicela, ¿lo recuerdas? Tuve que estar en cuarentena hasta que tus padres volvieron de viaje.

—Yo todavía creo que mi madre se lo inventó, dudo mucho que ella recordase si había tenido varicela o no.

Lucía sonrió con el recuerdo. Había sido toda una aventura. Especialmente cuando pillaron a su novio, el italiano, intentando visitarla una noche después de la hora de toque de queda.

—Chicas, ¿dónde os creéis que vais?

La enfermera del colegio era una matrona de edad impredecible que parecía que no había envejecido ni un día desde que se graduaron. Una escocesa áspera y bastante estricta a quien le daba absolutamente igual cómo se curaban las enfermedades de la adolescencia en las casas y países de origen de los estudiantes. Bajo su mando todo se curaba a base de té de limón, gárgaras de agua salada y unas pastillas para la tos que algunos decían que ya ni se fabricaban.

—Hola, mrs McLaren —la saludó Lucía.

—Hummm, no me acuerdo de ti. —La enfermera las observaba a través de unas gafas que llevaba en la punta de la nariz como si lo que estaba viendo no fuese de su agrado—. Pero de ti ¡sí! —Miró y sonrió a Elena mientras la señalaba con el dedo.

Elena se sorprendió.

—Pero si yo casi no pasé tiempo aquí…

—Ah, pero hablé con tu madre cuando pensamos que te podían haber pegado la varicela. Se notaba que no tenía ni idea, pero me dijo con certeza absoluta que ya la habías tenido.

—Eso suena a mi madre —afirmó Elena.

—Y luego recuerdo que estuviste…, ¿qué fue?, exagerando una tos, si no recuerdo mal, en época de exámenes, muy típico, muy típico. —Se dio la vuelta y empezó a caminar en dirección opuesta, haciendo señas para que la siguieran—. Llamé a tu madre una vez más y casi colapsó la línea telefónica entre Gales y… —Se giró, entornó un poco los ojos como si intentara acordarse y subió su dedo índice a la mejilla.

Elena estaba a punto de hablar cuando mrs McLaren le indicó que se callara.

—Angola. No. Mozambique. Eso. Mozambique. Me dijo que iba a mandar un helicóptero para que te llevaran a un hospital privado en Londres si no te encontrabas mejor. Me costó convencerla. Impresionante tu madre.

Elena le sonrió, avergonzada, asintiendo con la cabeza sus exageraciones.

—Lo sigue siendo, mrs McLaren, créeme, lo sigue siendo.

—Bueno, muy bien, mi memoria no me falla. Ahora imagino que estáis aquí porque queréis ver a Paula Echevarría. Sois sus amigas, ¿no? ¿Sí? Ha pasado por aquí varias veces David Hendry con ese pelirrojo impertinente y les he mandado a Coventry —otra expresión anticuada que Lucía nunca logró entender, y que solamente empleaban los británicos de cierta edad para expresar que habían conseguido deshacerse de una persona, siempre decían que la habían mandado a esa pequeña ciudad de poco encanto— y luego también el sueco buen mozo, a él sí lo hubiese dejado pasar, pero Paula dormía. Anoche cuando la trajeron estaba semiconsciente. No sabía ni dónde estaba…

—¿Quién la trajo? —preguntó Lucía.

Mrs McLaren la miró de reojo.

—¿No estabais allí?

—No, nosotras fuimos las primeras… las primeras… en la escena —dijo Elena—, luego… nos mandaron a nuestras casas, no estuvimos cuando David y Bjørn subieron a la torre.

—Pobres. Vaya tragedia, por Dios. Vaya tragedia.

Mrs McLaren puso una mano sobre el pomo de una pequeña puerta.

—Fueron el sueco y el pelirrojo. Y también David Hendry. Totalmente alterado. Bueno, aquí dentro está Paula. Por favor, callad si sigue dormida. Podéis esperar hasta que despierte. En silencio. Si no, a Coventry con vosotras también.

Les abrió la puerta para que pasaran. Lucía vio en la oscuridad una pequeña cama contra la pared con una mesita de noche al lado y dos pequeñas ventanas con las persianas bajadas. Enfrente de la cama, un sillón. En una esquina, una silla de madera al lado de una cajonera. Parecía la habitación de un convento. Severa, básica, sin ningún tipo de lujo. Con razón los estudiantes evitaban por todos los medios terminar allí.

En la cama reposaba Paula, con su pelo negro suelto como una cascada desparramado por la almohada de algodón blanco, con el edredón subido hasta la barbilla y los brazos ocultos. Mrs McLaren las dejó allí solas, pero no cerró la puerta del todo por si acaso. Las dos amigas se acomodaron en los asientos disponibles, intentando mantener el silencio absoluto que les había pedido la enfermera.

Cuando se sentó, Lucía se pudo relajar por primera vez. Aquí no tenía que hablar ni tener cuidado con cada palabra que pronunciara. Elena sonrió desde el otro lado de la cama.

—Me voy a dormir como nos quedemos aquí mucho tiempo —susurró Elena apoyando la cabeza en el respaldo del sillón—, en serio, creo que aquí voy a lograr dormir. Me despiertas cuando Paula abra los ojos, ¿vale?

Lucía asintió con la cabeza. Ella creía que no iba a poder dormir. La cabeza le daba muchas vueltas todavía. No podía dejar de analizar las últimas palabras que compartió con Jaime en las escaleras del Soc la noche anterior. Lo veía rodeando con su brazo a Paula, la sonrisa y la seriedad de su compañero cuando se le acercó al oído y la informó de que algo le había pasado a Mikhael… Se acordó de cómo lo vio en ese momento por primera vez como… como un amigo de verdad. Jaime había entendido y respetaba por qué ella quería encontrar a Mikhael, y había intentado ayudarla. Había tratado de hablar con ella, de contarle qué había descubierto… Y en menos de cuatro horas encontraron su cadáver.

«¿Las dos cosas pueden estar relacionadas? —No dejaba de dar vueltas a la cabeza—. Y por qué todos hablan de lo que le pasó a Jaime como una tragedia, un accidente terrible… ¿Cómo lo sabemos con tanta seguridad?».

Intentó recordar quién había dicho lo del accidente, pero no lo consiguió. Apoyó la cabeza en el edredón de Paula, cerró los ojos con fuerza y se esforzó por identificar en su memoria a la persona que dijo esas palabras, pero todo lo veía borroso, como si su mente estuviese al otro lado de la tormenta o, mejor dicho, como si la tormenta estuviera dentro de ella, retumbando en sus oídos. Mihkael, Jaime, la torre de lady Jane

Grey, la de la horca, Paula, Margareth Skevington con las manos levantadas, tal como las tenía también aquella noche, diez años atrás...

Lucía se dio cuenta de que se había dormido cuando sintió un movimiento debajo del edredón donde tenía apoyada la cabeza. Se había quedado profundamente dormida. Abrió los ojos, durante un segundo sin saber dónde estaba. Volvió a la realidad de golpe, respiró y se sentó de nuevo.

«¿Cómo me he podido quedar dormida?». Miró con alarma al otro lado de la cama donde Elena seguía soñando, desplomada en el sillón con las piernas colgando sobre el reposabrazos. Se dio cuenta de que eran los pies de Paula los que se habían movido bajo el edredón. La miró, estaba peleando contra el sueño, estirando sus piernas y brazos mientras movía la cara de un lado a otro.

—¿Paula? —Lucía susurró en voz baja intentando que no se despertara con miedo—. Paula, estamos aquí contigo, no pasa nada. Soy Lucía.

Le cogió la muñeca para acariciarla. Sus párpados se movieron rápidamente y abrió los ojos. Lucía trató de sonreír para no asustarla.

—Paula, soy yo. Elena y yo estamos contigo.

Paula la miró, sus grandes ojos marrones parpadeaban. Estaba confundida, insegura. Lucía pensó que no la reconocía. Pero de pronto sintió que la joven colombiana la ubicaba. Sonrió solo un instante. Después vino un jadeo, una nube cruzó la mirada de la muchacha, sacudió la cabeza, buscando algo, a alguien… Lucía le cogió la muñeca una vez más.

—Paula, Paula —le dijo intentando mantener la calma en su voz—, soy yo, Lucía. Te estamos acompañando porque…

—¿Dónde está?

Su voz denotaba miedo.

—¿Qué? ¿Quién? ¿De quién hablas, Paula?

—¿Dónde está Jaime?

Junio de 1995

—*Este tiene que ser el póster más visto de todos los internados del país.*

Elena está parada en una silla, estirada, con un póster de la pared enfrente de donde las dos han estudiado todo el año en su ático de estudio.

—*Tienes razón. Lo tiro. No lo vamos a colgar nunca más, ¿verdad?*

Lucía coge el póster que le entrega Elena.

—*«La educación es lo que queda una vez que olvidamos todo lo que se aprendió en la escuela».*

—*Estoy hasta las narices de Einstein con la lengua fuera —dice Lucía suspirando.*

—*Si lo cuelgas después de estar aquí, pensarás en todas esas clases de mates donde no prestaste atención.*

—*Vale, vale, tíralo. Mal rollo.*

—*Yo creo que ya me estoy olvidando de la mitad de las cosas que se supone que hemos aprendido.*

—*Mentira. Tú vas a ser una abogada internacional top, y no te olvidas de nada, nunca.*

—*Y tú una megaperiodista. Como Christiane Amanpour.*

—*No lo creo.*

—*Bueno, quizá, nunca se sabe... La versión española.*

—*Lo dudo.*

—*¿Qué te pasa? Has estado, no sé, apagada últimamente. Es la segunda vez que te oigo decir que estás dudando de querer ser periodista, de estudiar comunicación, de entrar en la universidad en Madrid... No entiendo. Se supone que estas últimas semanas del colegio tienen que ser las más divertidas. No nos queda nada aquí, ¡tienes que exprimir cada segundo!*

—*Ya. No sé qué me pasa, la verdad. Quizá sea porque todo esto termina..., y ahora nos tenemos que acoplar a la realidad.*

—*Bueno, vamos a la universidad. No creo que sea real real. Nos quedan por delante muchas fiestas, mucha diversión, conocer chicos nuevos...*

Lucía sonríe.

—*A Einstein lo tiramos. Pero a Prince, nunca.*

Elena envuelve el póster con cariño.

—*A ver si resulta que no tenemos nuestros valores educativos bien puestos. ¿En serio lo vas a guardar?*

—*Sí. Einstein al final fue un poco cabrón con su mujer. Prince, te lo puedo asegurar, nunca nos va a decepcionar.*

Las dos se ríen.

—*Que David Hendry no oiga hablar así a su mejor alumna de mates.*

—*Bueno, no sé si mantendré ese título después de que recibamos las notas de los exámenes.*

—*Da igual, ya tienes tu plaza en la UCL. Estarás en Londres y nos visitaremos cuando podamos.*

Un ruido desde fuera hace que las chicas se miren. Lucía se mueve hacia la ventana y la abre con dificultad. Saca la cabeza, pero la ventana es demasiado pequeña para ver de dónde viene el ruido.

—*¿Qué es eso?* —*pregunta Lucía.*

—*Parece un helicóptero.*

—*¿En serio? ¿Servicios de rescate?*

—*No.*

Elena se queda pensativa y pone los ojos en blanco.

—*¿Qué? ¿Quién es?*

—*Son los padres de Jaime Guerrero. Vienen a la graduación mañana.*

—¿*En helicóptero? Por favor.*

—*Ya.*

—¿*Cómo lo sabes?*

—*Lo dijo ayer. Tuvimos la última reunión de clase de física avanzada. Estábamos hablando de la graduación, de los premios, de qué becario va a dar la charla después de la entrega, toda esa parafernalia...*

—*Ostras, le hubiera dicho que recogieran a mis padres en Waterloo. A ellos les parece suficientemente sofisticado venir hasta aquí en tren desde Bruselas.*

—*Los míos están ya en Londres. Vendrán mañana.*

—¿*En limusina con un chófer?*

Lucía lo dice en broma, pero la expresión de Elena le indica que tiene razón.

—*Es que mi padre dice que solo le gusta conducir en el tercer mundo. Que para tener buenas carreteras y tener que conducir lento prefiere que lo lleven.*

—*Vaya, nunca dejo de aprender en este lugar.*

—*La verdad es que pasa de arriesgarse a que lo pare la poli en los coches de lujo que le gusta alquilar.*

—*Y eso ocurre, ¿en serio?*

Elena asiente con la cabeza. El traqueteo del helicóptero vuelve de nuevo, y las dos se asoman por la ventana por si lo pueden ver. Nada. Oyen cómo el ruido se hace más fuerte y más lento a la vez.

—*Estará aterrizando por las canchas de rugby —dice Elena.*

—*Jaime estará allí fuera, asegurándose de que no haya nadie por todo el campus que no haya visto que sus padres han llegado en helicóptero.*

Elena se ríe. Se queda en la ventana mirando el cielo azul, el pedacito de mar plateado que se puede vislumbrar y el bosque a su derecha, donde está la tercera torre, la que no tiene nombre, la que los alumnos llaman simplemente «la tercera».

—*Luego vamos al pueblo, ¿vale? Tenemos que comprar lo que nos haga falta para la fiesta de esta noche.*

—*Pero si mañana es la graduación, ¿no? ¿En serio vamos a ir a esa fiesta?*

—*Claro que sí, tontita. ¿Cómo nos vamos a perder esta fiesta? Es la fiesta. La última de todas. Estás muy extraña, de verdad, a ti que tanto te gusta una celebración. Hemos estado hablando de este acontecimiento desde antes de los exámenes. Esta noche fiesta y mañana una buena resaca para la graduación y equilibraremos un poco la escala del perfeccionismo inculcado. Así se nos hará más tolerable toda la fanfarria, la ceremonia, los padres llorando, el colegio espléndido, una nueva generación de tipos A listos para la próxima etapa, los profesores hablando de cómo vamos a ser los próximos líderes mundiales...*

—*¿Y todo esto cómo lo sabes?*

—*Vine a la graduación de mi hermana. Lo vi todo. Menos la fiesta. La muy cabrona no me dejó participar.*

—*Pues vale. Iremos al pueblo. ¿Ginebra con tónica en lata?*

—*Eso mismo estaba pensando yo. Podemos hacer un cóctel añadiendo un poco de gaseosa de manzana.*

—*Tú no has aprendido a beber.*

—*Comparado con los ingleses, nunca.*

—*Bueno, hacemos un cóctel sofisticado.*

—*Enlatado.*

—*Es lo que toca.*

—*Luego tenemos el resto de nuestras vidas para beber cócteles de verdad.*

—*¿Y cómo es la ceremonia de graduación?* —*pregunta Lucía.*

—*Lo hacen muy bien, la verdad. Recuerda que es el momento perfecto para sacar más dinero de los padres en forma de donativos. Cada año hay una causa nueva..., el salón de actos se está cayendo, el gimnasio parece que no lo han tocado desde los setenta, algo habrá. Luego siempre habla uno de los becarios, todos los padres lloran de emoción...*

—*¿Lloran cuando habla el becario y no cuando salen sus hijos a por su diploma?*

—*Ah, no, allí también. Todo está perfectamente planeado para que afloren las emociones. Lloran cuando salen sus hijos, y luego con los becarios ven el propósito altruista de la academia, que entre tantos niños mimados como tú y yo hay otros alumnos que valen de verdad, los becarios.*

—Como Mihkael.

—Exacto. Pues este es el candidato perfecto para ganar el premio y dar la charla mañana. Casi un genio, se va directo al MIT con una beca completa, y seguro que ha sacado las mejores notas de todo el colegio.

—No sé si va a querer hablar.

—¿Cómo lo sabes?

—No lo sé. Pero no me parece que sea el tipo al que le gusta ser el centro de atención.

—Él está en clase de física con Jaime y conmigo. Ayer no dijo si hablaría. Quizá no sea él.

Lucía se aparta de la ventana. Ya no habrá más helicópteros. Vuelve a la pared, a su labor. Elena se queda en la ventana. Las dos se pierden en sus pensamientos durante unos minutos. Elena suspira hondo y mira hacia abajo por la ventana. Mete la cabeza de nuevo.

—Qué mareo —dice Elena—. Al mirar hacia abajo uno se da cuenta de lo alto que estamos.

—Ya, lo sé.

Lucía quita su horario de estudio para los exámenes de la pared y lo inspecciona mientras piensa si merece la pena guardarlo o no. Lo pone a un lado, en su escritorio, para decidirlo más tarde.

—¿Has visto el parapeto que hay fuera? ¿Te imaginas dar una vuelta por allí?

—Sería muy mala idea.

—*Ya. Pero está ahí porque así construyeron el castillo, para que se pudiera salir y ver que no venían vikingos a matarte o qué sé yo.*

—*Sigue siendo mala idea, Elena, ni se te ocurra salir allí fuera.*

—*Claro que no lo haré, Lucía, tú sabes que yo al final soy una niña buena.*

—*Ojalá lo fuera yo también.*

—*¿Qué?*

—*Nada, nada. Seguimos. Esa tabla periódica, ¿a la basura?*

8

Después del shock, las lágrimas y los miles de preguntas acumuladas una encima de la otra, Elena y Lucía lograron que Paula se calmara un poco.

Mrs McLaren no dejaba de entrar a la habitación, preguntando si Paula se encontraba bien, si quería otro té o si necesitaba dormir más. También las advirtió de que si esto era así las dos jóvenes tendrían que dejarla en paz. Pero Paula, moqueando y con los ojos rojos todavía, negó con la cabeza, insistiendo en que no quería quedarse sola. Se aferró a las manos de sus compañeras mientras Lucía le contaba primero su versión de la noche anterior y luego lo que les había dicho Bjørn esa mañana en la reunión en el hall.

Un rato después Elena salió de la habitación. Dijo que tenía que ir a por su móvil, que le urgía organizarse porque no llegaría a la oficina al día siguiente y debía mandar e-mails, llamar a sus compañeros de trabajo y comprar otro vuelo a Ámsterdam.

—¿Te quedas conmigo un rato más, por favor? —Paula miró a Lucía, sus ojos marrones se hundieron otra vez en un mar de lágrimas.

—Claro que sí —le respondió, aunque pensó que ella también tendría que mandar e-mails a la jefa de producción para avisar de que no llegaría a la oficina al día siguiente. En ese momento fue consciente de que se encontraba en el meollo de un tipo de noticia que podría tener una repercusión a nivel nacional. No todos los días un exalumno de un conocido y celebrado internado moría al precipitarse por una de las torres medievales durante una reunión de los graduados. Lucía sacudió la cabeza y trató de alejar esos pensamientos de su mente.

—¿Qué te pasa?

Paula la miraba extrañada por encima del clínex que estaba usando para sonarse.

—Nada, nada, pensaba en Jaime. En la escena de anoche. Creo que no lo olvidaré jamás.

—Y eso es lo peor para mí. Yo estaba allí. Yo estaba allí y no hice nada…

—No pudiste hacer nada, es muy distinto, Paula…

—Pero no sé por qué.

—Si puedes…, si no te importa…, ¿me cuentas lo que recuerdas de anoche? —le preguntó Lucía—. Solo si te ves con fuerzas.

—Sí, si tienes razón, quiero acordarme de todo, de cada detalle… —respondió Paula con una nueva fuerza en su voz—, aparte me dijiste que viene la policía, ¿verdad?

—Sí —asintió mordiéndose el labio sin saber si compartir sus dudas con Paula—, cuando abran paso al colegio, y eso no sabemos todavía cuándo va a pasar, lo más seguro es que sea mañana. Querrán hablar con todos los que nos tropezamos con… con la escena, y, claro, con todo el mundo que habló y estuvo con Jaime anoche. Y es que… ¡es que hemos sido todos!

—Pero yo más —dijo Paula asintiendo con la cabeza, pensativa—. Bueno, tú nos viste anoche en la cena y luego bailando en el Soc.

—No se separó de tu lado.

—Ya —Paula sonrió—. ¿A ti por qué no te cae bien Jaime?

Lucía la miró, cerrando los ojos un momento, sin saber qué responder.

—Perdón, por qué no te caía bien Jaime. Caía. Dios.

Sacó otro clínex y se sonó la nariz de nuevo. Lucía apretó su brazo.

—Nunca me cayó bien. Ni cuando estudiábamos aquí.

—Ya, pero tú lo conocías entonces. A mí ni me miró durante los dos años que estuvimos aquí.

—Pues ves, exactamente —le explicó Lucía—, solo estaba interesado en hablar con las chicas más guapas. Yo, como tenía clase de español con él…

—Yo también estaba en esa clase, Lucía, tú tampoco hablaste conmigo —le recordó Paula con su voz suave, gentil, sin ganas de sonar rencorosa.

—¿Qué?

—Yo también estaba en esa clase. Lo que pasa es que nunca hablé y tú nunca me hablaste. Te has olvidado de que yo estuve allí.

—Pero… eso no es posible. —Lucía hundió la cara en las manos intentando acordarse, le parecía increíble no haberse fijado en esa chica tan guapa y animada—. Perdón. Me vas a tener que perdonar. Tienes razón. Yo cuando llegué aquí me sentía el centro del mundo, y, es verdad, quizá no me di cuenta de la gente que no hablaba, que no tenía la misma confianza de la que yo presumía.

—Tú eras de las *cool*, Lucía, no te preocupes. —Paula le apretó el brazo—. Cuando estás en ese grupo no ves el mundo igual que los que no están allí metidos. Y no te preocupes. Mírame ahora. —Sonrió pícara—. Créeme cuando te digo que desde que nos graduamos, y, en mi caso, desde que me liberé de unas gafas horribles y descubrí el *Frizz Ease* de John Frida, no he perdido nada de tiempo. Si hablaras con la gente de mi universidad y les dijeras que yo aquí pasé casi desapercibida, nadie te creería.

—Bueno, no sé si fue tanto como desapercibida…

—Lucía, no intentes disimular. Estudiamos juntas dos años de clases de español. Yo realicé una presentación magnífica sobre *Cien años de soledad,* un libro que creo que tú ni te habías leído, y ni lo recuerdas. Tú estabas en otras cosas. Déjate ya de excusas, pero no tienes que pedirme perdón.

—La presentación de *Cien años de soledad* sí que la recuerdo. Ostras. Perdóname, Paula…

Recordó que repasó los apuntes de Jaime en vez de leerse el libro. Y cómo años después, en unas vacaciones largas y calurosas en el pueblo de su madre, se leyó por fin el libro y se arrepintió de no haberlo leído en la Academia, rodeada de alumnos con quienes podría haber discutido sobre él, haberlo vivido y entendido a través de sus ojos. Ojos como los de Paula, que habían analizado su libro favorito, escrito por el escritor más famoso de su país.

—Me sabe fatal —dijo Lucía escondiendo la cara entre las manos.

—¡Si te acabo de decir que no importa! ¡Que te voy a tirar todos estos clínex llenos de mocos por encima! No, en serio, lo único que merece la pena de todo esto es que explica un poco… un poco mi interés en Jaime.

—Gracias por explicármelo. Por tomarte tu tiempo. No creo que me lo merezca.

—Ya está, déjate de tonterías, que todo el mundo ha cambiado en diez años, de eso estoy segura. Tú tampoco eres la misma. —Paula se echó hacia atrás, miró al techo, pensativa, y habló en voz baja—. Hay algo extraño en regresar a este lugar, ¿no te parece? Volver aquí, al castillo…, y recordar cómo éramos cuando llegamos y cómo lo veíamos todo con la mirada de antes, este lugar tan lleno y repleto de gente con tanta confianza, donde te decían que lo podías conseguir todo, que tú podías cambiar el mundo… Yo sentía que constantemente se hablaba de otros, que yo nunca iba a llegar a estas altas expectativas…. Y creo que no fui la única, me imagino que otros muchos pensaban que se quedarían fuera del privilegio y del éxito… Lo único es que nunca lo hablábamos. Nuestras voces eran más difíciles de percibir. Pero ahora, al volver…, siento que quizá tenían razón… Ahora lo veo. En el trabajo he ganado premios nacionales por mis campañas. Me han hecho ofertas para otras agencias que flipas. Estoy ganando más dinero que mis padres, ellos nunca lograron tanto durante todos sus años en el servicio exterior colombiano. Y no te lo digo para presumir, ¿sabes? Solo para que entiendas desde dónde empecé y dónde estoy. Y Jaime, pues Jaime era como… Sentí su interés en mí como…, no lo sé, como algún tipo de premio. Después de los años en los que estudié aquí en los que solo me habló unas tres veces, y eso únicamente porque como colombiana y venezolano nos tocó hacer alguna actividad juntos… ¿Cómo te lo puedo explicar? Ese interés… Una tontería. Superfluo, ridículo, sin ningún tipo de importancia…, pero me gustó. Un pequeño triunfo para esa niña de gafas azules de culo de botella y los pelos encrespados que tuvo que practicar horas frente al espejo para hacer una presentación sobre su autor preferido y que luego, en clase, en mitad de la ponencia se dio cuenta de que nadie la escuchaba.

—Paula… Paula, qué mierda me siento.

—Pero ¿por qué, tontita? Si yo hubiera hecho igual que tú.

—Pues para mí todo ha sido al revés. Llegué aquí hace diez años llena de toda esa confianza y esas ganas de comerme el mundo. Y desde que me fui no sé… No sé si voy a poder lograr todo lo que quería o lo que me hicieron pensar que podía alcanzar… No sé si voy a llegar a ser la persona que este lugar me hizo creer que sería algún día.

—Me sorprendes, Lucía.

—Y ahora con lo que me dices… Llegué aquí este fin de semana pensando que tenía que pedirle perdón a alguien por algo que hice hace diez años y ahora me doy cuenta de que quizá hay muchas más personas a quienes les debo pedir perdón.

—Pues ya está. Vamos a dejar de comernos la cabeza por tonterías. Estamos bien. Todo esto solo era para que entendieras por qué dejé que este cuentito con Jaime siguiera. Me chiflaba. Un pequeño romance con un chico que no me había mirado cuando estudiábamos aquí me parecía como de película. Mañana tengo un vuelo a Nueva York y regreso a mi vida. Hay un banquero de Lehman Brothers que me gusta de verdad, pero no hablemos de él ahora. Todo esto porque empezamos a hablar de anoche. De Jaime. De mi interés en él. Nunca iba a ser más que una pequeña aventura de fin de semana. Así que cuando me dijo que tenía las llaves para acceder a la torre de lady Jane Grey...

—Espera, espera. —Lucía quiso que Paula parara un momento su relato—. ¿Cuándo fue todo esto? Tenemos que repasar cada detalle. Cada detalle y el momento exacto...

—Vale, OK, tienes razón. A ver..., creo que fue...

En ese momento alguien tocó la puerta y McLaren metió la cabeza directamente sin esperar respuesta. A su espalda estaba el profesor David Hendry, con el ceño fruncido y la cara seria.

—Paula —dijo la enfermera, eficiente y atareada, entrando a la pequeña habitación como si Paula la hubiera llamado—, David ha venido a hablar contigo. Le he dicho que perfecto, que Lucía tiene que marcharse ya antes de que te canses demasiado.

—Pero yo… —empezó a decir Paula antes de que David la interrumpiera.

—Paula, ¡qué bien verte despierta y en buenas condiciones! —exclamó él con las manos en los bolsillos, una sonrisa suave sobre la cara pálida, las ojeras aún más marcadas—. Me dice mrs McLaren que te encuentras bien y que no cree que tengas ningún tipo de herida ni secuelas de lo que tomaste… Y, bueno, tenemos que hablar. Preferiblemente a solas…

Miró de forma intencionada a Lucía. Ella le devolvió la mirada sin moverse.

«Yo no me voy hasta que me lo pida Paula», pensó Lucía con un instinto que no sabía de dónde venía.

—Bueno…, como iba diciendo…, Paula, no sé de qué estabais hablando, pero yo quería simplemente…

El profesor se trabó con las palabras, pues no se esperaba la reacción de las dos jóvenes. Mientras, la enfermera se puso a recoger los vasos, a reemplazar una caja de clínex y a abrir y cerrar, con poca discreción, los cajones de la cajonera.

—Bueno, en realidad, no es lo que quiero, sino lo que tiene que pasar ahora que estás bien…

David notó un silencio incómodo. Tenía la cara roja y no podía mirarlas. Se quedó siguiendo los movimientos de la enfermera que buscaba cosas que hacer por la habitación.

—¿Cómo? —dijo Paula confusa—. No entiendo.

—Pues, lo que creemos… es que quizá bebiste demasiado en la fiesta y que por eso te has…, bueno, por eso te… desmayaste. En la torre…, y si nadie te hizo daño, no puede haber otra excusa. Así te encontramos, dormida o inconsciente…

—Créeme, David, pero yo no bebí lo suficiente como para quedarme inconsciente —escupió Paula con su voz llena de ira.

Se sentó en la cama, con la espalda estirada y los brazos rectos a su lado.

—Yo no soy como estas chicas, esas… inglesas —su énfasis sobre esta palabra, casi escupiéndola, hizo que David diera un paso hacia atrás, como si la palabra fuese una bola de fuego que tenía que evitar que le golpease en la cara—, que no saben beber. No es mi cultura. Beber hasta estar inconsciente, por favor, yo sé lo que hago. Alguien me echó algo para dormirme. En una bebida que sí me bebí en la fiesta del Soc. Esto debes tenerlo muy claro. Cuando me desperté, me encontraba fatal, pero no ebria. No como después de una borrachera. Hubiera vomitado y no lo hice. Nunca me he sentido así. Fue muy extraño, muy desagradable y tendrás que… que reajustar tu opinión de lo que pasó.

Lucía miró a Paula asombrada. Nunca pensó que su nueva amiga hablaría así a un profesor. Ahora entendía cuánto había cambiado la chica tímida de gafas azules. A David parecía que una de esas bolas de fuego metafóricas le hubiese dado en toda la frente. La conversación había tomado un rumbo que él no había imaginado. Se quedó en la puerta de la habitación, retorciéndose las manos y balanceándose de un pie a otro, sin poder cruzar la mirada con Paula. En ese momento, mrs McLaren tosió a propósito, y los tres se giraron para mirarla.

—Bueno, chiquilla —dijo moviéndose hacia la cama de Paula con una pastilla en una mano y un vaso de papel en la otra—, creo que tienes que descansar un poco más. Toda esta agitación no te hace nada de bien. Ven. Tómate, por favor, este calmante que te va a ayudar a descansar un rato. Y tú, Lucía, aprovecha para ir a comer.

Se paró entre las dos con la pastilla en la palma de la mano.

—¡Yo no necesito calmarme!

—¿No ves que estás llorando de nuevo? No es buena señal. Lucía, te vas a tener que ir, por favor…

—Pero yo no me quiero… —empezó a decir Lucía cuando Paula la interrumpió.

—Yo no quiero que se vaya. Quiero que se vaya él. —Y apuntó con el dedo al profesor.

—Vale, vale, me voy. Lucía, vámonos —dijo David—, te vienes conmigo.

Lucía miró a la enfermera, que seguía con la pastilla en la mano. Observó al profesor, detenido en la puerta. Y se quedó mirando a Paula, que tenía los ojos otra vez llenos de lágrimas. La abrazó y le susurró al oído en español, colocándose de tal manera que no vieran que movía la boca.

—No te la tragues. Luego escúpela. Ahora vuelvo.

Sintió cómo Paula asintió con la cabeza contra su hombro.

—Descansa —dijo Lucía en voz alta. Luego se separó y le echó una mirada que esperaba que su amiga interpretara correctamente.

—Sí, sí, vale, tienes razón —respondió Paula con una mínima inclinación de la cabeza, que Lucía entendió como el «sí» que esperaba—, dame la pastilla, mrs McLaren, quizá tengas razón. Quiero dormir. Luego hablamos, ¿te parece, David?

Mrs McLaren le entregó el vaso y la pastilla y se dio la vuelta para sacarlos de la habitación.

—Espera, Paula.

Los tres se dieron la vuelta.

—Lucía no se puede quedar conmigo, ¿solo hasta que me duerma?

David estaba a punto de decir que no, Lucía ya lo veía, con o sin la carita de inocente que estaba poniendo Paula.

—Solo me quedo con ella hasta que se duerma. En silencio. Os lo prometo. Y así —se dio la vuelta intentando parecer un ángel— tú, mrs McLaren, puedes ir a comer algo. Cuando vuelvas, Paula se habrá dormido y ya voy yo. De esta forma no la dejaremos sola.

—Perfecto —dijo Paula con una sonrisa—, la verdad, ya me está haciendo efecto la pastilla...

Y se tumbó en la cama estirando los brazos con un nivel de dramatismo que a Lucía le pareció un pelín exagerado. Pero funcionó. La enfermera confirmó que tenía hambre y, antes de que David protestara, ella lo echó de la habitación y cerró la puerta.

Paula esperó unos segundos hasta que escucharon que las voces de los dos desaparecían y escupió la pastilla. La envolvió en un clínex e hizo varias muecas de asco por el mal sabor que le había dejado en la boca. Lucía ofreció su mano para que Paula depositase el pañuelo de papel.

—Esa tía quizá inspeccione los cubos de aquí. Mejor lo tiro yo al váter —dijo Lucía en voz baja, por si a la enfermera se le ocurría regresar de repente.

—¿Qué carajo está pasando, Lucía? —preguntó Paula también en un susurro—. Esto no me gusta nada. Primero intentan hacerme creer cosas que no son ciertas, y ahora..., ¿me quieren drogar?

—Yo estoy alucinando, esto no pinta bien.

—Nada. No sé si estar enfadada... o preocupada.

Las dos se quedaron un momento en silencio, cada una perdida en sus pensamientos.

—Vamos a pensar de manera lógica —dijo Lucía—, ¿por qué David quiere hacer creer que tú te emborrachaste y perdiste la conciencia?

—Pues porque así es más fácil concluir que todo esto ha sido un accidente terrible...

—Un accidente terrible... —repitió Lucía intentando recordar dónde había escuchado estas palabras—. Coño, Paula, lo tienes. ¿Sabes quién dijo las palabras «terrible tragedia»?

—No, ¿quién?

—Pues Margareth Skevington. Esta mañana. En la reunión que hubo en el hall.

—Pero si eso no lo sabemos...

—Para nada.

—Especialmente si yo fui... Si alguien...

No pudo decir las palabras.

—Si alguien te drogó, también pudo drogar a Jaime...

—¿Drogarlo y... dejar que se cayese?

—No lo sé...

—O empujarlo.

—¿Por la ventana?

—¿Y por qué?

Otro silencio. Paula enterró su cara entre las manos. Lucía sintió que el estómago le daba un giro. Respiró hondo intentando frenar la náusea que subía peligrosamente a través del cuerpo.

—Esto no tiene sentido, Lucía…

La joven puso un dedo en sus labios, Paula estaba histérica.

—Calla, calla, que nos van a oír —pidió Lucía—, no sabemos nada todavía. Primero tenemos que entender bien qué ocurrió anoche. Vamos a volver atrás.

—Ya, tienes razón. Paso a paso.

—Con calma.

—OK, OK, quizá nos estamos perdiendo algo.

—Me estabas contando que Jaime te dijo que tenía las llaves de la torre de lady Jane Grey, ¿dónde te dijo esto?

—Paso a paso —repitió Paula frotándose los ojos con los puños para despertar, para empezar de nuevo—, sí, lo de las llaves. Me lo dijo cuando estábamos bailando en el Soc.

—Recuerdas que nos encontramos en las escaleras un momento, tú y Jaime las subíais, y yo, las bajaba. Y Tom Fanshaw prácticamente se lanzó encima de vosotros para decirnos que teníamos que ir a la barra.

Paula se quedó pensativa un momento, reflexionando.

—Sí, sí, lo recuerdo. Fue después. Después de eso.

—Porque Jaime me dijo algo, justo cuando iba subiendo las escaleras. Me dijo que sabía algo sobre la desaparición de Mikhael. ¿No te habló de eso? ¿No te dijo nada?

Paula miró a Lucía con sus ojos grandes, bien abiertos. Lucía estaba casi segura de que su nueva amiga no había pensado en Mikhael desde hacía tiempo.

—Ni idea. ¿Dónde está Mikhael? Recuerdo que…, ¿fue ayer? Parece que fue hace mil años…

—Ya…

—Recuerdo que me preguntaste si lo había visto…, pero no lo pensé más, la verdad. ¿En serio nadie lo ha visto desde entonces?

—Pues no se le ha visto el pelo desde el viernes por la noche. Pero nadie más me cree. Quizá estoy totalmente loca. Bjørn y yo encontramos una maleta cerca de la salida del campus, por detrás del castillo, donde está la cocina.

—¿Y era suya? ¿Qué hicieron?

—Bueno, la entregamos a la oficina, no se nos ocurrió otra cosa. No se mostraron muy preocupados. Estaban todos estresados por la auditoría. ¿Recuerdas? ¿La pareja que estuvo dando vueltas con Margareth? Se ve que estuvieron reunidos horas. Bueno, en fin, la secretaria me dijo que siempre hay gente que se tiene que ir, o por motivos de trabajo o porque les pasa algo… A Margareth no le gustó cuando le pregunté…

Lucía recordó las palabras de Margareth en la entrada de la cena de gala en el hall: «No le ha pasado nada».

eso. Sí, después de que subí del baño. Me sacó a bailar

«Pues aquí ahora ha pasado bastante».

—¿Y luego qué?

—¿Mmm?

Lucía miró a Paula sin comprender.

—Perdón, me perdí, ¿qué me decías? —preguntó Lucía volviendo al momento.

—Lo que te dijo Jaime en las escaleras, ¿y luego qué pasó?

—Pues por eso te lo preguntaba a ti, por si él te había dicho algo o si notaste algún cambio en su actitud... hacia ti o hacia alguien más...

Paula se quedó pensativa mordiéndose el labio.

—Tendría que reinterpretar cada momento de anoche. No sentí nada extraño, y cuando me dijo que había conseguido las llaves de la torre pues...

—Espera. ¿De dónde las habrá sacado? Si supiéramos quién se las dio...

—¿Sabríamos quién me drogó?

—Creo que sí.

—Ni idea, pero tienes razón. Estábamos bailando..., había tanto ruido..., estuvimos en la barra un rato, hablando con más gente y bebiendo, yo fui al baño un momento, y estoy casi segura de que fue después de eso. Sí, después de que subí del baño. Me sacó a bailar justo cuando ponían una de esas canciones ridículas de salsa de nuestra época, y fue allí. Creo..., bueno, estoy casi segura de que allí me dijo que las había conseguido.

Asumí que alguien se las había dado. Y yo, claro, encantada. Las llaves son un mito del colegio, hasta una empollona como yo lo sabía. Ni me imaginaba que algún día subiría a la legendaria torre de lady Jane Grey, yo feliz...

Se quedó pensativa un momento.

—¿Qué? ¿Qué te pasa?

—No lo sé, es que ahora cuando lo repaso... No creo que Jaime tuviera tantas ganas de subir a la torre... Quería estar conmigo, fuera de la fiesta, a solas, ¿sabes?, pero cuando demostré tantas ganas de ir a la torre ya, en ese momento, sí, creo que estaba hasta casi... reticente...

—¿Cómo reticente?

—No lo sé, me dijo que podríamos ir más tarde, que quizá nos perderíamos el final de la fiesta en el Soc...

—¿Y tú qué pensaste?

—Nada, ni me di cuenta en ese momento. Es ahora cuando lo pienso de nuevo. La verdad, me había tomado un par de chupitos, algo que nunca hago, y la idea de la aventura me parecía estupenda. Qué tonta.

Una sombra le cruzó la cara.

—Todo esto ha sido por mi culpa. —Paula miró a Lucía con los ojos llenos de lágrimas otra vez.

—Claro que no, por favor, no puedes pensar eso —dijo Lucía—, lo que tenemos que averiguar es quién le dio a Jaime esas llaves.

—Quién, cómo y, lo más importante, por qué me drogaron o nos drogaron. Pero eso es más difícil todavía de saber ahora.

—Habrá sido en el Soc, no se me ocurre otra cosa.

—Todos esos chupitos…, todos me sabían horribles, pero te aseguro que no bebí tanto como para perder la consciencia.

Lucía tuvo un pensamiento oscuro.

—No crees que Jaime pudo meterte algo en la bebida, no sé, para…, bueno, no sé, ¿abusar de ti?

Paula puso los ojos en blanco.

—No seas tonta. Para nada. Nadie me querría hacer daño y seguro que Jaime tampoco. En ningún momento me sentí… en peligro.

—¿Segura?

—Segura, tontita.

—Me has llamado eso más de una vez hoy.

—Pues aprecio tu consternación.

—¿Y qué pasó después de eso?

—Cuando terminó la canción, yo le sugerí subir a la torre en ese momento, pero él pensó que era mejor esperar…, ir con un grupito. Yo le dije que mejor a solas y que luego podíamos volver a buscar más gente para seguir la fiesta allí.

—¿Y os fuisteis sin decírselo a nadie?

—¿A quién se lo íbamos a decir? Todos estabais en la pista, creo que te vi sentada a una mesa al lado de la pista, ¿descalza puede ser? Estabas hablando con Bjørn. Hacéis buena pareja, ¿lo sabías?

Paula sonrió y Lucía se mostró desconcertada, no sabía que fuera tan obvio desde fuera que su amistad estaba a punto de tomar otro rumbo.

—Vale, vale —añadió Paula al ver cómo Lucía se ponía roja—, no es el momento de cotillear. En fin, recuerdo que, cuando salimos del Soc, ya estaba lloviendo y yo me quejaba de que el pelo se me iba a encrespar. Qué ridícula.

—Y luego ¿no recuerdas más?

—Allí ya todo se vuelve más confuso, borroso… Recuerdo que al subir por las escaleras espirales de la torre me sentí mareada, me caí de lado sobre la pared, me pegué un golpe en la cadera contra la barandilla de metal. —Se tocó la cadera bajo la sábana, haciendo muecas de dolor cuando encontró el lugar donde se había golpeado—. Jaime me ayudó a subir.

—¿Y recuerdas cómo estaba él?

—No…, pero sí que, cuando me ayudó, él también casi se cayó encima de mí, y nos reímos…

—¿Puede que él estuviese ya drogado?

—No lo sé, Lucía, no lo sé… —Paula escondió la cara entre las manos—. Todo lo recuerdo como si estuviera detrás de un cristal empañado, ¿sabes?

Se echó sobre la almohada de nuevo, y miró al techo. Se cubrió los ojos con el brazo. Lucía la sintió respirar profundamente. Esperó.

—Lu, tengo sueño. No me encuentro muy bien. Creo que lo que tomé de la pastilla me está haciendo efecto. ¿Me puedes dejar un rato? Quiero intentar dormir.

—Claro, Paula, no te preocupes. ¿Te busco algo de comida?

—Bueno, quizá, un pedazo de pan con queso o algo. Gracias.

Lucía le apretó el brazo para despedirse y salió, intentando hacer el menor ruido posible. En la antesala de la enfermería, mrs McLaren no había vuelto todavía. Lucía abrió la puerta y decidió no cruzar el patio interior del castillo, sino tomar la ruta más larga por el Departamento de Economía, cruzando los pasillos menos transitados. No quería encontrarse con nadie. No quería hablar con nadie. Y no se quería mojar otra vez.

Cuando alcanzó la última esquina antes de llegar adonde empezaban las escaleras de la torre de la horca escuchó unas voces. No se movió.

—No te puedo decir el nivel de desastre que estamos viviendo, David. No sabes las conversaciones de teléfono que he mantenido esta mañana. Los e-mails que he tenido que escribir.

—Ya, me lo imagino…

—Pues no. No te lo puedes imaginar. El futuro del colegio está al borde del abismo. Y no exagero. Esto nos puede hundir. La mítica Academia Global devastada. Nuestras carreras incluidas.

—Ya, pero…

—Y menos mal que no estaban los pesados del Departamento de Educación, en serio. Nunca me he sentido tan vigilada como ayer en el colegio. Esto va a salir y seguro que buscan una excusa para volver otra vez. Y tú preocupado por que la salida en kayak les pareciera demasiado peligrosa…, y, mira ahora, ¡estudiantes que se caen de las torres!

—Bueno, esto es lo que estamos interpretando por ahora…

—¿Cómo que interpretando? ¿Me vas a decir que crees que ha ocurrido algo peor? Por favor. No quiero que vayas por ahí hablando de teorías de conspiración sin ningún tipo de pruebas. Por Dios, David, nos vas a matar a todos.

—Vale, vale, te entiendo, pero creo que debemos mantener la cabeza fría…

—Lo mínimo que puedes hacer es lo que te pido. Que todo cuadre. Un accidente. Una tragedia. Lo que sea. No podemos contar otra historia, si no, estamos perdidos.

—Eso es lo que he intentado, Margareth, pero…

—Pero nada. No podemos tener hilos sueltos, David. Se nos viene todo abajo. Absolutamente todo.

Lucía había escuchado suficiente. De puntillas, caminó en la otra dirección, cruzando otro pasillo para empezar a correr. Sin parar.

Junio de 1995

—*Toma, otra lata de ginebra.*

    —*¡No quiero!*

    —*Pues yo sí.*

    —*¿Por qué se nos ocurrió comprar latas de ginebra? Cuando salga de aquí no voy a beber nunca más estas latas. Me convertiré en una persona sofisticada con gustos exquisitos.*

    —*Pues es el colmo de la civilización, ¿no lo sabías?*

    —*El colmo de la civilización es aprender a tomarla a palo seco.*

    —*No todos somos nórdicos.*

    —*No todos queremos terminar alcohólicos.*

    Se rieron los tres a la vez. Con mucho cuidado, Bjørn echa más ginebra de una pequeña botella a las latas de Elena y Lucía. Elena le indica que quiere solo un chorrito. Lucía, que quiere más. Se quedan en silencio, tomando sorbitos de sus bebidas, mientras miran hacia el horizonte donde el sol está ocultándose detrás del acantilado. Al sur tienen el mar, reflejando todos los colores de la puesta del sol. Es tarde, pero llevan tantas noches estudiando y tantos días de exámenes que ya sus cuerpos no saben cómo reaccionar.

—*Ya está. Nuestros dos años llegan a su fin. ¿Os lo podéis creer? ¿No os parece que todo ha pasado demasiado rápido?*

—*No te pongas melancólica, Lucía, que se supone que esto es una fiesta.*

—*No es una fiesta, es la fiesta. La fiesta extraoficial. Ya verán los profes mañana durante la graduación..., vamos a estar todos catatónicos. Bueno, así pienso estar yo.*

—*¿Creéis que habéis cambiado en estos dos años?*

—*Hombre, Lucía, claro que sí.*

—*Yo he madurado. Ahora soy un hombre de verdad. Listo, guapo, sofisticado..., ya veréis, el ejército no va a saber qué hacer conmigo.*

Lucía le golpea en el brazo con el puño y se ríe. Bjørn hace como si su fuerza lo tirase al suelo. Se cae encima del hombro de Elena y ella lo empuja de nuevo, gritando y riéndose también.

Han subido a la pequeña terraza situada en la cima de la torre, la única torre que es en realidad más vieja que todo el castillo. Esta torre estuvo aquí antes que cualquier otra parte del castillo, y está estrictamente fuera del alcance de los estudiantes. Medio derruida y cubierta casi hasta su cima de plantas trepadoras que parecen que van a comerse y deshacer cada una de las piedras antiguas, nadie sabe con certeza si fue parte de otro castillo más antiguo o simplemente una torre para vigilar esta parte de la costa. Lo único que queda es una pequeña habitación con suelo de tierra, de techo bajo y con solo una ventana en forma de rectángulo estrecho, prácticamente cubierto de vegetación. En algún momento el colegio quiso poner una puerta a este sótano para que los estudiantes no entraran, pero también estaba en muy malas condiciones para hacer nada. La fiesta es en realidad en el bosque alrededor de la torre. Aquí la tierra está un poco seca, aunque cubierta de césped y rodeada de árboles que los protegen de ojos vigilantes que les pudieran observar desde el castillo al otro lado del pequeño valle que los separa del campus. En grupitos de dos y tres se turnan para subir las escaleras estrechas y desiguales hasta alcanzar la plataforma en lo alto de la torre. Allí están las vistas, justo donde se sienten en la cima del mundo.

—¡Oye! ¡Vamos subiendo! ¿Cuántos son arriba?

La voz viene desde abajo. Elena, Lucía y Bjørn se miran entre ellos, sonriendo.

—¡A la mierda, Jaime, ni que fuera tu torre! —responde Bjørn.

—¡Ya bajamos, paciencia! —grita Lucía.

—Mira, españolita, ¡que vamos subiendo! —dice Jaime en español.

Lucía pone los ojos en blanco.

—¿Qué? ¿Qué ha dicho? —pregunta Bjørn.

—¿No se supone que tú estudiaste español de segundo idioma? —responde Lucía sonriéndole a su amigo.

—Solo porque pensé que con tantos latinos que hablan tan alto a todas horas me iba a ser fácil aprenderlo por un proceso de ósmosis. Me fallaste, Lucía, creo que va a ser mi peor nota.

Aparece la cara radiante de Jaime desde el hueco de las escaleras.

—¡Jaime! Si te hemos dicho que ya bajábamos —le reprocha Elena—, esto no es seguro para tres personas y menos para cuatro. Es peligroso, ¡esta torre se está cayendo!

—No estoy solo.

—Ostras, Jaime, ¡no cabemos cinco! —exclama Lucía.

—Va, déjanos bajar primero.

—Ya se lo pedí a ustedes y me ignoraron. Venga, arrímense un poco, va.

Elena suelta otro chillido con el espacio que ocupa Jaime, entre risas.

—Ven, sube —le dice a la persona que tiene detrás.

Lucía echa un vistazo para ver quién es y descubre a una chica noruega con quien Bjørn salió hace un par de meses. Mira a Elena. Las dos saben que Bjørn sigue enamorado de la muchacha.

—Vamos a sacar a Bjørn de aquí —le susurra Elena a Lucía.

Ella asiente sin que su amigo se dé cuenta.

—Bueno, bueno, os dejamos en paz —dice Lucía—, pero baja un momento, espera que nos cambiemos de lugar, y así tú puedes pillar el final de la puesta del sol.

Bjørn les hace muecas, negándose, y Elena le hace señas para que no se queje y las siga. Oyen carcajadas desde abajo, alguien saca una guitarra y empieza a tocar. Creen que es Suhaas. Con cuidado, recogiendo las latas y Bjørn sujetando la botella, empiezan a descender por las escaleras ruinosas.

—Muy bien, muy bien, no hemos tenido ningún accidente.

Jaime aplaude. La noruega se ríe, lleva una botella de vino blanco en una mano y un cigarrillo en la otra. Bjørn frunce el ceño y le dice algo en sueco. O en noruego. A Lucía todavía le cuesta entender la diferencia. La chica pone los ojos en blanco y no le responde. Elena agarra a Bjørn por el codo y lo guía hacia la música.

—Ven, vamos a escuchar un poco de música —le dice.

—¡Epa! Conciliación internacional, no hablen en vuestro idioma de vikingos para que nadie los entienda. —Jaime no se corta un pelo.

La noruega se ríe de nuevo. Lucía, Elena y Bjørn se giran para dejarlos, pero el sueco no puede resistir responder a Jaime.

—Nada, le estaba preguntando si se fiaba de ti, allá arriba, en esta torre que se está cayendo.

—No seas cortarrollos, va. —Elena coge a Bjørn por el brazo de nuevo—. Vamos a ver quién está tocando la guitarra.

—*Sí, sí, cortarrollos.*

Jaime se ríe y bebe un sorbo del vino de la chica noruega. Lucía pone los ojos en blanco.

—*Bueno, nos podrías dar las gracias. Jaime, eres un egoísta total.*

—*Gracias, españolita, ¿por qué? Si ustedes llevan demasiado tiempo aquí arriba, y lo que yo quiero saber es ¿quién estaba haciendo de velita y para quién?*

Se ríe. Lucía, que va siguiendo a sus amigos, se da la vuelta.

—*Qué capullo eres, Jaime, no has cambiado nada. Ni lo que nos ha pasado en las últimas semanas te ha afectado lo más mínimo.*

La noruega se queda mirando a Jaime y a Lucía, sin entender muy bien de qué van.

—*Qué falta de sentido del humor tienes. Vamos, ¡que mañana nos graduamos! Dejen el mal rollo, ¡por favor!*

Jaime sube la botella, como si fuera a hacer un brindis. Pero Elena y Bjørn ya están muy cerca de donde Suhaas está tocando la guitarra y no lo oyen. Lucía le responde, disgustada, con una mirada que lo dice todo. En ese momento alguien se acerca a ellos, haciendo un brindis con una lata de cerveza. Se giran. Mikhael.

—*Oye, Mikhael, ¡mi persona favorita!*

—*¡Jaime!*

Lucía se pone roja. Esta escena no se la esperaba. No han estado los tres juntos en el mismo lugar desde la noche

en la torre de la horca. La noche que ahora Lucía no puede borrar de su memoria. La noche que no le está dejando
disfrutar de las dos semanas que se supone tienen que ser
las más alegres y divertidas de sus dos años en el internado.

—Qué capullo eres —le repite Lucía a Jaime en
español una vez más, sacudiendo la cabeza.

—Pero qué quieres que diga, ¡si Mikhael es mi persona favorita!

—Y tú..., pues tú no eres el mío, tío...

Mikhael se tambalea un poco. Tiene los pelos de
punta y las mejillas hasta arriba de acné, más rojas de lo
normal. Apoya un brazo contra el muro de la torre para
encontrar el equilibrio. Está muy borracho.

—Pues tú sí que eres el mío, chaval, me voy a Harvard, recibí la carta hoy. Con las notas que creo que voy
a sacar... —Aquí echa la cabeza hacia atrás y suelta un
chillido de triunfo—. ¡Me voy, me voy, me voy! Así que
el día que gane las elecciones para ser presidente de Venezuela diré que estudié en una de las universidades más
prestigiosas del mundo. ¿Qué te parece?

—Pues yo, tío..., yo recibí una carta también. Me
voy al MIT..., así que no tengo que volver a Praga...
Aunque no me lo merezco, la verdad...

Mikhael se distrae viendo la cara de furia de Lucía.

—Tú..., Lucía, ¿por qué estás enfadada? Si todo
esto es tu culpa... Tú... Jaime... A ver, ¿de qué coño te
sirve estar enfadada? Ya está todo hecho...

—Pero ¡Lucía! —añade Jaime—. ¿Cómo puedes estar enfadada? ¡Esto es lo que pasa! ¡Joder, Mikhael, te vas al MIT, capullo…, gracias a mí, tío…!

Jaime lo coge por los hombros y lo lleva a un lado, olvidándose de su aventura con la noruega, quien ya está charlando animada con el italiano que fue novio de Lucía durante unos meses.

Jaime levanta la mirada y se cruza con los ojos de Lucía. Ella está haciendo lo mismo, ignora a Elena, que le está pidiendo desde donde suena la música que se siente a su lado para disfrutar a tope de las canciones.

Lucía hace un gesto a Jaime. Él pone los ojos en blanco. Ella ya no quiere estar allí. No tiene ganas de fiesta. Para Lucía esta fiesta se acabó hace semanas.

9

—¡Bjørn! ¡Bjørn!

Lucía dejó de comer un momento. Su mesa se encontraba en una esquina del comedor, donde quería estar a solas, sin que nadie se sentara a hablar con ella. La excepción era Bjørn. Con él sí quería hablar. Bjørn salió de la cocina con una bandeja en la mano, ojeroso y con los pelos alborotados. Al oír su nombre se le torció el gesto, disgustado, hasta que vio que era Lucía quien lo llamaba y que ella estaba sentada sola, al fondo de la sala, cerca de las ventanas. La saludó con la mirada y caminó hacia ella.

—Esto se está convirtiendo en una pesadilla —dijo como saludo mientras depositaba la bandeja en la mesa—. Llevo toda la mañana ayudando en la cocina, sin poder comer, y todo el mundo me está haciendo mil preguntas que realmente no debería responder. He dejado a Tom allí dentro en mi puesto para que sea él quien responda.

—¿Por qué Tom? —preguntó Lucía—. ¿Él qué tiene que ver?

—Nada, es que los dos nos hemos convertido en los soldaditos de Margareth y David.

Lucía frunció el ceño.

—¿Qué?

—Nada. ¿Por qué él?

—Desde que empezó todo esto, creo que él y yo somos los únicos que hemos estado en una acción militar. Bueno, él, en inteligencia, en guerras de verdad…, como tanto le gusta recordarme, me imagino que sin hacer mucho; y yo soldado de verdad, pero sin haber visto mucha acción. En fin. Ha sido difícil. Muy difícil.

—¿Bjørn…?

—¿Qué?

—¿Te puedo hacer una pregunta… jodida?

—Quieres saber dónde está el cuerpo.

—¿Cómo lo sabes?

—Tú y el resto del colegio.

—Ostras, perdón.

—Nada. Totalmente comprensible. Estamos atrapados aquí en este castillo con el cadáver de uno de los nuestros. Logramos proteger y marcar la escena con cinta americana y sillas, ¿no lo has visto?

—No. No he querido salir.

—Pues la lluvia no ayuda. Hicimos fotos esa noche, y esta mañana, pero el tiempo está fatal. Deberíamos haber puesto una carpa por encima, pero la tempestad no lo permite.

—Y todo esto... ¿tú y Tom, solos?

—Tom, David y yo. Él dormía en una de las habitaciones en la torre de la horca, debajo de Margareth. Ella no se despertó hasta después. O alguien la buscó. No recuerdo. Marcamos la escena y luego, cuando logramos que se fuera toda la gente...

—Yo ya me había ido, ¿sí?

—Sí. Tú y Elena subisteis juntas. ¿No lo recuerdas?

—Lo tengo todo borroso. Creo que mi mente está bloqueando..., quiere bloquear..., lo pienso y me mareo...

—Tendrás que hablar con alguien cuando logremos salir de aquí. Todos deberíamos. Ha sido algo traumático. Puede tener efectos físicos inmediatos como los que describes.

—Vale, vale, sigue contando.

—Bueno, allí lo movimos.

—Ostras, Bjørn, dame algún otro lujo de detalle, por favor, que no es para chismorrear, lo tengo que saber.

—Vale, pero solo porque eres tú...

Lucía cogió otro bocata, le dio un mordisco sin quitar la mirada de Bjørn.

—Fue idea mía. Buscamos un saco de plástico de los que se usan para cubrir los kayaks cuando vamos de excursión. Tom lo trajo del cobertizo y entre los tres… entre los tres lo movimos. Y luego vaciamos la cámara frigorífica de la cocina. Está allí.

Lucía dejó caer el bocadillo.

—No te preocupes. —Sonrió Bjørn—. Sacamos toda la comida antes.

—Madre mía.

—Ya.

—Qué estoico eres, Bjørn. Yo estaría histérica.

—Pues el entrenamiento vale para algo. Al final, David no estaba nada bien. Tuvo que salir corriendo para vomitar.

—¿Y Margareth?

—¿Qué pasa con Margareth?

—¿Ella qué vio de todo esto?

—Poco. Se quedó con los estudiantes que no se querían ir. Y luego se puso al teléfono. Cuando terminamos la operación, nos dijo que la poli no iba a poder venir. La carretera ya se había inundado. Y no para de llover, cojones.

Bjørn miró hacia las ventanas detrás de Lucía. Las rachas de viento y lluvia seguían pegando contra los cristales con fuerza, haciéndolos sonar en los marcos de metal.

—¿Has salido?

—No. No desde esta mañana —dijo Lucía—, estuve un buen rato acompañando a Paula en la enfermería.

—¿Y cómo está?

—Bien. Bueno, dentro de lo que cabe. Estaba superalterada cuando se despertó y le tuve que contar qué había ocurrido. No sabía qué le había pasado a Jaime...

—Es que anoche cuando entramos a la habitación estaba inconsciente. David y yo la llevamos en brazos hasta la enfermería y allí empezó a despertarse un poco. Mrs McLaren le metió un calmante y creo que se durmió otra vez.

—Y, en la habitación, ¿en serio que no visteis nada más?

—¿Cómo que nada más? ¿Qué quieres que hubiera?

—No sé, algo que indicase qué pudo haber pasado.

—Nada, Lucía. Y este no es tu trabajo. Ni el mío. Encontramos a Paula totalmente *out* en un sillón, vasos a su lado, ya vacíos, la ventana abierta y... nada más. ¿Por qué?

Lucía ignoró la pregunta.

—¿Y David anoche te dijo algo?

—Pero, vamos a ver, Lucía, ¿cómo que algo? David dijo muchas cosas, no entiendo por dónde vas.

—Sobre Paula, por qué estaba inconsciente... Es que tuvimos un encuentro extraño ahora, en la enfermería, como si él quisiese que Paula aceptase que se

había emborrachado y por eso se quedó inconsciente...
Pero ella insiste...

—Lucía, mira, esto no tiene nada que ver con nosotros —interrumpió Bjørn—. Me parece bien que estés junto a Paula, habláis el mismo idioma, tú puedes hacer un papel importante acompañándola, estando con ella hasta que podamos salir de aquí..., pero, en serio, no te pongas a hacer preguntas tontas, ¿vale?

—Pero, Bjørn, si solo he dicho que me pareció extraño...

—Hay muchas cosas extrañas y lo que sigue, Lu. Mira dónde estamos y lo que estamos viviendo. Se suponía que esto iba a ser un fin de semana maravilloso, y estamos atrapados en medio de una tormenta con un estudiante que se fue sin decir nada y otro que terminó aplastado bajo una torre del castillo. Nuestro castillo. Es una mierda de principio a fin. Te recomiendo, bueno, más que eso, te pido, te ruego, que no te pongas a hacer preguntas y a cuestionarlo todo. Por lo menos hasta que no llegue la policía. Por favor. David está intentando reconstruir lo que pasó, igual que tú. Y si hay conclusiones distintas se debe a que no es vuestro trabajo. Estáis en medio de todo esto y no es sano ni positivo ni remotamente buena idea que te metas más. ¿Vale?

Hacía tiempo que Lucía no veía a Bjørn tan alterado.

—Vale, vale, tienes razón —reconoció Lucía en voz baja.

—¿Me lo prometes?

Su voz era seria. Lucía miró hacia su bandeja de comida sin querer responder, no quería mentirle. En ese momento Bjørn le cogió la mano por encima de la mesa. Se le cayó el bocadillo, lo miró fijamente y vio lo alterado que estaba. Los ojos no escondían su preocupación y no sonreía. No dejaba de mirarla.

—Quiero que me prometas que no vas a hacer ninguna tontería, ¿vale? —dijo—. Este no es el momento de hacerte la periodista de investigación de turno. Te veo. Te conozco.

—Pero si yo...

Lucía se quedó sin palabras. No retiraba la vista de su mano, todavía arropada por la de Bjørn.

—Debes tener cuidado —dijo él en un tono más suave—. Por favor.

Y le soltó la mano. Lucía no quería. Suspiró y lo miró a los ojos de nuevo.

—Tendré cuidado —respondió.

No quería mentir con esta cuestión. Pero sabía que para Bjørn esto no iba a ser suficiente.

—Por favor, no te metas más en todo lo que ocurrió anoche. Ya estás suficientemente metida. Y la policía va a querer oír tu versión, créeme. Pero no tu versión contaminada por mil discusiones y suposiciones. Cuida a Paula. Quédate con ella. Y termina de comer.

Señaló el bocadillo que se le había caído a su amiga encima de la mesa.

—¿Y tú qué? —Ella le mostró los dos bocadillos sin tocar que tenía en el plato.

—Ya no tengo hambre. Me los guardo para más tarde.

Su voz era tosca, áspera.

—Allí está Tom. Tengo que hablar con él. Por desgracia no me puedo librar de este tipo. Le preguntaré si necesita mi ayuda en la cocina. Esta noche calentamos sopa con tostadas. Hay dos estudiantes que saben de cocinas industriales, pero Margareth no quiere que inventen mucho, así que será comida de supervivencia hasta mañana por lo menos.

—¿Me avisas si te enteras de cuándo va a llegar la policía?

—Claro que sí. Con tal de que me prometas que no vas a seguir con tu vena de periodista de investigación.

—Trato.

Lucía sonrió. Debajo de la mesa tenía los dedos cruzados.

«Tengo que hablar con Elena. Elena sí me puede ayudar».

Lucía no sabía hasta qué punto las preguntas que le retumbaban en la cabeza eran, como había sugerido

Bjørn, resultado de haber tropezado con el cuerpo de Jaime la noche anterior o si la fría lógica le estaba intentando mandar mensajes bastante urgentes.

«Algo aquí no pinta bien. No pinta nada bien».

Pero también sabía que la mejor cabeza para enfrentarse a todas las dudas y preguntas que tenía era la de su amiga abogada. Como no se habían cruzado durante la hora del almuerzo, decidió esperarla frente a la enfermería, sabiendo que, cuando terminara de mandar e-mails y de hacer las llamadas pendientes, volvería a buscarla allí.

Al salir del comedor a solas ignoró a los pocos estudiantes que seguían allí, en grupos pequeños, hablando en voz baja. La joven sintió que la miraban. Todos sabían que ella fue una de las primeras que había llegado a la escena de la noche anterior. No tenía ganas de hablarlo con nadie. Salió al patio interior del castillo. La lluvia no había cedido, aunque pensó que quizá las gotas de agua eran más pequeñas y caían con menos intensidad que antes.

«O serán las ganas que tengo de que mejore este tiempo de mierda», pensó subiéndose la capucha de la sudadera y aguantándola contra sus orejas para que el viento no se la quitara enseguida.

Se cruzó con Tom, que iba corriendo hacia la oficina de Margareth, y luego con Suhaas, en el sentido opuesto, pero ninguno se detuvo. Lucía dirigió la vista hacia los pies, el césped mojado y las piedras del camino que cruzaba el patio.

Atravesó el umbral del castillo y pasó enfrente de la entrada a la cocina donde ella y Bjørn encontraron la maleta sin dueño. Allí abrió la pequeña puerta que daba acceso a la enfermería. Mrs McLaren no había vuelto, o por lo menos no estaba sentada en el escritorio, lo único que había en la pequeña antesala además de dos sillas espartanas de madera. Lucía escuchó detrás de la puerta de la habitación donde estaba Paula, y solo había silencio.

«Estará durmiendo todavía y McLaren... comiendo o en la sala de profesores».

Lucía abrió la puerta que había al lado de la habitación de Paula. Era otra estancia para que la ocupara un enfermo, igual que la de su amiga. Lucía vio que también tenía un sillón grande al lado de la cama.

«Elena volverá aquí, a la enfermería. Si la espero en esta habitación, por lo menos estaré cómoda, y no despierto a Paula».

El sillón era grande, viejo y confortable. La lluvia sobre la pequeña ventana que daba al patio interior del castillo le resultaba soporífera y sentía que su respiración se hacía cada vez más lenta. Inclinó la cabeza a un lado y cerró los ojos un instante.

«Un momento nada más. Con los ojos cerrados pienso mejor...».

—Lucía..., Lu —susurró Elena.

Abrió los ojos. Se había dormido profundamente. No sabía cuánto tiempo había pasado. Elena estaba sentada en la cama frente al sillón, con una Blackberry en la mano.

—Ah, genial —dijo Lucía mientras se estiraba y le sonreía a su amiga—, te he estado buscando.

—Ya, ya veo, buscándome por todas partes.

Su amiga le devolvió la sonrisa. Lucía se estiró de nuevo en el sillón. Había caído en un sueño profundo. Caminó hasta la pequeña ventana que daba al patio y la abrió un poco para airear la habitación sin dejar que entrara la lluvia.

—Mejor con un poco de aire. Así me despierto —dijo volviendo a sentarse en el sillón—. Bueno, no quería salir fuera otra vez, y sabía que regresarías. ¿Todo bien con el trabajo? —preguntó señalando el móvil.

—Sí, ya les dije que van a tener que intentar sobrevivir sin mí por un día, o más… No les ha hecho mucha ilusión la idea, la verdad.

—¿No les dijiste por lo menos que estabas dentro de la tormenta más grande del país de los últimos diez años?

—Les informé de que era un pequeño milagro tener cobertura para poder llamarlos, solo se puede desde aquí en el castillo. Pero a mis jefes cualquier cosa que no involucre a sus clientes no les interesa. A ver, ¿qué haces aquí? ¿Paula sigue durmiendo?

—Me imagino que sí. No oí nada cuando entré, ¿tú?

—Tampoco.

—¿Y McLaren ha vuelto?

Elena negó con la cabeza.

—Quería hablar contigo. A solas. Antes de que me quedara dormida… Tengo un enredo brutal en la cabeza, y creo que solo tú me podrías ayudar con tu mente brillante de abogada. Pero no me vayas a cobrar, ¿vale?

—Puede ser una consulta *pro bono*.

—Te tengo que contar lo que me ha dicho Bjørn, ¿no lo has visto?

Elena negó de nuevo con la cabeza.

—Te cuento entonces, antes de que vuelva McLaren o se despierte Paula.

Lucía lo repitió todo sin dejar ningún detalle, desde que David entró a la habitación de Paula hasta la conversación que mantuvo con Bjørn en el comedor. Elena se la quedó mirando con los ojos bien abiertos, pensativa y sin interrumpir. Su calma y falta de reacción hizo que Lucía se tranquilizara. Sabía que Elena era la persona adecuada a quien proporcionarle toda esa información. Cuando terminó de hablar, miró a su amiga expectante, esperando su reacción.

—A ver, entonces Bjørn te confirmó que él, Tom y David fueron los primeros en subir a la torre, ¿cierto?

—Sí, así es.

—Y que luego él no estaba seguro de quién fue a buscar a Margareth.

—Eso mismo. Cree que fue Tom o David.

—Y que David también dormía en la torre de la horca…

—Sí, en la planta debajo de la de Margareth, como hay una habitación en cada una… —Lucía vio que Elena negaba con la cabeza.

—No tiene sentido —dijo Elena; su voz era seria.

—¿Por qué?

—Porque David fue el primero en la escena, después de nosotros…

—Pero ¿esto cómo lo sabes?

—Porque estuvimos allí, ¿no lo recuerdas?

—No. Para nada. Desde que vimos el cuerpo. Su cara… La sangre…, no recuerdo lo que pasó después.

—Pues yo sí —dijo Elena segura de sí misma—. Y David fue el primero en llegar. Dijo que oyó nuestros gritos.

—Pero si él estaba…

—Exactamente. Si él estaba en la torre de la horca…

—Durante una tormenta…

—¿Cómo coño nos oyó al otro lado del castillo?

—Y sin que Margareth nos escuchara…

—Bueno, esto se podría explicar. Ella estaba en un piso más alto, quizá duerme profundo, yo qué sé, lo que sí sabemos es que lo que ha dicho David suena incoherente.

—Es más. Pero..., si no fue así, ¿por qué miente?

—No lo sé. Pero lo podemos comprobar.

—¿Qué?

—Lo podemos comprobar —repitió Elena—, lo deberíamos comprobar.

—No entiendo.

Elena estaba de pie, dando pasos de un lado a otro.

—Vamos a verificarlo. Tú y yo. Iremos a la torre de la horca. Bueno, una va a la torre y la otra se queda enfrente de la de lady Jane Grey.

—¿Y qué? ¿Nos ponemos a gritar a ver si se oye algo? Van a pensar que estamos locas.

—¿Qué más da? No hay gente por aquí ahora. La hora de la comida se ha terminado y habrán recogido. Casi todo el mundo ha vuelto a sus casas para pasar el tiempo y esperar. No hay mucho más que hacer aparte de escuchar esta lluvia interminable. Nadie tiene muchas ganas de estar aquí, en el castillo, pensando en Jaime y en la torre de lady Jane Grey. Hasta que no tengamos otra reunión esta tarde no va a haber mucha gente por el castillo. Ya verás.

—Es que tampoco me quiero cruzar con Bjørn —dijo Lucía.

Elena frunció el ceño.

—Le prometí… Pues le dije que no iba a hacer de periodista de investigación.

Elena le sonrió.

—Se preocupa por ti. Me parece muy bien. Pues, mira, no pasa nada. Estás conmigo. Y como abogada yo siempre tengo que tener cada detalle claro. Si lo vemos, la culpa es mía, ¿vale?

—Vale… —Lucía sonrió a su amiga apreciando su lógica infalible—, pues iré yo a la torre de la horca. Soy más rápida que tú.

—Correr es de cobardes —dijo Elena, y puso los ojos en blanco a la vez que sonreía.

—Entonces tú das el chillido frente a la torre de lady Jane Grey…

—Eso. Este es el plan. Tú subes a la torre de la horca y esperas, no sé, por ejemplo, treinta segundos. Luego, incluso si no me has oído, te vienes corriendo directamente al cuadrado enfrente del castillo.

—O sea, si David no estaba en su habitación, tal como dice, pudo haber estado en cualquier otro lugar del castillo…

—Donde sí pudo oír lo que estaba sucediendo frente a la torre.

—Vale, pero no lo limita mucho. El hall, las oficinas, los corredores…

—Ya. Pero vamos a verificar primero su coartada, quizá funciona y se oye todo en la torre.

—Lo dudo.

—Igual.

—Y, si vemos que no se oye nada y que se tarda mucho tiempo en bajar desde allí y salir hasta el cuadrado enfrente de la torre…, ¿qué? ¿Qué sabemos?

—Que David miente.

—Y, si David miente, quién sabe qué más está pasando aquí.

—Creo que tienes razón, Lu. Aquí pasa algo.

Enfrente del comedor, las dos se separaron, Elena siguió por el pasillo para ir hacia la puerta principal del castillo hasta la torre de lady Jane Grey y Lucía se dirigió a la torre de la horca. Miraron los relojes para estar coordinadas, Lucía salió corriendo, pero fue más despacio cuando llegó a la torre. Cogió aire y miró hacia arriba. La torre de la horca era mucho más estrecha que la principal, la de lady Jane Grey. Allí las escaleras eran amplias, bien iluminadas por ventanas grandes y subían rectas, girando alrededor de un centro. En la torre de la horca todo era más oscuro; las ventanas, muy estrechas, y las escaleras subían en espiral. A esa hora del día la espiral de escaleras estaba totalmente en sombra, desapareciendo hacia arriba. Las escaleras en sí eran irregulares, por el gasto y el uso a lo largo de los años, los bordes de los peldaños estaban hundidos y resbalosos por los miles de pies que todavía subían y bajaban por aquí al Departamento de Historia y a los áticos de estudio.

Lucía subió a buen paso hasta el segundo nivel, donde había estado supuestamente durmiendo el profesor David Hendry la noche anterior. En cada planta había una especie de rellano en las escaleras y, disimulada dentro de la pared curvada, una pequeña puerta de madera que daba a una habitación. Eran tan pequeñas que cualquier persona un poco alta tenía que agacharse para pasar por la puerta.

Lucía esperó. Miró su reloj para medir el tiempo. En ese momento pensó que estaba haciendo exactamente lo opuesto a lo que le había pedido Bjørn, pero sacudió la cabeza, liberándose de sentirse mal por mentirle.

«Veintiocho, veintinueve, treinta…».

—Ya está —dijo Lucía en voz alta.

Claro, no escuchó nada. Los muros del castillo no iban a dejar pasar un grito en medio de una tormenta ni a cincuenta metros ni a veinte. En la torre de la horca faltaban ventanas para sentir y oír el viento y la lluvia. Las piedras de más de trescientos años de antigüedad ocultaban todos los sonidos de fuera. Lucía pensó que, cuando se construyó la torre, esto habría sido parte de su seguridad y comodidad. Muros impenetrables, sin ventanas, pequeñas habitaciones protegidas por pesadas puertas de madera con cerraduras de hierro. Sintió un escalofrío que le recorrió la espalda.

Miró una vez más el reloj para medir el tiempo que tardaría en llegar hasta donde Elena había visto a David, enfrente de la torre de lady Jane Grey, justo en la escena del caos terrible. Empezó a correr hacia abajo, apoyando las manos en las paredes para no perder el equilibrio. Ya dio pasos más grandes cuando cruzó justo enfrente de la puerta de la habitación de la primera planta. Por un segundo sintió que se tropezó. Enseguida se apoyó de nuevo en las dos paredes con los brazos. En ese momento oyó un ruido. Como una puerta que se abría, pero eso era imposible. Notó que la empujaban por la espalda. Un empujón firme y con intención. Se cayó por las escaleras en medio de la oscuridad, golpeándose contra las paredes. Una rodilla. El codo. La cadera. Gritó, y todo se sumió en el silencio.

Junio de 1995

—*¡Gracias, gracias!*

El director del colegio termina su charla. Está sonriendo, contento por el éxito, el ruido de los aplausos retumba por el grandioso hall, hoy decorado con una tarima forrada de tela blanca, enmarcada con plantas, flores y banderas de Gales, Reino Unido y la Unión Europea. Desde el techo cuelgan muchísimas más, representando todos los países de los alumnos que están a punto de graduarse. Filas y filas de padres y madres que sonríen, sus caras brillantes de emoción y calor, por una vez el sol galés atraviesa las enormes ventanas que dan al cuadrado de césped y a los jardines que dejan vislumbrar el mar al fondo. Los estudiantes están detrás de los padres, de pie, porque si no, no caben, esperando con su ropa formal e incómoda ese momento, el momento por el que tanto han estudiado, sudado y perdido horas de sueño. El diploma en la mano. El futuro a sus pies. Los dos años de la Academia Global se acaban ya. Esta noche una cena de gala en una serie de carpas blancas enormes que se han montado frente al mar, detrás de la piscina cubierta en un gran campo verde, y mañana se van. Ya está todo casi recogido. Maletas hechas. Libros encontrados debajo de la cama devueltos a la biblioteca. Pósters arrancados. Números de teléfono, e-mails y direcciones de correo escritos entre las páginas del libro anual que se han estado pasando entre ellos desde hace días. Todo llega a su fin. El director espera a que dejen de aplaudir, sube las manos y pide silencio. Le pasará el micrófono a la próxima persona que va a hablar.

—Antes de empezar la ceremonia tenemos el gusto y el honor de tener con nosotros a nuestro jefe de la junta directiva. Sir Philip Gage-Hunt no solo es maestro en Neyland House de la Universidad de Cambridge, sino que ha sido diplomático representante del Reino Unido

durante más de cincuenta años y está condecorado con la Comandancia de la Orden Real Victoriana. También, por supuesto, es alumno de la Academia Global...

Más aplausos. El director se gira para señalar a un hombre alto y flaco sentado detrás de él, en el centro de la tarima, flanqueado por el subdirector del colegio, la jefa de estudios y Margareth Skevington.

—Espía.

—¿Qué?

—Es uno de los espías más importantes de Gran Bretaña desde la Segunda Guerra Mundial.

Lucía frunce el ceño en dirección a Tom Fanshaw, que estaba a su lado.

—¿Y tú cómo lo sabes?

—Porque mi padre trabajó con él en inteligencia militar en los ochenta.

—¿Tu padre también es espía?

Lucía deja de aplaudir y mira a Tom a la cara. Cree que es la primera vez que habla con él después de dos años en el colegio. Tom pone los ojos en blanco y aprieta los labios en un gesto de superioridad.

—Mi padre tiene un alto cargo en el Departamento de Defensa. Es un sencillo funcionario del Gobierno porque nunca nunca habla de su trabajo. ¿Entiendes? No se habla de «espías».

Hace señas de comillas con los dedos. Los dos aplauden de nuevo porque sir Philip está de pie, cogiendo el

micrófono del director para hablar. Todos callan. El ex-
militar cuenta un chiste de cómo ha cambiado el colegio
desde su época cuando solo había agua fría y tenían que
correr cinco kilómetros por el acantilado todas las mañanas. Todo lo dice con un acento impecable que envuelve
todo el hall. Es tan alto que debe agacharse para llegar
al micrófono. Lucía nota que tiene una mancha en una
mejilla, como un mapa rojo que trepa hasta el ojo derecho.
Un murmullo de risas hace que la estudiante se dirija a
Tom otra vez.

—¿Tu padre también estudió aquí?

Tom asiente. Sir Philip empieza a hablar de nuevo,
y Tom acerca su cabeza para hablarle al oído.

—¿No lo sabías? Este lugar prepara constantemente a un grupo de candidatos para la inteligencia británica. No puedes imaginar lugar mejor para entrenar a
futuras generaciones de oficiales, ¿no? Tantos extranjeros
conectados, tantos futuros diplomáticos, políticos, empresarios importantes…

—… Así que, tras la jubilación de nuestro querido
subdirector, William Torrance, después de treinta años
de servicio al colegio, es un gran honor para mí presen-
tarles a la nueva subdirectora de la Academia Global,
¡Margareth Skevington!

El hall rompe en aplausos de nuevo. Lucía no se
une a la alegría y euforia por el nuevo puesto de la jefa
del Departamento de Historia. Sus brazos se quedan sin

vida. Margareth se sitúa al lado de sir Philip. Coge su mano con una sonrisa.

—He tenido el gusto de trabajar con Margareth durante muchos años y estoy encantado de que asuma este nuevo reto. ¡El futuro de la Academia está en buenas manos!

La mujer no parece la misma que había visto parada en la entrada al Departamento de Historia hace tan solo unas pocas semanas. Lucía se gira para ver la reacción de Jaime. Fanshaw, Fernández, Joao Ferreria de Portugal y luego Guerrero. Están en orden alfabético. Jaime tiene una sonrisa gigantesca en la cara, su pelo negro peinado hacia atrás, tan largo que le llega hasta el cuello de la camisa blanca. Está gritando. Después siente la mirada de Lucía y se gira hacia ella. La mira. Se encoge de hombros y arruga la nariz, como preguntando: «¿Qué?». Lucía pone los ojos en blanco. «Nada», dice en silencio sacudiendo la cabeza. Jaime responde con muecas y sigue aplaudiendo. Vuelve su mirada a la tarima. Parece un fanático devoto de la profesora.

«Qué exagerado es». Lucía está irritada por que esa sea la reacción de Jaime después de lo ocurrido.

Margareth empieza a hablar. El hall calla. Todos la oyen. Habla de manera directa y sincera. Del honor de poder servir a esta misión educativa. De sus ganas de seguir formando a las mejores mentes del futuro.

—... *Y de las cosas más importantes para mí es el trabajo que hacemos con los becarios. Los becarios de la Academia Global son los estudiantes con más potencial de todo el mundo. Chicos y chicas que vienen aquí porque sus profesores en sus países ven en ellos algo especial, alguna chispa. Y aquí avivamos ese fuego. Como todos sabéis cada año hay un becario en particular que se lleva el Premio Steadman-Rice, en nombre de la familia del duque de Kendal, uno de los fundadores de la Academia...*

—*Famosa familia de espías. El último que estudió aquí ahora es, creo, el número dos en el MI6.*

Tom está susurrando de nuevo en el oído de Lucía. Ella se da la vuelta.

—*No me interesa, ¿sabes?*

Lo dice e inmediatamente se arrepiente. Tom se pone rojo, y sus mejillas del mismo color que su pelo.

«*No hace falta ser tan cabrona. No es culpa suya que estés de mal humor*».

—*Perdón* —se disculpa Lucía.

Se muerde el labio.

—*Es que quiero oír lo que está diciendo* —añade indicando la tarima.

Tom mira al frente y se encoge de hombros. La adolescente ya intuye en qué dirección va a ir este premio. Los ganadores antiguos tienen su nombre grabado en un marco de madera que cuelga en la entrada del hall, más de veinte años de nombres de todas partes del mun-

do, los becados con algo especial, merecedores de este gran honor. Lucía está casi segura de qué nombre se añadirá a esta lista.

—… Con mucha felicidad y orgullo anuncio que el Premio Steadman-Rice 1995 es para… —Margareth hace una pausa intentando subir el nivel de drama dentro del hall— ¡Mikhael Dostalova!

El hall explota en una conmoción de aplausos, gritos y silbatos. Mikhael se separa de la fila donde está situado y camina entre los estudiantes para llegar al escenario. Lucía aplaude con el resto de los alumnos hasta que el becario sube a la tarima y estrecha la mano a todos los que le están esperando. Se queda parado, conmovido, buscando a alguien entre la gente sentada en el hall. Cuando ve dónde están sentados sus padres, los saluda sonriendo. Se pone todavía más rojo con la atención que recibe de cada uno de sus compañeros de clase, que no dejan de mirarlo ni de aplaudirlo. Lucía puede ver a sus padres desde donde se encuentra. Su padre, similar a Mikhael pero más estropeado, le devuelve el saludo. Tienen la misma sonrisa y los dos están igual de sorprendidos, casi incómodos, al ser el centro de toda esta atención. A Lucía le parece que son más mayores que muchos de los padres reunidos. A su lado está una mujer más alta que él, con el pelo recogido en un moño formal, un poco anticuado, y un vestido severo y sobrio. Lucía nota que su indumentaria es mucho más sencilla, menos ostentosa, que la de los demás padres. La madre de Jaime Guerrero lleva un sombrero como si estuviera en el mismo palacio de Buckingham. Hasta el padre de Bjørn, de más de dos metros de altura, ha llegado al acto con un uniforme de gala completo, algo que avergüenza un poco a su hijo. Lucía ve cómo la madre de Mikhael no quita la vista de un punto fijo de la tarima. No mira a su hijo. Aplaude con fuerza, una sonrisa glacial cruza su rostro, pero no está mirando a Mikhael.

«Curioso», piensa Lucía al darse cuenta.

Le sigue la mirada. Y en ese momento lo ve. Margareth. Margareth, la nueva subdirectora del colegio, condecorada con un ascenso después de tantos años como profesora de historia, que debería estar sonriendo, feliz con sus logros, celebrando la noticia del nuevo becario premiado, está seria. No sonríe. Está aplaudiendo, pero tiene la cara congelada y los ojos sobre la madre de Mikhael. Las dos mujeres se miran fijamente sin prestar atención al tumulto que hay a su alrededor.

Luego Mikhael empieza a hablar y ese instante se pierde, se desvanece, en la memoria de Lucía.

10

Lucía abrió los ojos. Estaba en la enfermería. En la misma habitación donde se había echado la siesta, pero ahora estaba en la cama. Lo primero que sintió fue dolor. Se tocó la mejilla con una mano y jadeó por el dolor. Intentó mover las piernas. La rodilla contra la sábana también le provocó daño.

—Lucía, ¿estás despierta? —preguntó Bjørn preocupado.

La joven vio a Bjørn, derrumbado sobre un sillón en una esquina de la habitación. Se frotó los ojos con los puños antes de estirarse. También había estado durmiendo. No sabía cuánto tiempo llevaba allí, pero por su expresión de dormido, preocupado y agotado, se imaginaba que mucho.

—¿Qué hora es? —preguntó Lucía con voz ronca.

—Lunes. Temprano —contestó su amigo, también con voz de recién despertado.

—¿Y qué…? —empezó a preguntar Lucía cuando, de pronto, los eventos de la tarde anterior se le vinieron a la mente en una cascada. Elena. La torre de la horca. El empujón. Las escaleras. Recordó también cuando abrió los ojos. Elena tranquilizándola, diciéndole que no podía haber estado inconsciente más de un par de minutos, máximo. Cómo caminaron, con dificultad, hasta la enfermería. La lluvia que goteó por su espalda durante el tiempo que tardó en cruzar el patio interior del castillo. Se recordó acostándose en la cama de la enfermería. La habitación igual a la de Paula. Elena ayudándola a quitarse los vaqueros, la sudadera… El caldo que alguien trajo de la cocina. La cara de la doctora Shaziya Khan mientras le tomaba el pulso. Y el sentirse muy pero muy cansada, aunque intentó mantener los ojos abiertos. También recordó cómo se abrió la puerta de golpe, y Bjørn entrando deprisa con cara de shock.

—Perdona. Me dijiste que tuviera cuidado y aquí estoy ¡en la enfermería también! ¿Cuánto tiempo llevo dormida?

Bjørn sacudió la cabeza y bostezó encogiéndose de hombros.

—No me sorprende del todo. Llevas dormida desde las siete de la tarde. Estabas exhausta. Shaziya dijo que el trauma y la falta de sueño de la noche anterior quizá te afectaron más que la caída en sí. No observó signos de daño cerebral ni nada serio. Dijo que lo mejor sería que durmieras. Y caíste redonda.

Lucía escondió la cara entre las manos, recordando las escaleras, el momento de pánico cuando se dio cuenta de que había perdido el control.

—Ya, no te preocupes, lo importante es que estás bien —intentó tranquilizarla Bjørn, acercando el sillón a la cama. Le cogió un pie por encima de las sábanas, dándole un apretón—. O, por lo menos, creemos que estás bien. ¿Sabes quién soy? ¿Dónde estamos? ¿En qué año nos fuimos de la tierra para vivir en Marte?

—Ja, ja, muy gracioso —respondió Lucía sonriendo por fin.

—En serio, ¿te encuentras bien? —preguntó Bjørn serio de nuevo—. Era lo único que realmente les preocupó a Shaziya y a McLaren anoche, que hubieses sufrido una contusión cerebral.

—No lo creo…

—Shaziya tampoco. Dijo que era buena señal, la herida en la mejilla. —Bjørn le tocó la mejilla haciendo muecas para indicar que la cara de su amiga no estaba muy bien—. Porque, si hubieses tenido una contusión de verdad, no tendrías una herida superficial como esa.

—Qué bien suena eso —dijo Lucía, y se tocó ligeramente la mejilla de nuevo—; ¿me pasas un espejo?, quiero mirarme.

—Sí, deja que saque uno de mi bolsillo —dijo Bjørn.

Lucía sonrió, era buena señal que su amigo estuviese soltándole chistes para hacerla reír. Sintió alivio de que estuviera allí con ella, a su lado, aunque en ese momento se dio cuenta de que entre el golpe en la mejilla y el pelo, que tendría de punta, no debía de estar muy bien físicamente. Sacudió la cabeza intentando desprenderse de una vanidad tan tonta.

—Estas habitaciones son tan espartanas, podrían poner por lo menos un pequeño espejo para que los enfermos se vieran la mala cara, ¿no?

—Sigues guapa, no te preocupes —dijo Bjørn sonriendo—, no creo que Calvin Klein te saque en la pasarela de su próximo desfile de moda, pero es por lo bajita que eres, no por la cicatriz.

—Coño, ¿una cicatriz? ¿Tan mal está?

—No, no te preocupes, es una broma —dijo—. Una mala. No solemos ser muy graciosos los suecos. Falta de sol y vitamina D. Algo así.

A Lucía se le escapó una carcajada.

—Menos mal —dijo Bjørn—, pensé que me estaba pasando.

—Bastante. ¿Y qué haces tú aquí? ¿No me digas que has estado toda la noche?

—No, pero porque no me dejaron —dijo rojo de la vergüenza—. Insistí en dormir en la última habitación de la enfermería, al otro lado de la oficina, y mrs McLaren pudo irse a dormir sin tener que estar pendiente ni de ti ni de Paula.

—¿Paula sigue aquí?

—Sí. En su habitación, al lado. La vi anoche. Está mejor. Con ganas de irse ya. Como todos.

Bjørn se paró y se estiró de nuevo. Lucía retiró la mirada rápidamente cuando quedó al descubierto el abdomen plano y con los músculos de la tripa marcados de su amigo. Ese abdomen perfecto, encima de los vaqueros que llevaba desde el día anterior. Bjørn, sin darse cuenta, se giró para correr las pequeñas cortinas de la ventana que daba al patio interior del castillo.

—La buena noticia es que la tormenta ha pasado por fin. Ya casi ha dejado de llover, menos mal. La carretera está arreglada y la policía viene de camino. O eso dicen. Se ve que hay muchos líos por toda esta parte de Gales y, como solo les quedan cuatro polis, o algo por el estilo, van a tope.

—Menos mal.

—Si no pueden venir en coche, lo harán por mar o en helicóptero, pero todavía hay viento y el mar sigue picado. Lo bueno es que dicen que hoy salimos de aquí sin falta.

Lucía notó que no se sentía tan aliviada como esperaba ante esas noticias.

—Son buenas noticias, ¿no? Se supone que tienes que decir «aah, genial, Bjørn, qué bien que nos podemos ir todos a casa y se termina ya esta pesadilla».

Lucía intentó sonreír. No le salió muy bien. Seguía con demasiadas preguntas sin respuesta. Demasiadas dudas. Dudas y miedo. Sintió que se le revolvían las tripas y que un escalofrío le recorría la espalda. Se frotó la cara con las manos intentando quitarse la sombra que le invadía todo el cuerpo.

—¿Vamos a ver qué tal está Paula? —propuso e intentó alejar sus pensamientos.

—Vale. ¿Os traigo unos cafés? Así aprovecho también para cepillarme los dientes y cambiarme. Debo tener pinta de troll escandinavo.

Lucía no pudo evitar sonreír. Quizá ella no era la única que se preocupaba por su aspecto esa mañana.

—Un café sería genial. Y, si lo trae un troll sueco, aún mejor —dijo—. Y le podrías preguntar a la enfermera cuándo puedo tomar más antiinflamatorios. Me duele todo.

—Ya…, esa es otra. Tenemos que hablar de qué hacías dando vueltas por el castillo y cómo te caíste. Elena no me lo ha querido decir. Me dijo que esperáramos a ver cómo estabas.

Bjørn tomó asiento una vez más mirándola seriamente de nuevo.

—¿Cómo me caí?

Lucía miró a Bjørn confundida.

—Según Elena, te encontró tirada en el suelo. Cuando no acudiste adonde te estaba esperando. Y luego necesitaré que me expliquéis qué coño estabais haciendo y por qué te buscó y te encontró desmayada al fondo de las escaleras de la torre de la horca.

—No me caí, Bjørn —dijo Lucía en voz baja, seria—. ¿No lo dije anoche?

—Pues no… La verdad, no hablaste mucho o no te lo preguntamos, porque estábamos tan preocupados…, asumimos que fue una caída…, eso parecía…

—Alguien me empujó.

—¿Cómo?

La cara de Bjørn se tornó seria. Se pasó los dedos por el pelo y frunció el ceño. Ella asintió con la cabeza. Bjørn se quedó en blanco con la boca abierta. No se hablaron y los dos intentaban buscar una solución o una nueva realidad donde todo tendría una explicación fácil.

—Pero quién te pudo haber… —Sus palabras se quedaron en el aire—. ¿Estás segura? —inmediatamente se arrepintió—, perdón, eso sonó mal. ¿Quién crees que… te empujó?

—No tengo ni idea, Bjørn. No tengo ni idea, pero así fue. Me quiero cambiar, quiero ducharme, tengo que ir al baño y necesito cafeína —dijo Lucía impaciente.

Miró bajo la sábana y recordó el dolor de la noche anterior al quitarse los vaqueros. También pensó que llevaba las mismas bragas y los mismos calcetines del día anterior. Quería una ducha. Ropa limpia. Un momento para pensar solamente en sus necesidades inmediatas. Se giró y vio las deportivas al lado de la cama, la sudadera del colegio doblada encima de la mesa de noche, los vaqueros doblados en el respaldo de la pequeña silla de madera. Se movió lento, bajando una pierna y luego la otra al suelo. Aparte de dolorida, como si hubiera corrido una maratón, se sentía sucia. Sucia y hambrienta. Y con ganas de café.

—Me pasas los vaqueros, ¿por fa? —dijo estirando el brazo hacia el sillón—. Me quiero poner los pantalones para ir a buscar más ropa limpia.

—¿Busco a mrs McLaren para que te ayude? —preguntó Bjørn con la mirada clavada en el techo y la cara un poco roja.

—No, no, voy bien. Lento pero bien.

Sin mirar, Bjørn le pasó los pantalones y fijó su vista en la ventana mientras se vestía.

—Vale, ya estoy, no pasa nada, Bjørn, no te preocupes, ya no vas a ver mis bragas.

Bjørn enrojeció más todavía, y se dio la vuelta para abrir la puerta cuando alguien tocó desde fuera. Era David Hendry. Asomó la cabeza por la puerta y, viendo que Lucía estaba vestida y de pie, entró. Se quedó parado en la puerta. Parecía que él también llevaba la misma ropa del día anterior y que no había dormido. Apretó los labios, retorciendo las manos, los hombros encogidos. Los miró a los dos, primero a una y luego al otro, para volver a centrarse en ella. Lucía se sentó de nuevo en la cama, la rodilla le dolía más de lo que quería admitir.

—¿Hola? —saludó al profesor después de una pausa incómoda.

—Sí, vale, hola, claro... ¿Cómo te encuentras? —respondió David acordándose de la pregunta más obvia.

—Bueno, me siento como si hubiese participado en un torneo de boxeo anoche y me hubiesen metido en la categoría incorrecta.

Su chiste no causó gracia.

—¿Con los pesos pesados?

—Ah, entiendo, ja, ja. —David soltó una media risa ahogada—. Pues se te ve bien, no creo que eso —tocó su propia mejilla— te deje cicatriz.

Lucía miró desesperada a Bjørn.

—Tan mal está, ¿en serio?

Bjørn negó con la cabeza, pero sus ojos decían otra cosa.

—Pues mira, Lucía, tengo que hablar contigo —siguió David—, en privado.

Miró a Bjørn con intención, pero el sueco le devolvió la mirada fijamente, sin reaccionar y cruzando los brazos por encima del pecho.

—Pues, lo que quiera Lucía —dijo el joven militar después de una pausa.

—Yo prefiero que se quede… —empezó a decir ella.

—No —contestó David como si siguiera siendo su profesor—, perdón. Perdóname, eso no ha sonado muy bien. Pero insisto. Esta conversación es solamente entre Lucía y yo. Tenemos que hablar. Bjørn, si no te importa, puedes ir a ver qué tal está Paula o, si no, ¿por qué no vas al comedor y traes unos cafés?

Bjørn frunció el ceño y salió de la habitación antes de que Lucía protestase. La joven se echó hacia atrás en la cama, apoyando la espalda contra la pared para estar más cómoda.

—¿Qué pasa, David? —No le quedaba mucha paciencia.

—Me cuesta mucho esta conversación, especialmente estando tú en estas condiciones…

Lucía subió la cabeza para interrumpirlo, pero David la detuvo con la mano y siguió hablando.

—Pero no me queda otra. No sé qué pensar. Te cuento.

Otra pausa. Lucía se le quedó mirando. David se acercó a ella.

—Anoche cuando Elena te encontró y te trajimos aquí, pensé que teníamos que verificar que no estabas tomando ningún medicamento y también buscar tu móvil para llamar a tus padres. Fuimos Elena y yo. Espero que no te importe, pero íbamos con prisa y abrimos tu maleta. Y, al abrirla, pues… encontramos dos móviles…

—Pero si yo…

—Espera. Espera que termine —dijo subiendo las manos—. Elena solo reconocía uno. Un Nokia. Ella confirmó que solo tenías un móvil, uno personal, y que nunca había visto el otro. Una Blackberry negra. La encendimos y descubrimos que era el móvil de Mikhael. Lo confirmamos llamando a la persona marcada como «mamá». Mikhael Dostalova, del que no sabemos nada desde el viernes por la noche. Creemos que se ha ido, pero no tenemos confirmación alguna. Su madre tampoco sabe nada de él, pero este es otro tema. Solo le dije que habíamos encontrado su móvil, pero que ya sabíamos a quién debíamos devolvérselo, que no se preocupase. Por ahora la pregunta que te lanzo a ti es: ¿qué haces con el móvil de Mikhael Dostalova? ¿Sabes dónde está?

—¿Qué? ¿Dentro de mi maleta? ¿El móvil de Mikhael?

David asintió con la cabeza, la cara seria. Movió el sillón donde había estado sentado Bjørn para estar más cerca de la cama, y se sentó. Intentó suavizar su expresión, abriendo las palmas de las manos en un gesto conciliador, como si estuvieran discutiendo qué cenar esa tarde. Lucía no daba crédito. No podía hablar. Cuando David subió las cejas, indicando que le tocaba hablar, decir algo, expresarse de alguna manera, ella escondió la cara entre las manos. Sentía que se hundía bajo miles de preguntas, incertidumbres y posibilidades que le invadían la cabeza. Pero por debajo de todo eso una voz interior sonaba como una alarma que emitía un pitido chillón e insistía en que debía tener cuidado. Lo que dijese ahora, en esa pequeña habitación de su antiguo querido colegio, podría tener implicaciones profundas. De eso estaba segura. Era consciente de que estar sentada en la cama con la cara escondida entre las manos no parecía la mejor imagen que podía dar. Así que levantó la cabeza, se arregló la cara un poco y miró fijamente a David, seria y controlando la situación.

—Déjame algo claro, ¿tú encontraste el móvil de Mikhael en mi maleta?

—Sí, efectivamente —respondió David asintiendo con la cabeza.

—¿Y me confirmas lo que yo estaba diciendo a todo aquel que me escuchara desde el sábado, que Mikhael no está aquí?

La joven notó un cambio sutil en la expresión de David, parpadeó rápidamente, como si no se esperara esa respuesta.

—Pues, sí, pero yo no sabía que lo estabas buscando…

—Se lo pregunté a Margareth, informé a la oficina del colegio, coño, ¡si Bjørn y yo encontramos una maleta abandonada frente a la puerta a la cocina y la entregamos en secretaría y a nadie le preocupó en absoluto!

Se dio cuenta de que empezaba a sonar histérica. Respiró profundamente, se retiró el pelo de la cara e intentó recuperar la calma. Vio que había un vaso de papel al lado de la cama, en la mesita de noche. Lo cogió y bebió un sorbo de agua tibia. David esperó.

—Entonces, tengo que tener esto muy claro. Elena y tú fuisteis a nuestro cuarto y abristeis mi maleta...

—Teníamos que contactar con tus padres.

—¿Y lo hicisteis? —preguntó pensando en su madre. En ese momento deseaba más que nada tenerla allí. Quería un abrazo de su madre. Quería estar en casa. Parpadeó para que resbalasen las lágrimas de sus ojos.

—Claro que sí, los deberías llamar. Estaban preocupados, pero les aseguramos que no te había pasado nada grave. Estabas con Shaziya, y luego Elena llamó a tu madre otra vez para avisarla de que estabas durmiendo y de que la doctora había dicho que eso era lo mejor. Que no se preocupara, que la llamarías hoy.

—Vale, gracias. —Y de pronto se acordó de la cantidad de veces que su madre se había quedado al lado del teléfono esperando noticias de ella porque le había dicho que iba a llamar a casa... y no lo hizo.

Especialmente en el último mes, desde los atentados, cuando más razón tenía su madre para estar preocupada y querer hablar con su hija, y aun así no le cogía el teléfono apenas. Pensó en los mensajes que le había dejado su madre en el móvil y también en el contestador de casa. Mensajes que escuchaba al volver después de horas y horas en las que había estado haciendo turnos eternos en la oficina. Llegaba de noche, cuando ya era muy tarde para llamar. Siempre se acostaba pensando que a primera hora de la mañana le devolvería el mensaje, pero muy pocas veces cumplía esa promesa. En ese momento sintió lo lejos que estaba de casa, de su madre y de su familia.

«Cuando termine este fin de semana de mierda, seré la mejor hija del mundo. Siempre llamaré. Sobre todo cuando haya dicho que lo haría. Lo prometo».

—Volviendo al tema del teléfono... —continuó David claramente incómodo con el cambio de rumbo de la conversación—, te tengo que avisar de que todo esto se lo hemos contado a la policía.

Lucía miró fijamente a David. Su sistema de alarma interior estaba a punto de estallar.

—Entonces ¿también habéis informado de que Mikhael ha desaparecido?

—Bueno, eso no lo sabemos. Eso es lo que has dicho tú, nada más.

—Pero ¡si lo llevo diciendo desde el sábado!

—Ya, pero piénsalo desde nuestro punto de vista —se expresó con calma—, tenemos una estudiante que dice que hay un compañero que ha desaparecido, sin ningún tipo de prueba...

—Habíamos quedado para desayunar juntos. Si él cambió de plan, o decidió irse, se lo hubiera dicho a alguien, de eso estoy segura... Además, él estaba superorgulloso de hablar en la cena de gala, por Dios, ¿por qué nadie me quiere escuchar?

David subió la mano, indicando que quería hablar, pero que no deseaba interrumpir. Lucía se calló, frunció el ceño y cruzó los brazos, a la defensiva.

—Pues según Margareth, él no quiso hablar. Así que mejor todo esto lo hablas con la policía. Nadie está acusando a nadie de nada...

—Bueno, no suena así cuando me estás acusando de estar en posesión de algo que no me pertenece...

—Ah, espera, no te estamos acusando de nada, es un hecho. Quieras o no, el móvil de un compañero estaba en tu maleta.

—O sea, me estás acusando de ¿qué exactamente? ¿De robar un móvil de una persona que no está aquí para confirmar que no lo tiene?

—Bueno, ese es el tema. Mikhael no está aquí para confirmar que alguien robó su móvil...

—Pero ¡si yo no robé nada! ¡Esto no tiene ningún sentido!

—Cálmate, por favor, que esto no nos ayuda…

—¿Que me calme? ¿Cómo quieres que me calme si me estoy despertando de una noche horrible después de que me hayan empujado por las escaleras de una torre peligrosa, donde casi me matan, y ahora tú me quieres hablar de un puñetero móvil?

David no entendía nada en ese momento.

—¿No sabes que me empujaron por las escaleras? —preguntó Lucía al ver la reacción de David.

—Bueno, pues algo dijo Elena anoche de que lo habías mencionado, pero que ella no vio ni escuchó a nadie por el pasillo, pensó que era por el golpe que te habías pegado…

—Pues no fue por ningún golpe. Yo no me caigo por escaleras. No soy una doncella en peligro —casi escupió las palabras de disgusto—. Alguien me empujó. Y me parece mucho más serio que un móvil en una maleta.

David se paró de golpe peinándose con las manos el poco pelo que le quedaba, confuso y disgustado.

—Vamos a ver, vamos a ver. No cuestiono tu versión de los acontecimientos de anoche…

—Pues eso es exactamente lo que parece.

—No es así. Tenemos que ser cautelosos. La policía va a llegar dentro de poco…

—Ya. Me lo dijo Bjørn.

—Ah, pues no va a ser tan rápido como yo se lo pinté a él.

—¿Cómo?

—Yo le he dicho que estaban de camino. Pero resulta que, con todo el caos de las últimas veinticuatro horas, no somos la prioridad. Hubo un accidente grave en la carretera principal esta madrugada, y todavía están rescatando a un grupo de ancianos de sus casas cerca de un tramo de la costa donde también se hundió la carretera...

—¿Y nosotros tenemos aquí en el castillo un cuerpo metido en una nevera y no les parece lo suficientemente serio? Vaya, pues yo solo soy una periodista muy joven e inútil, pero esto me parece que es incompetencia a nivel nacional.

David se mostró perplejo con las palabras de la antigua estudiante.

—Por favor, vamos a centrarnos en una cosa a la vez. Hemos tenido aquí este fin de semana una serie de accidentes, tragedias y eventos inexplicables que francamente... estamos todos a punto de venirnos abajo.

Lucía sintió en la cama toda la rabia y la furia que estaba encendiéndose dentro de su cuerpo, como si hubiesen dejado un pedacito de vidrio tirado en una montaña de hojas secas bajo un sol ardiente.

—Pero, David, ¿no te oyes? ¡Nada de esto ha sido un accidente! Ni Mikhael desapareciendo ni la muerte de Jaime y ahora... tampoco que alguien me haya empujado por las escaleras.

David se quedó mirando a Lucía estupefacto, sacudiendo la cabeza, con las manos en las caderas, negando todo.

—No. No puede ser. Estas cosas no pasan así. Aquí no. Nunca. No es posible.

—Pues ya lo sé, a mí también todo esto me parece una pesadilla, pero tú tienes que tomar las riendas, tienes que hacer algo... —Lucía se quedó callada.

Acababa de ocurrírsele una idea. Como una sombra que ha estado desde siempre, pero pasando desapercibida. Se mordió el labio.

—Bueno, creo que cuando llegue la policía también les interesará lo que tengo que decir —dijo—, porque creo que tus acciones pueden ser cuestionadas, David. ¿Tú sabes lo que estábamos haciendo Elena y yo ayer por la tarde en la torre de la horca? —David frunció el ceño y negó con la cabeza—. Pues estábamos verificando tu coartada de la noche que encontramos a Jaime muerto en el suelo de piedra frente a la torre de lady Jane Grey. Porque tú no solo llegaste el primero después que nosotros a la escena, sino que dijiste que nos habías oído gritar, que estabas en tu habitación en la torre de la horca y que viniste corriendo...

—Pero, Lucía... —dijo David intentando interrumpirla.

—Espera, ahora tú me vas a escuchar a mí. —Le señaló con el dedo índice, sintiendo cómo la rabia se convertía en palabras que salían de su boca sin reflejar el miedo que llevaba clavado por dentro—. Tú has mentido. Porque eso es imposible. Lo probamos. Elena y yo. Ella enfrente de la torre de lady Jane Grey y yo junto a tu habitación en la torre de la horca. No se oía nada. Y yo ni siquiera estaba dentro del cuarto. Luego, como esa es tu habitación, ¿cómo sé que no fuiste tú quien me empujó por las escaleras porque llevo días haciendo preguntas incómodas para ti y para el colegio? También escuché tu conversación con Margareth ayer por la mañana. Tanto tú como ella estáis asustados por cómo va a afectar esto al colegio y a vuestros puestos de trabajo. El colegio pierde dinero a raudales y la junta directiva os va a echar la culpa a vosotros dos. Ya me dijiste tú mismo que Margareth estaba preocupada por lo de la auditoría. Quizá lo de Jaime ha sido un terrible accidente, quizá Mikhael se fue porque quiso, pero tus acciones solo crean muchas, muchas más preguntas. La policía tendrá mucho que preguntarte a ti también.

David se acercó a la ventana de la habitación negando con la cabeza. Se quedó un momento parado, mirando fijamente a la nada. Luego se dio la vuelta, enfadado.

—Lucía, Lucía, ya, ya he escuchado suficiente. He intentado explicarte las cosas bien, sin suposiciones ni dramatismos. Pero la realidad es que hay más cosas, además del móvil que hemos encontrado en la maleta. Varios estudiantes con quienes he hablado me confirman que fueron testigos de una conversación intensa entre Mikhael, Jaime y tú el viernes por la noche. Que él se quedó muy disgustado después de vuestro reencuentro en el jardín de las estatuas. Que no quiso repetir de lo que hablasteis. Luego también hay testigos de discusiones, por lo menos una, entre Jaime y tú. Además, alguien te vio salir de la habitación de Jaime sola el sábado por la mañana. Durante la fiesta en el Soc hay momentos en los que nadie sabía dónde estabas. Durante bastante tiempo. Si consideramos todo esto en conjunto y lo unimos con lo que ya sabemos sobre el móvil y la maleta, que milagrosamente descubristeis Bjørn y tú…, la verdad es que no sales muy bien parada; y ahora esta acusación absolutamente… absolutamente… ¡esperpéntica!… —casi escupió la palabra.

—David, yo… —Lucía no tenía palabras.

Se sentó de golpe sobre la cama de nuevo. Los dos se quedaron en silencio.

—Yo creo que aquí no tenemos nada más que decir. Le puedo contar a Margareth que estás físicamente bien, pero que tu cabeza está muy pero que muy confusa. Y no creo que sea por el golpe de las escaleras. Te sugiero que no hables de tus teorías con nadie hasta que no venga la policía y puedas aclarar lo que quieras con las autoridades adecuadas.

Sin esperar respuesta, el profesor se marchó de la habitación, dando un portazo al salir. Lucía escondió la cara entre las manos. Dejó que la rabia, el miedo y el dolor se convirtieran en lágrimas y lloró hasta quedarse agotada, vaciando una caja de clínex.

Cuando Bjørn volvió a la habitación con dos tazas de café, ambos se habían duchado y cambiado de ropa. Lucía todavía tenía el pelo húmedo y se sentía un poco mejor, aunque aún llevaba los mismos vaqueros que el día anterior. Pero antes de este momento habían pasado varias cosas. Elena le había traído su ropa y el neceser, Lucía se había dado cuenta de que los otros jeans eran demasiado apretados e incómodos para llevar después de la caída.

—Esto del móvil es una ridiculez, lo sabes, ¿verdad? —dijo Elena al entregarle sus cosas.

Estaba visiblemente preocupada por su amiga, aunque Lucía no le había contado todos los detalles de la conversación que había tenido con David.

—Pero, Elena, que lo hayan encontrado en mi maleta significa…

—Ya lo sé. Significa que alguien te quiere echar la culpa… de algo. Pero no tiene ningún sentido, porque tú eres la única persona que ha estado haciendo preguntas sobre Mikhael desde que llegamos.

—Es que eso es lo que intenté explicarle a David. —Lucía sintió que el pánico se apoderaba de su voz una vez más.

—No te preocupes, yo me encargo —la tranquilizó Elena con una voz seria—. No abras la boca para hablar del tema si vienen a preguntarte cuando yo no esté presente, ¿vale? Salvo que sean de nuestro círculo de confianza. Tengo que estar contigo para cualquier conversación de ahora en adelante. Estoy segura de que cuando venga la policía se dará cuenta de que esta acusación es absolutamente ridícula.

—Vale —dijo Lucía abrazando a su amiga—. Gracias. No sé qué haría sin ti.

Aunque no quiso contarle que también había acusado a David de mentir en su coartada, sabía que su amiga se lo reprocharía y le diría que se controlara, que no abriera más la boca. Lucía no la quería preocupar más de lo que ya estaba.

—Mira, me voy a ir —dijo finalmente la abogada devolviéndole el abrazo—. Tengo que entregarle ropa a Paula y su neceser, que es del tamaño de un recién nacido. —E indicó con un dedo la bolsa que había dejado en la puerta—. Luego debo ir al Departamento de Ciencias para mandar más e-mails al trabajo e intentar cambiar el vuelo de vuelta que tenía reservado para esta tarde y que obviamente voy a perder. A mi jefe no le va a gustar nada esta noticia, mañana tampoco me incorporaré al trabajo.

Lucía sabía que tenía que hacer lo mismo, aunque ella en su trabajo era bastante menos importante que Elena en su bufete de abogados. No tenía ninguna gana de avisar, ya se incorporaría de nuevo.

Paula y Lucía se habían duchado por turnos en el pequeño baño de la enfermería, y mrs McLaren también les llevó a la habitación té, panecillos con mantequilla y mermelada, galletas y una manzana para cada una.

—Una manzana al día nunca viene mal, y todo eso —dijo en su tono eficiente cuando entró a su habitación con una bandeja antes de haber hecho lo mismo con Paula—, ya te veo en pie. Tanto tú como Paula estáis mejor. Y creo que hoy todos vamos a poder salir de este lugar. Justo a tiempo, en mi opinión.

Si la enfermera escuchó la conversación que había tenido con David, no lo iba a revelar. Lucía habló poco, la cabeza le daba vueltas, no sabía qué decir ni a quién contárselo. Cuando volvió Bjørn a la habitación, estaba de los nervios otra vez.

—Menos mal que has vuelto —le dijo Lucía cogiendo la taza de café—. McLaren me ha traído un té que sabía a agua sucia y no sabes cómo necesito meterme cafeína en el cuerpo.

—Ah, genial, me siento realmente utilizado —respondió Bjørn, pero con una sonrisa.

—Perdona, perdona, no quería que sonara así, ya sabes que te quiero un montón, y no solo porque me traigas un café malo de la cantina.

Lucía bebió un sorbo de café y colocó la taza sobre la mesita de noche. Bjørn le sonrió. Tenía las mejillas rojas y gotas de lluvia sobre los hombros. También observó sus ojeras marcadas y lo que parecía una miga de pan en la barbilla, pero en ese momento Lucía solo sintió ganas de abrazarlo, de tenerlo más cerca.

Lo abrazó fuerte, con los brazos rodeándole el cuello, la cara contra el pecho. Su nariz se llenó del olor de la camiseta del militar. Sintió cómo él se detuvo un poco antes de abrazarla también, tímidamente, como si no quisiera romper ese momento. Cuando empezaban a rozar el límite en el que ese ya no era un abrazo entre buenos amigos, él quiso soltarla, pero Lucía se aferró a Bjørn. Cogió la cara del sueco con las manos, se acercó y le dio un beso en los labios. Uno y luego otro… y ya no los contó más. Las manos del joven se iban deslizando por el pelo y la cintura de Lucía. Ella no soltaba su cara. No pudieron abandonarse al momento por demasiado tiempo. Escucharon una puerta que se abría dentro de la enfermería y se separaron de golpe, mirándose, con las caras rojas, sonriendo.

—Bueno, si así me das las gracias por traerte un café tan mediocre, no me quiero imaginar lo que pasará cuando encuentre uno que esté bueno —dijo Bjørn peinándose con los dedos.

—No seas tonto, no ha sido por eso —dijo ella bajando la mirada—, no sé…, no sé qué me ha pasado.

—Se sentó de golpe sobre la cama—. No te ha importado, ¿no?

—¿Cómo que si me ha importado? Me ha encantado, es más... —Se sentó a su lado y subió un dedo indicando silencio para ver si oían más ruidos fuera de la habitación—. Lo podríamos repetir, no creo que haya nadie más, quizá solo ha sido Paula que volvía a su habitación...

Bjørn se acercó a ella y le rozó la mejilla con los labios, tan suave como una pluma. Con un dedo le tocó la barbilla. Lucía se volvió hacia él. Al girar también veía lo que había detrás de Bjørn. La ventana que daba al patio interior. Bjørn siguió la mirada de Lucía y dejó caer la mano. Se movió hacia un lado, incrementando la distancia entre los dos.

—No estaría muy bien si nos pillan así —admitió.

—No mucho —asintió ella cogiendo de nuevo la taza de té—. Además, según David, soy una criminal que ha secuestrado a Mikhael, así que efectivamente no te haría mucho bien que te vieran conmigo.

Bjørn frunció el ceño, su expresión cambió de repente.

—¿Qué me dices? —preguntó—. ¿Eso fue lo que te quería decir David? Cuéntame todo...

Lucía respiró hondo. Solo quería regresar adonde habían estado juntos unos segundos antes. Pero el momento ya había pasado. Volvió de golpe a la realidad.

Alguien la había empujado por las escaleras. Alguien la había querido hacer daño. Quizá la misma persona que quería culparla de algo que ella no había hecho.

El profesor de matemáticas mentía en su coartada de la noche en que murió Jaime. Alguien había drogado a Paula, Jaime ya no estaba vivo y Mikhael seguía desaparecido. El venezolano estaba envuelto en una lona de plástico en una cámara frigorífica del colegio porque seguían sin poder contactar con el mundo exterior. Si la tormenta estaba amainando, ahora se avecinaba otra...

Enero de 1977

Praga

Lleva tres días sin que nadie le dirija la palabra. Está sentada, escondida, tras una montaña de papeles y ficheros de cartón marrón en una esquina de la pequeña oficina, rodeada de actividad o, por lo menos, una pretensión de actividad. Periódicos en varios idiomas por todas partes, recortes y todo puesto en pequeñas pilas con clips, ceniceros desbordados, papeles sueltos, un sinfín de cintas de papel del télex, situado en el lado opuesto. En esta oficina son tres, luego tras una mampara de vidrio hay otro cubículo con tres personas más. Uno de los lados desemboca en un pasillo en el que transitan los otros pocos trabajadores que hay allí y al otro lado de las ven-

tanas solo hay una pared de ladrillo. Para ver el sol tienes que estar pegado a la ventana, sacar el cuello lo máximo posible y mirar hacia arriba. Antes, cuando no había gente en la oficina, lo hacía de vez en cuando si el día era soleado, solamente para ver un poco de azul después de horas y horas rodeada del marrón claro, gris y beis de la decoración de la oficina y de la gente con quien compartía espacio. Pero estas pequeñas aventuras para cortar con la rutina institucional ya no se las puede permitir. Ahora se sienta, sola y callada, y hace sus tareas diarias al ritmo de un caracol. Un caracol pequeño, en tonos grises y marrón claro.

Y no es que sus compañeros la traten con hostilidad, es simplemente como si hubiese dejado de existir. Cuando entra por las mañanas, algunos suben la cabeza, dándose cuenta de que está allí, pero muy pocos le otorgan un pequeño saludo antes de continuar su tarea con el fichero, la máquina de escribir, el libro de apuntes o el periódico subrayado. Sabe que esto llegará a su fin, y espera que sea pronto, porque sea lo que sea será mejor que este estado de olvido.

Pasa las horas regresando a la escena de la carnicería, analizando minuciosamente lo ocurrido y dando vueltas a si podría haber hecho algo distinto y cambiado el rumbo de los acontecimientos, a si podría haber logrado lo que tantas horas, días, semanas y meses había estado planeando. Luego, sin quererlo, siente remordi-

mientos por su carrera, por todo lo que ha trabajado para llegar a este punto; todos los sacrificios, las noches a solas ignorando los comentarios de sus familiares, las amistades perdidas... Desde el día en que su profesor de historia moderna (que empezaba en la Edad Media..., la Universidad de Oxford tiene sus peculiaridades) le recomendó que se presentase a un puesto de secretaria en un edificio gubernamental, feo, moderno y anónimo en Westminster, cerca del río, lo había dado todo por este trabajo. Aunque en ese momento le había dicho a su profesor que no se había peleado con su padre para terminar tomando notas de un hombre mediocre, su profesor le sonrió y le dijo que no era el típico trabajo de secretaria. Y estaba en lo cierto.

Cuando llegó a la entrevista, demostró que tenía buena memoria para las fechas, los números y los lugares, que además hablaba alemán y francés con fluidez y que le gustaba viajar. Por otra parte, confirmó que no tenía novio ni pretendiente a la vista. Con todos estos requisitos le ofrecieron el trabajo de inmediato. Unos años después, en 1973, la enviaron como secretaria de uno de los diplomáticos a la primera embajada de Reino Unido en la República Democrática Alemana, y allí empezaron sus años tras la cortina de hierro. Esa primera embajada, situada encima de una tienda de ropa en una avenida gris, austera e impresionante —como muchas del este de Berlín—, la podría haber echado atrás y que deseara volver corriendo a casa de sus padres en Kent, pero no fue así.

El frío. La constante vigilancia. La comida terrible. Los jefes que no la miraban cuando le hablaban, pero que se sorprendían una y otra vez con sus pequeños logros. Como cuando logró contactar con el profesor de la universidad que hacía reuniones discretas con alumnos que luego desaparecían a través del muro que les tenía atrapados, y que cada año se hacía más grande e impenetrable. O cuando una mujer de un policía de alto rango le entregó los planos para una nueva ampliación del muro que comenzaría en 1975. Ella había ido forjándose una carrera, aunque continuamente la menospreciasen o decepcionaran. Logró por fin un traslado a Praga, una ciudad con un poco más de vida y de libertad, con la posibilidad de escuchar jazz en bares de mala muerte, aunque la verdad esa música no le agradaba en absoluto. Pero a Anuska y a Jan sí. Les encantaba, pues era la promesa de otro mundo, de otras posibilidades.

Solo el pensar en Anuska y Jan la hunde en la miseria. Se regaña, barriendo a un lado los arrepentimientos por su situación, y piensa en el futuro de estos dos científicos valientes y maravillosos, que tanto han arriesgado..., y por nada. Peor que nada, por una situación bastante peor de la que ya tenían. Esconde la cara entre las manos. Sabe que expresar tanta emoción no va a ser bien visto si alguien la descubre en este momento, pero

le da igual. Si este es el comienzo de su castigo, está fun-
cionando.

Suena el teléfono de su pequeño escritorio. Lo coge.
Su voz sale ronca, inexperta, como si no hubiera habla-
do durante días. Se da cuenta de que es casi verdad. No
ha intercambiado más de una quincena de palabras. La
voz al otro lado del teléfono no pierde tiempo con salu-
dos ni presentaciones.

—En American Bar. Esta tarde. A las cinco.

—Vale, sir, allí estaré...

Cuelga el teléfono. Se ha quedado escuchando el
tono bajo de todas las llamadas que entran y salen de la
embajada británica.

«Por fin —piensa, y suspira aliviada— mi cuaren-
tena se acaba. Ahora a ver qué pasa con el resto de mi
vida».

Seis horas más tarde se dirige al Amerian Bar al
otro lado del río, el recorrido lo hace en tranvía para
combatir el frío un rato. El bar es famoso, impersonal,
grandioso y suficientemente anónimo para este tipo de
reuniones. No tiene duda de que el hecho de que el Ame-
rican también sea el centro para el personal de las em-
bajadas, incluyendo los que tenían trabajos efímeros en
departamentos culturales y funcionarios militares, hará
que esta reunión no pase desapercibida.

«Para nada. Cuando se filtre esta reunión, ya se
sabrá de quién fue la cagada y quién la está pagando.

Capítulo cerrado, los hombres grises pueden seguir con su pan de cada día».

Se ha puesto un traje de pana beis con pantalones de campana, porque, por cojones, si esta va a ser la última reunión con el jefe, quiere llevar ropa que no le guste ni le parezca apropiada. Lo escogió durante su última vuelta por Londres porque le recordó a uno que había llevado Farrah Fawcett en un póster de su nueva serie de televisión estadounidense, pero sabía que allí se quedaría cualquier tipo de similitud. Su pelo, ahora recogido en una cola en la nuca, nunca iba a poder tener esa forma ondulada de californiana; su piel siempre sería blanca y transparente, sin poder ver apenas el sol. También perfecta para los inviernos de Checoslovaquia.

Empuja la puerta del café y se toma un momento para localizarlo. Está en el mejor lugar. En la esquina trasera, donde hay una visibilidad perfecta de cada entrada y salida del café. Es un hombre alto, elegante, imposible ponerle una edad exacta, quizá un poco mayor que ella. Parece un hombre de negocios de alto rango, con traje inglés y corbata de seda. Lleva el pelo peinado hacia atrás y la espalda recta de un militar. En una mejilla, una pequeña sombra roja, una mancha de nacimiento que le llega casi hasta la esquina del ojo derecho. No sonríe.

—Siéntate. —Le indica la silla que hay frente a la suya.

No le ha dado la mano. Su boca sigue en línea recta.

—*No te tengo que decir que tu cagada nos ha costado bastante.*

—*Sir...* —*Se sienta y empuja su bolsa bajo la mesa, sobre las piernas.*

Él levanta la mano. No le toca hablar.

—*No es el momento para explicaciones.*

—*Entiendo.*

—*Me he pasado los últimos cuatro días peleando por ti. Aquí, en Whitehall y en Century House* —*explica nombrando la sede donde pasó los primeros años de trabajo como secretaria.*

—*Gracias...*

—*No digas nada, por favor. No he tenido mucha suerte.*

—*Pues...*

—*Me temo que este será tu último destino extranjero.*

—*Ya me...*

—*Esto no es una sorpresa, me imagino. Tanto tu papel, tu rol dentro de la embajada... Ser una mujer a veces ayuda y a veces no.*

Un camarero se acerca para apuntar el pedido. Él hace señas con las manos para que se vaya. La taza de té que ya tenía en la mesa se está enfriando.

—*En tu caso, no hay un marido diplomático tras quien te podamos esconder para otro tipo de trabajo, de menos perfil, o en otro lugar.*

—*Qué pena no tener un hombre adecuado para este papel.*

Él la mira con dureza por encima de sus manos entrelazadas y los codos apoyados en la mesa.

—*No creo que este sea el momento adecuado para darme una lección sobre la liberación feminista.*

—*No lo pensaba hacer, sir.*

—*Muy bien.*

Asiente con la cabeza.

«Con calma, sin perder los papeles. Todavía no te ha tirado debajo del bus».

—*Pero me voy a tener que ir de Praga. Y del servicio, ¿verdad?*

—*Sí.*

Aprieta los labios. Allí está. La confirmación. El bus ha dado la vuelta a la esquina.

—*Pero tengo una solución.*

Quizá el bus se pueda esquivar en el último momento. Ella levanta las cejas, interrogando.

—*Un colegio. Un internado. Mi alma mater, la verdad sea dicha. Es un lugar algo revolucionario. Internacional y mixto —dice en un tono irónico—, con todo lo mejor de un internado tradicional británico, pero hecho a medida para niñas y niños de todas partes del mundo, y también para los británicos a quienes les interese conocer mejor el resto del mundo. Hijos de diplomáticos, de miembros de la ONU, de militares, de empresarios* de petroleras internacionales, este tipo de cosas. Les hace falta un profesor de historia. O una profesora. —No puede resistir una pequeña sonrisa—. Creo que encontrarás de tu agrado el proceso de admisión...

—Pero si yo...

—Estudiaste historia moderna en Oxford. Lo harás perfecto. No tengo ninguna duda. Necesitan profesores como tú. Me imagino que tus ideas sobre la liberación feminista les podrían interesar también.

Con las palabras «liberación feminista» mueve las manos, indicando que a él todo esto le parece bastante frívolo. Bebe un sorbo de su té, y no le agrada que se haya enfriado.

—No solo vas a estar para esculpir mentes, tenerte allí será de lo más útil para nosotros también. Este lugar nos está sirviendo para buscar nuevos reclutas, tanto de los nuestros como extranjeros. Estamos montando un sistema bastante interesante para el futuro de nuestro oficio. Ya verás. Te irá de maravilla.

—¿Y... dónde queda esa institución?

—Esa es la mejor parte. Está situada en un castillo maravilloso en la costa galesa.

11

Bjørn se quedó con Lucía hasta que tuvo que ir a ayudar
a preparar la comida. Estuvieron hablando sin parar
durante un buen rato, hasta que el joven militar fue
consciente de que ya llegaba tarde a su tarea y que no
podía demorarlo más. Se despidieron con otro beso,
esta vez Lucía corrió la cortina de las ventanas que daban a la enfermería y el patio interior para que pudiese
ser un instante más largo, íntimo y menos desesperado.
Un momento que fuese el comienzo de algo que los dos
tenían la intención de prolongar. Cuando Bjørn salió
de la enfermería, Lucía retiró de nuevo la cortina de la
ventana que daba al patio interior para no perderse
cómo el sueco iba corriendo hacia la cocina. Como si
sintiera que alguien lo miraba, se detuvo y se dio la

vuelta, y ya estaba sonriendo cuando vio a Lucía en la ventana. La joven la dejó un poco abierta para que entrara aire en la habitación, fuera llovía, pero con mucha menos intensidad. Se acostó de nuevo en la cama para pensar y darle vueltas a todo lo ocurrido. Empezaba a conciliar el sueño cuando escuchó que alguien tocaba a la puerta. Sin darle tiempo a responder, Tom Fanshaw la abrió de repente.

—Ostras, Tom, ¿podrías ser un poquito más borde? Esta es mi habitación, ¿no deberías esperar antes de abrir la puerta?

—No tengo tiempo para cortesías tontas, ¿no te has enterado de lo que está pasando por aquí?

Lucía se mostró molesta.

—¿Sabes que estoy ayudando a Margareth y David con… con todo esto?

—Sí, ya me lo han dicho…

—Pues te tengo que informar de que la policía está de camino —dijo sin dejarla terminar de hablar—, y Margareth me ha dicho que te venga a avisar.

Lucía se encogió de hombros. Claramente no se tomó la noticia como se esperaba Tom.

—¿Es que no lo entiendes? La policía quiere hablar contigo. No te puedes ir de aquí. La tuya va a ser una de las primeras declaraciones que quieren tener.

La joven cambió su expresión de aburrimiento por una de enfado.

—¿Vas en serio? ¿Y tú quién eres para dar órdenes por aquí?

—Solo repito lo que me ha dicho Margar...

Ahora fue Lucía quien lo interrumpió a él.

—¿Que no me puedo ir de aquí? —Casi soltó una carcajada de lo ridículo que sonaba—. Pues me gustaría saber qué tendría que decir sobre esto Elena si te oyese hablar así... o Bjørn.

—¿Qué tiene que ver Bjørn con todo esto? —Su cara mostró rabia—. ¿Acaso necesitas un guardaespaldas o algo por el estilo?

Lucía abrió la boca para contestarle, pero él continuó:

—Sencillamente te estoy avisando de que la policía está de camino ya, esta vez sí están a punto de llegar, y Margareth me ha dicho que tu declaración será de las primeras.

Suspiró para demostrar lo desagradable que encontraba todo esto. Lucía no se movió de la cama, tan solo negó con la cabeza y se apoyó contra la pared. Había estado mucho tiempo sentada en la misma posición y todavía tenía molestias en la rodilla y en la cadera.

—Bueno, lo que me estás comunicando es que mi antigua profesora me está avisando de que la policía quiere hablar conmigo. Lo cual me parece perfecto. También yo tengo cosas que contarles. Pero en cuanto a restringir mis movimientos, me temo que yo me iré

—después de levantarse de la cama despacio, intentó dar dos pasos hacia la puerta, aunque no pudo evitar las muecas de dolor— adonde me dé la gana.

Tom puso los ojos en blanco. Se encogió de hombros y sacó las manos en un gesto de «bueno, lo he intentado».

—Vale, lo que quieras, claro —dijo—, nadie te está restringiendo el movimiento. —Hizo señas de comillas con los dedos—. Pero, bueno, lo que te pide es que estés pendiente. Que no te vayas del colegio.

—¿Cómo me voy a ir del colegio, no me ves?

La joven se dejó caer sobre el sillón del cuarto. El esfuerzo de ponerse de pie la había agotado. Estaba enfadada con ella misma. Olvidó tomarse el último paracetamol que le había dejado mrs McLaren al lado de la cama. Se estiró para cogerlo y utilizó otro vaso de papel, que añadió a la pequeña montaña de vasos que le había ido trayendo la enfermera.

—Y ¿tú qué? ¿Estás de *consiglieri* de Margareth, haciendo todos los trabajitos que ella no quiere hacer?

No esperaba ser tan agresiva, pero estaba cansada, con dolores y se sentía muy pero muy sola después de estar tanto tiempo en la pequeña habitación de la enfermería con un móvil y una agenda como únicos compañeros. Todo lo que había aprendido en las últimas horas le había dado dolor de cabeza. Pero tampoco se esperó la reacción de Tom. Dio tres zancadas hacia ella, con la cara enrojecida y los ojos azules llenos de ira. Lucía sintió miedo. Se quedó sin aliento. Él alzó los brazos abriendo la boca para hablar cuando los dos se quedaron mudos. Un grito, un chillido de terror les hizo reaccionar.

Paula estaba parada en la puerta, blanca, con la boca abierta, una mano sobre la boca y la otra extendida hacia su amiga. Los dos se la quedaron mirando, aterrados por el grito desgarrador. Paula intentó respirar, pero era como si se hubiera quedado sin aire. Su cara pálida se puso roja y, por fin, logró tragar aire. Respiró hondo y las lágrimas resbalaron por sus ojos.

—¡Paula! —Lucía saltó del sillón, y luego aguantó el equilibrio como pudo, porque por un momento se había olvidado de que no podía hacer movimientos bruscos—. ¿Estás bien? ¡Paula!

Su amiga estaba jadeando y el pánico no desaparecía de sus ojos. No podía hablar, aunque intentaba gritar desesperadamente.

—¡Paula! —gritó Lucía apresurándose para llegar a su lado lo antes posible—. ¡Tom! Ayuda, mierda, ¿no lo ves? Creo que tiene un ataque de pánico, ven…

Cogió a su amiga por los hombros, intentando conducirla hacia la cama para que se sentara, pero Paula estaba con los pies plantados firmemente en el suelo, no quería o no podía moverse.

—Tom, ¡ayúdame!

Lucía no entendía a Tom, que permanecía inmóvil al lado del sillón. No podía leer la expresión del pelirrojo. Estaba confundido o ¿preocupado?

—Pues… pues no sé, ¿qué hago?

—Joder, ¡ayúdame! ¿No ves que no puede respirar? —Se volcó de nuevo en Paula. Le habló en un tono suave para calmarla—. Paula, Paula, ven, siéntate, aquí en la cama, tienes que poner la cabeza hacia abajo, ven…

La cogió por un brazo e intentó que se moviese. Se mostró firme, pero sabiendo que era fundamental tratarla con cariño. Paula seguía en medio de su ataque, jadeaba cada vez más rápido y con los ojos perdidos. Lucía veía cómo las venas del cuello y de la frente parecían que iban a estallar de la presión. No comprendía por qué tanto Tom como Paula seguían como estatuas, plantados en su lugar.

—¡Tom! —gritó de nuevo sin perder el control—. ¡Vete ya! Busca a McLaren o a Shaziya, ¡quien sea! Diles que a Paula le está dando un ataque de pánico o algo parecido y no sé qué hacer. ¡Muévete!

Tom asintió con un breve movimiento de cabeza y salió de la habitación, sin rozar a Paula ni mirarla, con la cabeza gacha. Cuando salió, Lucía logró que Paula se moviera y se sentara en la cama. La guio para que bajara la cabeza, apoyándose con las manos en las rodillas.

—Respira, Paula, respira, lento —dijo fingiendo una calma que no sentía—, vamos, que tú puedes, respira…

Acarició la espalda de su amiga con movimientos firmes, sin dejar de hablar, hasta que notó que empezaba a respirar con más normalidad. Por fin, Paula subió la cara y miró a su amiga. Tenía los ojos rojos y las lágrimas recorrían su rostro.

—Gracias —logró decir, su voz tímida y sin fuerza—, ya se me pasó, ya está…

Estiró la espalda y logró sonreír, respondiendo así a la preocupación de Lucía.

—Pero… ¿qué te pasó?

En ese momento escucharon una voz por la ventana que daba al patio interior del castillo.

—¿Se encuentran por aquí las heroínas de este intenso fin de semana?

Se giraron las dos a la vez y vieron a Suhaas parado en la ventana con su sonrisa ancha, animado y de buen humor como siempre. Sin embargo, dejó de sonreír cuando vio las expresiones de las dos chicas.

—Ostras, perdón. ¿Muy temprano para hacer bromas? Perdonadme, soy un torpe. Siempre estoy metiendo la pata, ¿puedo pasar?

Y, sin esperar a que asintieran, entró a la enfermería y abrió la puerta de la pequeña habitación.

—Me sabe mal pillaros así, ¿estás bien, Paula? ¿Qué ha pasado? Parece como si te hubiesen arrebatado la corona de Miss Universo…

—Suhaas... —empezó a decir Lucía mirando a Paula y solidarizándose con ella—. Nos has pillado en mitad de una conversación seria...

—Ya, lo sé, pero es que cuando estoy nervioso hago bromas malas y no queda nada bien... Os quería ver y deciros que todos estamos pensando en vosotras. En el comedor comentábamos que estamos atrapados aquí y que se está haciendo demasiado duro... No todos somos como Bjørn, que parece un superhéroe sin capa, o como Tom, que es un poco pesado, pero por lo menos ayuda. Lo acabo de ver salir de aquí pitando, diciendo que iba a buscar a Shaziya...

—Es mejor que se haya ido —apuntó Lucía frunciendo el ceño al oír su nombre.

Si ya le había caído mal desde el momento que volvieron a reencontrarse en el colegio por la reunión, su opinión era aún peor desde que había entrado en la habitación para decirle lo que tenía que hacer.

—Bueno, por lo menos ya no me sigue arriba y abajo como el primer día —comentó Suhaas—. Como ahora está siempre ayudando a Margareth, yo me he liberado.

Se dejó caer sobre una de las sillas de madera al otro lado de la habitación.

—Suhaas... —Lucía trató de advertirle que tenía que seguir hablando con Paula, que no era buen momento, pero este siguió su discurso sin parar un segundo.

—Ahora estaba corriendo como un loco por la M4 hacia las casas. Antes lo vi entrando a la oficina de Margareth con una bandeja de comida. Me imagino que ella no quiere comer con todos nosotros en el comedor. ¿Y no te ha traído tu móvil, Lucía? Me dijo que Margareth le había mandado a buscarlo. Y el sábado lo vi con una maleta saliendo de la oficina de Margareth como si fuera su mayordomo...

—Espera..., espera.

Lucía se levantó de golpe, ignorando el dolor que le causaban los movimientos bruscos, y levantó una mano para que dejara de hablar.

—¿Qué me dices?

—¿Que Tom está de mayordomo para Margareth? Estoy hablando mucho, perdona, ¿mejor me voy?

Suhaas se paró, confuso ante la reacción de Lucía.

—No. Ni de broma —respondió ella—. Siéntate y empieza de nuevo.

Lucía se cruzó de brazos y Suhaas se sentó de nuevo mirando a las dos mujeres, confundido. Paula estaba más o menos en la misma situación que él.

—Cuéntame otra vez lo de mi móvil. ¿Dónde lo viste?

Lucía se sorprendió a sí misma con la fuerza de su voz.

—Pues..., pues fue ayer..., en tu habitación —dijo él—. Estaba buscando a Elena. Toqué la puerta y nadie me respondió, pero oí algo… Metí la cabeza por la puerta… y allí estaba Tom… —Suhaas la miró perplejo—. Estaba agachado delante de una maleta pequeña, se giró y me dijo que era tu móvil, que Margareth le había pedido que te lo llevara a la enfermería porque estabas con Paula.

—Mentira —dijo Lucía—. Está mintiendo. ¿Qué móvil era?

—Una Blackberry.

—Yo tengo un ladrillo de Nokia.

La joven empezó a dar pasos por la pequeña habitación con las manos en la cintura, miraba hacia abajo, pensativa.

—Lucía… —empezó a decir Paula cuando esta subió la mano de nuevo para poder reflexionar en silencio.

—Y la maleta, Suhaas, la que viste que llevaba el sábado, ¿cómo era? —le preguntó a su amigo, que estaba más preocupado que antes.

Él intercambió unas miradas con Paula, pero ella tampoco sabía a qué atenerse. Parecía más preocupada por otro asunto.

—Pues… no sé, una maleta normal, pequeña, con ruedas, la típica de un fin de semana, solo que como iba con Jaime, fue él quien me lo comentó…

—¿Ibas con Jaime? —preguntó Lucía, todo su cuerpo se tensó al mencionar su nombre.

—Sí…, sí —dijo Suhaas en voz baja sin entender de qué iba todo esto—. No entiendo, Lucía, ¿qué te pasa?

—Cuéntame exactamente lo que viste. Paso a paso —ordenó Lucía severa.

Suhaas tenía los ojos muy grandes. No la había visto nunca de esta manera.

—Pues… fue el sábado por la tarde, cuando terminamos la actividad del kayak, que menuda aventura pasamos. Salí del comedor con Jaime, después de tomar el té, y vimos a Tom saliendo de la oficina de Margareth con la maleta. Yo hice la típica broma tonta y le pregunté si había estado durmiendo en la oficina de Margareth… La verdad es que tanto Tom como Jaime reaccionaron de una manera superextraña. Tom se puso rojo, no nos contestó y salió pitando en otra dirección. Jaime se quedó callado y después cada uno se fue rumbo a su casa… ¿He dicho algo que no debería?

—No, todo lo contrario —dijo Lucía con voz severa—. Me has aclarado cosas importantes…

—Lucía… —dijo Paula tímida.

—A ver, Suhaas, ¿a quién más le has contado todo esto? —siguió la joven periodista sin prestarle atención a Paula.

—¡Lucía! —repitió Paula insistente.

Entonces ella dejó de hablar y se giró, sorprendida por la fuerza de la voz de su amiga.

—Es importante —insistió Paula—. Tom también estaba allí. Por eso tuve un ataque de pánico. Era Tom.

Lucía sacudió la cabeza, como indicándole que no entendía lo que trataba de contarle.

—Fue al ver a Tom cuando me dio el ataque de pánico —repitió Paula alzando las manos para que Lucía entendiera lo que le estaba diciendo—. Fue al verlo allí, en esa postura, contigo… Me quedé sin respiración. Sentí que me iba a desmayar.

Su voz tembló y sus ojos brillaron distantes. Lucía sintió miedo una vez más.

—Paula —dijo con voz seria mientras se sentaba al lado de su amiga y le hablaba en un tono más suave—, cuéntanos exactamente qué te pasó.

—Es que…, es que… —Sacudió la cabeza como si intentara quitarse una imagen mental—. Cuando lo vi, me acordé, Lucía. Lo vi. Me acordé. De todo. Él estaba allí. Te lo juro.

—No entiendo nada. —Suhaas las miró perplejo y acercó la silla para escuchar mejor a sus amigas—. ¿Quién estaba dónde?

—Tom —respondió Paula en un susurro—. Tom estaba allí. En esa misma posición, frente a mí, como estaba haciendo con Lucía cuando entré aquí. Era como si me estuviese viendo a mí, pero desde fuera. Tú, sentada allí en el sillón y él, parado frente a ti con las manos en la cadera, enfadado y agresivo… Él estaba así, frente a mí…, pero en la torre. La noche que murió Jaime. Así estaba yo. Justo antes de caer inconsciente. Él estaba allí. Estoy segura. Absolutamente segura.

Paula se puso a llorar y se cubrió la cara con las manos. Le temblaban los hombros. Lucía le acarició la espalda de nuevo, pero estaba tratando de reflexionar ante esa nueva información.

—Mierda —dijo Suhaas en voz baja—, mierda, mierda, mierda. Tom estaba en la habitación de la torre de lady Jane Grey la noche que murió Jaime... ¿Qué significa lo que te he contado, Lucía?

El joven se echó hacia atrás y se derrumbó en el sillón, negando con la cabeza. Miró a Lucía, expectante, como si le preguntara: «¿ahora qué?». A ella no le salían las palabras. Esta información le había impresionado... Lucía se paró de nuevo y caminó hacia la ventana con las manos en la cabeza, sin dejar de pensar ni un segundo...

—Tom. Tom Fanshaw. Él ha estado presente en todo. En la muerte de Jaime y en la desaparición de Mikhael. Tiene que ser él quien secuestró y sacó a Mikhael de aquí. No sé cómo, ni por qué, pero lo logró. Quizá, cuando consiguió sacarlo de aquí, se dejó la maleta sin querer. La misma maleta que luego encontramos Bjørn y yo. Jaime estaba presente cuando lo contamos, y le sorprendió ver después la maleta —Lucía hablaba sola, pero los otros dos la seguían—. Por eso Jaime quiso hablar conmigo. Tom se dio cuenta en el Soc, quizá no iba tan borracho como parecía... Entonces le dio las llaves de la torre a Jaime para sacarlo de allí, para que no me hablara, solo nos tenía que separar hasta el día siguiente, justo cuando todo el mundo ya se iba... Solo os tenía que drogar y sacar de la fiesta hasta la mañana siguiente. —Lucía asentía con la cabeza mirando a Paula—, pero Jaime ya dudaba de él. Quizá Tom le siguió hasta la torre para asegurarse de que todo estaba bajo control. Tal vez Jaime no iba tan drogado y se enfrentó a él, puede que le preguntase por la maleta y que se pelearan... Jaime se cayó. O Tom lo empujó.

Lucía miró a Suhaas y a Paula. Los dos estaban pasmados, boquiabiertos ante lo que decía su amiga, pero ninguno le llevó la contraria. Con cada palabra veían todo cada vez más claro.

—Y al día siguiente seguíamos aquí. Nadie se pudo ir. Jaime había muerto y yo continuaba haciendo preguntas... Así que no perdió la oportunidad de empujarme por las escaleras de la torre. Si tenía las llaves del castillo, él pudo esconderse rápido en cualquiera de las habitaciones de la torre de la horca. Después me plantó el móvil de Mikhael. Quiere buscar la manera de que me culpen a mí. O por lo menos crear confusión e invalidar mis testimonios. Yo le estaba jodiendo el plan, igual que Jaime. Pero el mal tiempo también jugó en su contra. El mal tiempo, una maleta fuera de lugar, Jaime y nosotros...

—Pero... ¿por qué secuestró a Mikhael? —preguntó Paula.

—No lo sé —admitió Lucía encogiéndose de hombros—. Pero después de tu ataque de pánico, Paula, creo que tenemos poco tiempo. Tom no es tonto, tu reacción ante él le ha puesto en alerta. Ahora llega la policía y por alguna razón los profesores creen todo lo que él dice. —Lucía señaló la pequeña habitación donde estaban—. Tenemos que salir de aquí y encontrar a Mikhael. Tiene que estar cerca. Tom no ha podido tener tiempo de llevárselo muy lejos y, por lo visto, está trabajando solo.

Lucía, con actitud resolutiva, se puso el jersey del colegio. Pero cuando se dio la vuelta para coger las zapatillas que había dejado al lado de la cama, se dio cuenta de que Paula seguía sentada en la cama con la cara escondida entre las manos.

—¿Qué te pasa? —le preguntó.

—Es que..., es que..., con todo lo que has dicho... —respondió Paula en voz baja—. Perdón. Lo tenía que haber recordado antes...

Levantó la cara y tenía los ojos llenos de lágrimas otra vez.

—Nada de eso —dijo Suhaas—, mírame a mí, Paula, que he tenido a este tío malvado a mi lado todo el fin de semana y ni me he dado cuenta. Yo soy el único que debería estar pidiendo perdón aquí...

—Ya, parad. Los dos —les pidió Lucía con una voz severa y cogiendo a cada uno con una mano—, tenemos que actuar ya. No podemos perder más tiempo. No nos podemos quedar aquí como tres tontos pensando en lo que hubiéramos hecho. No tenemos tiempo.

—Pero entonces… ¿qué hacemos? —preguntó Paula limpiándose los ojos con la manga de su jersey.

—¿Vamos a por Margareth? ¿David? Si se lo explicamos, todo irá bien, ¿no? —preguntó Suhaas nervioso—. ¿O nos escondemos mejor?

—Nada de eso —respondió Lucía muy segura de sí misma—, todavía no sabemos qué tienen que ver Margareth y David en todo esto, pero no me fío de ninguno de los dos. Con calma. Primero, lo más importante. Necesitamos refuerzos. Cabeza, Elena, y fuerza, Bjørn. Sin ellos no hacemos nada, ¿cierto?

Paula y Suhaas asintieron con la cabeza.

—Vamos a buscarlos. ¿Estáis listos para salir? Paula, busca un jersey en tu cuarto o algo de abrigo, el tiempo no ha mejorado del todo… ¿Dónde habrá metido a Mikhael? Esa es la clave —dijo Lucía.

Paula salió con prisa de la habitación de su amiga y regresó inmediatamente con una chaqueta de cuero por encima de un jersey fino que parecía de cachemir.

—Es que lo que decís tanto Suhaas como tú es cierto, Tom ha estado en todo durante todo el fin de semana, pero realmente no era amigo de ninguno de nosotros.

Y fue durante la fiesta en el Soc, antes de subir a la torre, cuando lo pensé —dijo Paula escondiendo el pelo bajo la capucha del jersey—: se me ocurrió cómo habíamos cambiado todos durante estos diez años, y cómo personas que nunca nos habíamos hablado ahora estábamos de fiesta juntas...

—¿Qué? —preguntó Lucía—. ¿Qué has dicho?

—Que yo me tenía que haber acordado de que Tom también estuvo hablando con Jaime en el Soc. Lo vino a buscar. Ahora lo veo con toda claridad y fue allí cuando pensé en cómo hemos cambiado...

—La torre —dijo Lucía.

Suhaas y Paula esperaron a que Lucía hablara. Pero se había sentado y se estaba poniendo las deportivas, aunque lo estaba pasando mal por el dolor al agacharse y atarse los cordones.

—La torre. La torre. La torre —dijo hablando para sí misma—. ¿Por qué no se me ha ocurrido antes? Es la torre. Por supuesto.

—¿Qué torre?

—¿De qué hablas?

—Nos tenemos que mover. Ya. Y rápido. ¿Estamos listos?

Los dos asintieron con la cabeza, sus caras reflejaban determinación, pero también nervios.

—¿Realmente estamos en peligro? —preguntó Paula.

—Tú sí —respondió la joven periodista apuntando a Paula con el dedo—. Tú eres la única persona que puede confirmar que Tom Fanshaw estuvo en la torre de lady Jane Grey el sábado por la noche. Y Tom lo sabe. No puedes estar sola ni un momento. Si fue él quien me empujó por las escaleras por estar haciendo muchas preguntas, está claro que está dispuesto a todo. No la puedes dejar ni un momento, ¿vale, Suhaas?

Suhaas asintió.

—Pero... ¿y tú dónde estarás? —preguntó él.

Los tres caminaron hacia la puerta de la pequeña habitación siguiendo a Lucía, que todavía caminaba con dolor.

—Voy a por Mikhael —soltó Lucía.

Abrió la puerta y se giró para mirarlos. Los dos se quedaron quietos.

—¿Y tú sabes dónde está?

—Estoy casi segura. Es que solo puede haber un lugar... Ha sido Paula quien me lo ha sugerido. —Paula miró a Suhaas confundida—. Por favor, tenéis que confiar en mí, que se nos va el tiempo, ¿vale?

Lucía les rogó con la mirada. Los dos asintieron una vez más, siguiéndola por la puerta. Lucía se paró un momento para escuchar si había algún ruido en el exterior. No quería cruzarse con la enfermera, que los mandaría de nuevo a sus habitaciones.

—Suhaas, tú tienes que acompañar a Paula a buscar a Elena y a Bjørn —susurró la joven periodista indicando que la siguieran por la antesala vacía de la enfermería. Paula no puede estar sola.

—Necesitamos a nuestra abogada y a nuestro soldado —añadió Suhaas—, mejor que un consultor inútil y patoso como yo. A ver, una vez que los encontremos, ¿adónde vamos?

Lucía abrió la puerta de la enfermería en silencio, quería comprobar que no hubiese nadie en el patio interior del castillo para detenerlos. Estaba todo desierto. Miró hacia el cielo. Por fin había parado de llover.

—Menos mal —dijo en voz baja—. Id al mar. A los muros de contención. Allí me veréis. Y yo os podré ver.

—¿Por qué allí? —preguntó Paula sin ocultar su miedo—. ¿No sería mejor que me fuera directa a la oficina de Margareth hasta que llegue la policía?

—¡No! —dijo Lucía preocupada—. No podemos involucrar ni a Margareth ni a David. Todavía no. Y no podéis hablar con nadie que no sea ni Elena ni Bjørn. Subid por la M4 hacia las casas primero, a ver si están allí. Yo bajo directamente al mar.

—Vale, vale, pero ¿por qué tenemos que dirigirnos al mar? —preguntó Suhaas.

—Porque desde allí podremos vernos. Confía en mí. No tenemos más tiempo, ¡vamos!

Suhaas y Paula giraron a la izquierda para cruzar el arco que los llevaría fuera del castillo, subiendo la colina de la M4. Mientras que Lucía caminó en dirección contraria para cruzar el patio interior, el castillo y luego dirigirse hacia los jardines y el mar al fondo. Lucía iba lo más deprisa que podía, aunque con cada paso sentía un pinchazo de dolor en la cadera, y su rodilla protestaba también. Pero sabía que no podía darse por vencida. No ahora.

En el castillo no se cruzó con nadie. Aun así caminó lo más rápido posible y cerró todas las puertas con cuidado sin hacer ningún ruido. Mejor no soltar ninguna alarma de que estaba allí. Sabía que, cuando llegase a su destino, iba a tener que apresurarse, con o sin dolor en la rodilla. Cuando se situó en la entrada de la torre de lady Jane Grey, no se fijó en las escaleras que subían a las habitaciones de lujo. Intentó no pensar en Paula y en Jaime, y en cómo ellos subieron estas mismas escaleras hacía tan solo dos noches, quizá entre risas ante unas horas llenas de posibilidades que les hacían sonreír. Quizá también iban un poco borrachos, sintiéndose mareados, perdiendo el equilibrio y agarrándose a la barandilla para no caerse. Quizá Jaime intentaba quitarse de encima la incertidumbre de por qué Tom le había entregado esas llaves, por qué se empezaba a encontrar mareado... Lucía sacudió la cabeza. No quería pensar más en ellos ni en Tom Fanshaw, siguiéndolos por las escaleras, tomándose su tiempo. Escuchando. Y esperando. Tampoco se dio la vuelta cuando salió al cuadrado de césped enfrente del castillo, con la torre detrás. Había evitado pisar ese lugar desde que se fue de allí el sábado por la noche. Esa escena terrible. Ahora la zona donde cayó Jaime desde el vacío estaba rodeada de sillas, formando un cuadrado, tapada con una lona de plástico que se usaba para cubrir los kayaks y atada con cuerdas de escalar pesadas para que no se la llevara el viento. Era un trabajo de Bjørn, seguro. Lucía suspiró pensando que esto sería mejor con él a su lado, pero no podía perder ni un momento más.

«Espero que mi plan funcione».

Tiritó, aunque ya no llovía y se podía percibir un cambio en la calidad de la luz después de la tormenta. No se veía el sol, eso sería mucho pedir, pero las nubes se habían dispersado un poco. Ya no parecía que estuviesen arropados por el gris de un cielo cubierto de nubes, casi tan cercano que se podía tocar como si fuese una manta mojada. Ya se veía el cielo de nuevo. Y también el horizonte más allá del mar. Tonos de gris sobre gris, pero un horizonte... Empezó a bajar las escaleras que recorrían los jardines. Cada vez que bajaba un escalón sentía un latigazo de dolor que iba desde la rodilla hasta la cadera, pero no se paró. Trataba de dar pasos más largos con la pierna derecha, pero no servía de mucho, hasta que la adrenalina empezó a paliar el dolor.

En el jardín de las estatuas vigiló todos los rincones, en busca de gente, voces o ruidos. Nadie. Solo las estatuas la observaban en su silencio eterno, con todos los secretos guardados para siempre. Cruzó el centro del jardín hasta alcanzar las escaleras al otro lado y, en ese momento, lo escuchó. El estrépito de las hélices de un helicóptero. Miró al cielo para comprobar de dónde procedía el ruido. Se oía claramente el traqueteo de las hélices de la máquina, aunque Lucía no podía verla desde su posición.

«La poli —pensó—, me tengo que dar prisa».

Bajó la vista y observó que la estatua del unicornio miraba hacia el este. Se dio la vuelta. El león que tenía a su izquierda tampoco la miraba. Sus ojos de piedra miraban hacia el suroeste. Una vez más. Volvió a darse la vuelta. La estatua de la gárgola tampoco la miraba. Lo había encontrado. El punto del jardín donde ningún animal cruzaba la mirada con quien estuviese ahí situado. Sacudió la cabeza. Siguió hacia las escaleras sin mirar atrás. Tenía menos tiempo. Cada vez menos tiempo.

Cuando llegó al final de las escaleras estaba sudando del esfuerzo. Enfrente tenía el campo de césped por el que llegaría a los cobertizos donde se encontraban los kayaks. Miró hacia atrás y arriba. El helicóptero había desaparecido. Quizá no pudo aterrizar. Quizá tenía un poco más de tiempo. Quizá no. Podían llegar también por la carretera al otro lado del campus y desde allí ella no lo sabría. Si entraban por la carretera, podrían ya estar dentro del campus. Empezó a correr, saltando un poco para que el peso no cayera con mucha fuerza sobre la pierna izquierda. Cuando llegó a la entrada del cobertizo, ya respiraba con esfuerzo. Se quitó una gota de sudor de la frente antes de tirar de la puerta. Entró parpadeando para acostumbrarse a la oscuridad, buscando en las paredes unas cajas anaranjadas.

«Allí están. Los kits salvavidas».

En el mismo lugar donde Bjørn había buscado uno antes de que salieran en kayak, allí estaban. Lucía cogió uno y lo abrió con fuerza, arrancando el plástico que lo mantenía cerrado y seguro. Estaba completo. Un kit de primeros auxilios. Dos mantas térmicas. Silbatos de plástico naranja. Chaleco salvavidas. Y lo que buscaba: el bote de humo. Lo cogió y lo guardó en el otro bolsillo trasero de sus vaqueros. Iba ya cargada.

«Con esto me verán desde cualquier parte del colegio. Ahora. La torre. La tercera torre. La última».

Dejó la puerta abierta y salió corriendo tras echar un vistazo rápido para verificar que nadie la seguía, que nadie la había visto. El campus estaba desierto.

«Seguro que están todos en sus casas esperando que les digan que nos podemos ir de aquí».

Subió las escaleras de piedra hacia el muro de contención y de allí giró a la derecha, dejando detrás el mar picado para subir por el bosque hacia el acantilado.

«Esto sigue siendo propiedad del colegio —pensó—, todavía no se me puede acusar de huir ante la llegada de la policía».

Pero también sabía que a este denso bosque descuidado, que actuaba como un perímetro natural del campus y que oficialmente pertenecía a la institución, nadie lo consideraba parte del colegio. El camino se hizo demasiado empinado como para correr. Resbalaba por el barro generado después de la lluvia y tuvo que ir despacio, buscando con cada paso no caerse o empezar a patinar hacia atrás. Iba cogiéndose de los arbustos y las ramas más bajas de los árboles que bloqueaban la luz y el cielo a su alrededor. Pero no importaba. Sabía hacia dónde iba, aunque no había recorrido ese camino en diez años. Sabía dónde llegaba este pequeño sendero casi imperceptible.

Justo cuando volvió a escuchar las hélices del helicóptero, se resbaló. Cayó de culo encima de donde tenía el bote de humo para situaciones de emergencia. Gritó, intentando contenerse lo máximo posible, jadeó por el dolor y le costó ponerse de pie de nuevo. Respiró hondo, apoyó las manos en las rodillas e intentó calmar la respiración. Sintió que iba a llorar.

«No es el momento, Lu. Ahora no».

Se estiró y, con cautela, dio un paso, apoyándose en un árbol. Le dolía cada vez más la cadera. Sintió los vaqueros hasta arriba de barro y agua. Poco a poco consiguió avanzar. Controló la respiración, ignoró los vaqueros mojados y las manos heridas, pues intentó amortiguar la caída con ellas. No podía ignorar el helicóptero que de nuevo sobrevoló el bosque, como una sombra fugaz antes de alcanzar los campos de rugby donde seguramente aterrizaría.

«Esto tiene que funcionar. Tiene que estar aquí. Tiene que estar aquí».

El helicóptero ya sonaba lejos cuando la vio entre los árboles. Aún más deteriorada que hacía diez años cuando celebraron la última fiesta antes de la graduación en el mismo lugar, ahí continuaba la hiedra cubriendo y enredándose entre los muros de piedra que casi ya no se veían. Pero seguía siendo una torre. Seguía allí. La tercera torre. Intentando llegar hasta ella se cayó una vez más, ahora sobre las rodillas. No pudo evitar una sarta de palabrotas. Se paró de nuevo. Estaba a diez metros cuando se puso a gritar.

—¡Mikhael! ¡Mikhael!

A dos metros se dio cuenta de que, si gritaba, no podría escuchar. Calló. Se acercó en silencio, su corazón retumbaba dentro de su pecho, como las olas del mar estrellando contra los muros de contención. Su respiración corta, intensa. Le dolía todo.

—¿Lucía? ¿Lucía, eres tú?

Una voz. Dentro de la torre.

—¿Mikhael?

Marzo de 2003
Academia Global
Gales

Coge el teléfono. No es hora para estar recibiendo llamadas. Es tarde. Está corrigiendo exámenes. Los últimos que hará como profesora. En un par de meses se anunciará. Otro ascenso. De subdirectora a directora del colegio. Por fin. Ya era hora. Se lo ha currado. Año tras año corrigiendo un sinfín de exámenes, trabajos y ensayos, creando de alumnos decentes unos graduados superlativos. Han sido miles de reuniones con los departamentos, todos los empleados del colegio y la junta directiva. Ya no podía contar tampoco las quejas de secretaría, las llamadas telefónicas de padres enfadados cuando sus pequeños príncipes no habían recibido la nota que ellos creían que se merecían o la oferta de la universidad que querían. Una vez la llamaron porque una de las alumnas había engordado cinco kilos en un semestre. Un par de veces recibió también llamadas de la policía. Normalmente chicos borrachos en el pub del pueblo haciendo mucho ruido. Cada vez eran más tontos. O qui-

zá ella tenía menos paciencia. Menos paciencia también para todos los favores que todavía le pedían desde Londres, de parte de sus antiguos compañeros y su antiguo jefe. No habían parado de dar órdenes en todos estos años. Suspira. La llamada se ha cortado inmediatamente. Cuelga el teléfono de nuevo.

Piensa que quizá cuando la nombren directora va a poder deshacerse, poco a poco y con suma delicadeza, de sir Philip y sus peticiones. Alejarse por fin del sistema que después de tantos años funciona con una serie de engranajes, cada uno situado perfectamente en su lugar, minuciosamente cuidado y engrasado, haciendo mover las manivelas de manera eficiente, silenciosa, sin ningún tipo de protesta. Cuando la nombren directora, ya no habrá más que le puedan ofrecer. Habrá llegado a la cima de su carrera. Va a poder ser libre. Finalmente.

Cada año ha tenido que empujar papeles de una pila a otra después de una llamada de sus antiguos compañeros de trabajo desde Vauxhall, Whitehall o el Ministerio de Defensa. Hoy en día entre los tres edificios y los distintos oficios se mezclaban más. Era todo menos tribal que antes. No sabía si esto era mejor. Para ella daba igual, sir Philip estaba todavía detrás de todo. Este chico sí; esta niña también, por favor. Una beca aquí, otra allá. También becas para los que realmente no les hacía falta, como el hijo de un jeque omaní que tenía acceso a la familia real de un país ajeno. A este la beca no le hacía falta. O eso fue lo que creyó, un par de meses después, cuando vio en el Guardian *una foto del omaní al lado del embajador británico y del jeque de otro país anunciando un nuevo cliente para armamentos británicos. Trabajo hecho. Seguro que sir Philip lo celebró con un buen champán con sus compañeros supervivientes. Ella no supo nada más de su parte. Quizá este ascenso a directora es gracias a su pequeño papel en asegurar estos nuevos millones para el reino. Nunca lo sabrá. Y prefiere no pasar mucho tiempo pensando en ello.*

Ella sabe que el programa de becas tiene un peso internacional que no se puede negar. Y en un mundo de tratos internacionales entre gobiernos, funcionarios y los que trabajan escondidos en los márgenes, estas cosas importan. No le gusta esta parte de su trabajo, le deja siempre un sabor agrio en la boca, pero ella reajusta las cuentas a su manera también. Muy de vez en cuando. Mejor no pensar mucho en eso. No sabe si, en el futuro, como directora, sus acciones van a tener más o menos vigilancia por parte de la junta directiva, o, mejor dicho, por ciertas partes de la junta directiva, sobre la asignación de las becas. Espera que no. Va a ser directora. Esto conlleva cierta libertad. Pero ya no hay muchas más cuentas que ajustar. Ya lleva mucho tiempo fuera de servicio. ¿Cuántas más puede hacer?

El teléfono suena de nuevo. Lo coge.

—¿*Sí?* —*pregunta por segunda vez al no oír una voz por la línea.*

—¿*Me oyes?*

La voz se oye lejana, la línea es muy mala.

—¿*Quién eres?*

La voz responde y luego vuelve a perderse.

—*Necesito tu ayuda. Es urgente.*

Reconoce la voz sin que diga su nombre. Sabe perfectamente quién es. El corazón le da un vuelco. Apoya la frente en la mano. No le sorprende la llamada. El tono de desesperación. Sabía que esto iba a terminar así.

—¿*Sigues en Irak?*

—*Sí. Pero la he cagado. Y ahora me quieren dejar aquí tirado y no sé qué me va a pasar...*

—*Espera, espera* —*dice ella*—. *No hables tan rápido. ¿Me lo puedes contar todo? ¿La línea es segura?*

—*Ya no lo sé, no tengo ni idea...*

La llamada se corta. Cuelga el teléfono. Esto también lo va a tener que pagar ella. Un antiguo empujón de papeles ahora pide un favor más. El padre de este antiguo alumno sigue siendo fiel miembro del club. El mismo club al que pertenece su antiguo jefe. Su antiguo club, pero siendo mujer y al haberse ido antes de tiempo, ya no le pertenece. Lo de siempre. El pequeño círculo vicioso entre las Fuerzas Armadas, la Inteligencia y los funcionarios del Gobierno normalmente empuja papeles anónimos del Ministerio de Defensa. Todos terminan intercambiando información, inteligencia, si lo quieren llamar así, ayudando, centrando, disimulando, engrasando la maquinaria de un sistema decrépito. Y ella tan solo es un pequeño engranaje.

Deja caer el boli que lleva en la mano. Ya no puede pensar en los exámenes de sus alumnos. Tiene que esperar la llamada.

«¿Cómo cree este niño que yo le puedo ayudar, ahora, y desde aquí?».

Suena el teléfono. Esta vez, cuando lo coge, ella dice el nombre del antiguo alumno.

—¿Cómo lo sabías?

—La desesperación de tu voz. Cuéntame. ¿Qué te ha pasado? ¿Por qué me estás llamando a mí y no a tu padre?

—Porque la orden de sacarme de aquí no puede venir del Gobierno. Tiene que ser del servicio. Pero, como la he cagado, no quieren saber nada de mí.

—Espera, espera. Retrocede. Desde el principio.

La línea ahora suena mejor. Oye cómo el chico trata de calmarse. Espera, y coge de nuevo su boli. Lo deja caer sobre la mesa de madera. Hace un ruido hueco y rítmico que retumba por la oficina. La luz de esa estancia del ático será la única de todo el castillo a estas horas.

«Con tal de que no haya estudiantes dando vueltas por aquí», piensa.

—*Vale. Me asignaron a un despliegue de la Armou-red Brigade. Sureste del país. Teníamos que asegurar un campo de aviación. Éramos el avance. Antes de los estadounidenses. El campo de aviación sirve a unos campos de petróleo. Yo estaba encargado de monitorear el movimiento hostil antes de una primera incursión. Pensé que todo iba bien. Que iba a ser rápido. Seguro. Que no hacía falta esperar los refuerzos del Parachute Regiment y sus helicópteros. Mi información era errónea. La maniobra fue un desastre. Sabían que íbamos. Presa fácil. Perdimos miembros de la unidad. Y el resto me echa la culpa a mí. Dicen que ellos sabían que la maniobra estaba mal planificada, que era arriesgada. Yo soy el único que no pertenezco a su brigada. Y mis jefes no me quieren sacar. Estoy en un campamento en medio del desierto con una unidad que me va a empujar sobre un explosivo improvisado en cuanto tenga oportunidad. Me tienes que ayudar. Me tienes que sacar de aquí. Como sea. Me van a matar.*

—*En vaya mierda te has metido.*

—*Ya, ya lo sé... ¿Me puedes ayudar?*

—*¿Y qué dice tu padre?*

—*No lo quiero llamar. No puedo llamarlo. Tú...,* tú lo conoces.

«*Lo conozco. Un capullo de los grandes, de la vieja escuela. Seguro que nunca ha abrazado a este niño. De estos que le da la mano cuando vuelve de su periodo de servicio en guerra activa*».

Respira profundamente. Pensando. Reflexionando.

—*Por favor. No sabes... no sabes cómo está todo aquí fuera... Esta brigada..., pues lo han pasado muy mal. Demasiado. Y yo..., yo aquí no puedo...*

—*Vale.*

—*Te debo la vida...*

—*No exageres.*

—*Créeme que no exagero. Esto es un infierno. No deberíamos estar aquí. Esto va a ser una mierda, ya verás.*

—*Bueno, te diría que no exageres, pero va a sonar repetitivo.*

—*Te lo juro. Es un desastre.*

—*Te saco, te saco. Creo que no vas a poder volver al servicio...*

—*No quiero. Haré lo que sea. Odio esto. Odio la tal inteligencia. Odio la mili. Es una mierda.*

—*Calla, calla, sabes perfectamente bien que esta línea de comunicación no es privada.*

—*Me da igual. Me echarán de todas maneras. Tengo que salir ya. Haré lo que sea.*

—*Lo hablaré con Vauxhall. Pero me temo que tus opciones no van a ser muy glamurosas. Nada de embajadas ni consulados en el exterior.*

—*Vale, no pasa nada. Haré todo lo que pueda para trabajar bien. Donde sea, con tal de que no involucre soldados mentalmente inestables en un puñetero desierto de mierda.*

—*Llamaré esta misma noche.*

—*Te debo todo...*

—*No sé si dirás lo mismo después de un par de años como un funcionario más en un departamento de algún ministerio...*

—*Lo que sea.*

—*Vale, vale, te oigo. Haré la llamada ya. Aunque sea tarde.*

Y un pedacito del engranaje se mueve de nuevo, y ella sabe que nunca va a poder liberarse de esta maquinaria.

—*Te lo debo todo.*

—*Ya está. Buenas noches. Sobrevive un par de días más.*

—*Te debo mi vida. Algún día te lo pagaré. Te lo prometo.*

12

—Sí, ¡soy yo! Aquí. Aquí dentro...

—¡Mikhael!

—¡Lucía! Eres tú, ¿verdad? Qué bien oír tu voz.

—Sí, sí, soy yo. Llevo días buscándote. No sabes...

—Menos mal... Pensé que nadie se daría cuenta... —dijo Mikhael antes de parar para toser. No podía disimular su emoción.

Lucía se paró frente a la torre, o lo que quedaba de ella, ya casi cubierta del todo por trepaderas y hiedra que parecía que estaban ganando la batalla a las piedras antiguas de la singular construcción.

—¿Estás bien, Mikhael?

Lucía sacó la mano para buscar las piedras antiguas

escondidas bajo la vegetación, sonriendo por primera vez desde hacía tiempo.

—Bueno, bien bien no, pero, aquí estoy.

Lucía notó que Mikhael parecía recuperar el control de su voz.

—No sabes lo feliz que estoy de oírte... —dijo ella hablando en voz alta al muro que tenía enfrente.

Al escuchar a Mikhael, el pánico y el dolor de Lucía desaparecieron, como si se hubieran hundido entre el fango y la tierra del bosque. Se sintió recuperada tan solo con oír su voz. La torre, aunque estuviera medio tumbada y escondida, perdida en el bosque, se convirtió en un alivio.

—Más que yo imposible —replicó él.

—Ahora, ¿cómo hacemos para sacarte de ahí?

—Hay una puerta, pero está atrancada por dentro. La puedo ver desde aquí. Tendrá que ser por la ventana.

—Sí, recuerdo la puerta, pero no la veo.

—Estará al otro lado de la torre de donde tú estás ahora. Y la ventana está en el otro lateral.

—Vale, vale, voy a buscarlo...

Lucía empezó a caminar alrededor de la torre, abriéndose paso entre los arbustos y las plantas que crecían a su alrededor.

—Pero, Lucía, no va a ser tan fácil... —dijo Mikhael tosiendo—, yo no me puedo mover de aquí.

—¿Estás herido?

—Atado.

—Mierda.

—Efectivamente. Llevo horas eternas pensando lo mismo.

Lucía sonrió. Todo tenía una solución. De esto estaba segura. Solo era cuestión de buscarla.

—No te preocupes, Mikhael, te voy a sacar.

Al otro lado de la torre encontró la puerta y a su lado las escaleras que subían a lo más alto, tal como recordaba. Todo había cambiado mucho desde que estuvieron allí con sus latas de ginebra celebrando que ya se graduaban. Los primeros escalones para subir a la torre estaban hundidos bajo la vegetación. Desde allí, Lucía podía ver que muchos de los peldaños estaban rotos, tumbados unos encima de otros, arañados por el tiempo y la vegetación que buscaba camino hacia arriba, hacia la luz del sol.

«Espero que ya no hagan fiestas aquí». No pudo evitar recordar cómo ella, Elena y Bjørn subían y bajaban estas escaleras, bebidas en mano, para no perderse esa última puesta de sol por detrás del acantilado. Y Jaime. Recordó a Jaime, haciendo el tonto, sonriendo y riéndose. Sacudió la cabeza. No era el momento para perderse en recuerdos.

—Aquí veo la puerta. —Se acercó y dio una palmada fuerte—. Y se ve que alguien la ha abierto hace poco. Las trepaderas alrededor están todas rotas y pisadas. ¿Lo recuerdas?

—No lo sé, Lucía —contestó Mikhael—. Me drogaron. Me desperté aquí dentro. Atado. Me imagino que me metieron por la puerta. Es lo lógico. Aunque en todo esto hay muy poca lógica. Sigo sin entender por qué estoy aquí ni quién me ha hecho esto.

—Aquí yo te puedo ayudar —anunció tranquila—. Pero primero vamos a sacarte. Lo más importante, ¿dónde está la ventana?

—Camina hacia tu izquierda si estás de cara a la torre.

En el último de los cuatro lados de la torre, mirando hacia arriba, Lucía vio la pequeña ventana. Efectivamente, muy alta para que ella llegase hasta ahí. Muy alta y, por lo que podía ver tras toda la hiedra que la cubría, bastante estrecha.

—Ya. Ya está. Estoy debajo de la ventana.

—¿Y puedes subir hasta ella?

—No, está superalta… —dijo Lucía consternada—. ¿Dentro también está tan alto?

—Más todavía —señaló Mikhael—; desde la puerta hay unos escalones que bajan. Yo estoy en algún tipo de sótano. ¿No lo recuerdas?

—Solo recuerdo la puerta cerrada, nunca supe que se pudiera abrir.

—¿Por qué no vuelves al colegio y buscas a más gente para sacarme de aquí? Tienen que estar todos preocupados, ¿no? Seguro que en los cobertizos cerca del mar habrá unas escaleras que se puedan traer…

Lucía sacudió la cabeza. Mikhael no entendía nada y ella no tenía tiempo de explicárselo.

—Espera, espera, Mikhael, para. —Su voz sonó demasiado severa.

Mikhael se quedó en silencio.

—Perdón, no te quería hablar así —dijo Lucía—, es que han pasado muchas cosas, luego te lo cuento todo. Pero vas a tener que confiar en mí. Te voy a sacar de aquí, pero no será de la manera que tú piensas.

—Joder, Lucía, ¿qué me dices? —Mikhael no pudo disimular el miedo—. ¿Por qué todo lo que tiene que ver contigo son trabas y obstáculos? Vaya mierda lo que me estás diciendo…

—Espera, espera, Mikhael, ahora no nos podemos pelear otra vez. ¿Quieres saber la verdad? La única persona que te ha estado buscando he sido yo. La única persona preocupada por ti soy yo. Y la única otra persona que también se ha preocupado por ti en toda esta reunión de mierda está muerta.

Lucía tomó aire.

—Joder. Joder. ¿Quién…? ¿Qué ha pasado?

Su voz era como un hilo que casi no se podía oír desde fuera. La joven reconoció su error al mencionar a Jaime. Ahora la prioridad era sacar a Mikhael, no relatar los eventos del fin de semana. No había tiempo. Al no escuchar el helicóptero, sabía que la policía había aterrizado y, si lo que le dijo Tom era verdad, estarían ya buscándola para hablar con ella. Y no la iban a encontrar.

—Mikhael, sé que no te va a gustar lo que te voy a decir, pero tienes que confiar en mí —insistió Lucía—. Por favor. Tenemos poco tiempo, y no puedo explicarte nada por ahora. Y estamos solos…, pero no por mucho más tiempo. Ya verás.

Miró lo más alto de la torre y luego las escaleras.

—¿Qué? ¿Lucía? ¿Sigues ahí?

La voz de Mikhael sonaba preocupada. Lucía se tocó el bolsillo trasero. Seguía allí.

Se apresuró y se dirigió a las escaleras.

—Voy a por ayuda. Tengo que subir a la torre, ¿vale? Quizá no me vas a oír cuando esté allí arriba, pero para que sepas que no me he ido, ¿entiendes?

—Vale, vale, como tú digas. Estoy contigo.

Lucía empezó a subir las escaleras con toda la cautela del mundo. Con las manos se iba guiando por los muros de la torre, cogiéndose a las trepaderas aún mojadas y metiendo los dedos entre las piedras para ayudar a impulsarse hacia arriba. La adrenalina fluía por su cuerpo, ayudándola a concentrarse en cada paso, en cada escalón. Tuvo que dar un paso grande ya casi en la cima, porque ya no distinguía los escalones bajo la trepadera que se había metido entre las piedras. Valiéndose de los huecos que encontraba en los muros con las manos para subir, sintió que su rodilla se estaba resintiendo por el esfuerzo. Cada vez le caían más gotas de sudor por la frente y debido a la humedad de la vegetación sus zapatos y los vaqueros se estaban empapando más todavía. Cuatro pasos más y estaba arriba. Eufórica, subió la cabeza por primera vez. La vista era la misma. El bosque denso bajo sus pies, llegando hasta el mar gris y plateado, brillando bajo los primeros rayos de sol que lograban penetrar el manto de nubes. En otra colina detrás podía vislumbrar el castillo desde un lateral y sus dos torres, el cuadrado de césped y los jardines debajo ya escondidos por el bosque y la colina escarpada que los separaba. Pero la costa, el muro de contención y los edificios bajos que lo rodeaban los veía también claramente. Se giró para ver al otro lado, el faro, reinando sobre su territorio con calma estoica. Después del faro solo veía campos verdes, hasta donde le llegaba la mirada, y el mar, desapareciendo entre las nubes que cubrían el horizonte hacia Inglaterra al este y, hacia el oeste, el Atlántico. Lucía tomó aire, se secó las manos en los muslos de los vaqueros y sacó el bote de humo de su bolsillo trasero donde le había estado molestando.

«Ya voy —pensó—, que lo vea. Por favor, que lo vea».

Con las dos manos arrancó la tapa de plástico. Se soltó con un silbato que la hizo saltar del susto. Por un instante no hizo nada, solo un ruido y casi entró en pánico, pero no duró nada, el escape de aire fue seguido por un chorro de humo rojo que salió disparado. Gritó exultante. Hasta ese momento no estaba al cien por cien segura de que fuese a funcionar.

«Lo tienen que ver. Bjørn vendrá corriendo». Miró hacia la costa, hacia el muro de contención, e hizo como si estuviera saludando desde lejos para hacer lo más visible posible el chute de humo rojo. Así se hacía también en las películas.

«Vamos, Bjørn, mira hacia arriba. Mira hacia aquí. Por favor».

Lucía se quedó mirando hacia el colegio. No iba a poder ver gente entrando y saliendo del castillo por su ángulo de visión, aunque sabía que desde allí cualquier persona también podría advertir el humo rojo subiendo desde el bosque al otro lado de la escarpadura. No estaba tan solo llamando la atención de sus amigos...

—Vamos, Bjørn, mira hacia aquí, vamos... —dijo en voz baja.

—¿Lucía?

Escuchó desde abajo la voz de Mikhael, preocupado por su silencio.

—Mikhael, estoy arriba en la torre —gritó Lucía—, alguien va a venir, ya verás. Espérate un poco más, ¿vale? Solo un poco más...

En ese momento, los vio. Cuatro figuras pequeñas salieron a su campo de visión, parecía que venían de los jardines. Iban corriendo hacia el mar. Una cabeza rubia, tres de pelo oscuro.

«Son ellos. Ya está. Tienen que verme».

—¡Ya vienen, Mikhael! —gritó Lucía—. ¡Veo a Bjørn! ¡Ya te sacamos!

Los perdió de vista tras el bosque y luego reaparecieron, esta vez enfrente del muro de contención. Pero ahora solo había tres figuras, Suhaas, Paula y Elena, mirando en su dirección. Elena estaba saltando, saludando con los brazos. Por un momento se quedó desconcertada, pero, cuando no apareció Bjørn, lo entendió todo.

«Ya viene. Me ha visto, y está en camino».

Dejó el bote de humo en una esquina y, con menos cautela que a la subida, bajó de nuevo por la torre. Ya cuando estaba dando los últimos pasos para bajar, escuchó a Bjørn corriendo y gritando a la vez.

—¡Lucía! ¡Lucía! ¿Estás bien?

—¡Sí! —gritó ella cayéndose al suelo antes de saltar los pocos escalones que le quedaban.

Una vez en pie, lo vio salir del bosque, su cara roja del esfuerzo y preocupado.

—Está bien, estoy bien —dijo subiendo la mano—. Ya está. Encontré a Mikhael. —Soltó una risa y abrazó a su amigo—. Está allí dentro.

Bjørn fue corriendo a su lado, le cogió la mano y la subió del suelo. Se abrazaron. Lucía buscó sus labios. Un momento fugaz. Bjørn se apartó de ella y sonrió.

—La tercera torre —dijo Bjørn sacudiendo la cabeza mientras respiraba hondo, con las manos en la cintura para recobrar el aliento—. Claro que tenía que ser esto. Solo a ti se te pudo haber ocurrido que estuviera aquí. —Él se giró para dirigirse a las paredes de la torre—. ¿Mikhael? ¿Estás bien?

—Sí, aquí estoy —respondió Mikhael desde su calabozo—. Ahora, ¿me vais a poder sacar de aquí o no?

—Claro que sí. —Lucía no pudo disimular el entusiasmo y el alivio que sentía al no estar sola, y de tener a Bjørn a su lado—. Tenemos aquí al mejor soldado del ejército sueco. Y yo ya sé cómo nos vamos a meter. O, mejor dicho, como te vas a meter tú. —Señaló a Bjørn con un dedo—. Mira, la única entrada es por esta ventana de aquí. —Le cogió el brazo y le enseñó dónde estaba la ventana—. Si tú te apoyas en mí, podrás subir, ¿verdad?

Bjørn lo consideró, midiendo con la mirada la altura.

—Sí. Lo puedo hacer. Tú estás fuerte, ¿verdad?
—Claro que sí.
Sonrieron. A Bjørn se le ocurrió otro detalle.
—Mikhael, ¿a cuánto está la ventana del suelo por dentro?
—No lo sé exactamente…, ¿dos metros?
Bjørn asintió con la cabeza.

—Pero recuerda que estoy atado —le informó Mikhael preocupado.

—¿Con qué? —preguntó Bjørn.

Sacó una pequeña navaja de su bolsillo y se la enseñó a su amiga.

—Nunca voy sin ella —dijo.

—Yo sabía que valías para algo —respondió ella con una sonrisa.

—Con esas tiras de plástico que utiliza la poli —dijo Mikhael.

—Vale, perfecto, mi navaja puede con eso.

—Eh…, otra cosa —dijo Mikhael. Su voz sonaba insegura—, este lugar…, pues… no está…, es un poco horrible…

—Mikhael, no te preocupes. Lo importante es sacarte de aquí. —Bjørn lo tranquilizó con su voz profesional, seria—. Y créeme que no veré nada que no haya visto o vivido después de diez años en el ejército, ¿vale? Me lo voy a tomar como un ejercicio militar. Nada de vergüenzas, ¿vale?

—OK.

Su voz como un hilo.

—Vamos. No tenemos mucho tiempo.

Los dos se acercaron al muro por debajo de la ventana y Bjørn le enseñó cómo lo ayudaría a subir, con una pierna arrodillada y la otra doblada para que él pudiese utilizarla como si fuese el peldaño de una escalera.

—No te preocupes —dijo—, no te voy a pisar la pierna mala.

Lucía hizo muecas de esfuerzo. Esto iba a doler. Contaba con el dolor de las rodillas, pero no con la turbulencia interior que le causó tener varias partes del cuerpo de Bjørn tan cerca del suyo durante la operación; ni imaginaba lo que sentiría cuando la cogiera por los hombros. Tampoco que iba a enfrentarse a su tripa plana cuando alzó un momento los brazos para apoyarse en el alféizar de la ventana. Pero lo logró, uno de los pies de su amigo pasó del muslo de Lucía al hombro, y de ahí se impulsó hasta la ventana. Metió una pierna y luego la otra antes de introducir todo el cuerpo y dejarse caer al otro lado. Lucía apenas escuchó nada durante un rato. Se quedó mirando hacia la ventana, lanzando un «¿estáis bien?» a cada momento.

Por fin, Bjørn le dijo que estaban listos para salir. Lucía se quedó pegada contra el muro, sabiendo que para Mikhael esto iba a ser mucho más difícil que para un soldado en forma. Pero lo lograron. Bjørn le ayudó a subir y Mikhael pudo asomarse por la ventana; después de sacar medio cuerpo, sacó una pierna y luego la otra y se apoyó en los hombros de Lucía hasta caer sobre la tierra.

—Ya. Ya está. —E indicó que no le hacía falta ayuda—. Puedo.

Estaba pálido y sucio, con la misma ropa del viernes por la noche y con las muñecas rajadas y rojas porque había luchado por quitarse las esposas de plástico. Lucía quiso abrazarlo, pero él dio unos pasos atrás.

—No te acerques, huelo fatal —dijo—. Luego me abrazas.

En ese momento Bjørn encadenó una palabrota tras otra desde dentro de la torre. Estaba tratando de saltar hasta la ventana por dentro, que se encontraba a más altura que por fuera, y ahora no tenía un cuerpo que le sirviese de apoyo. Tuvo que hacer cuatro intentos, corría hacia la pared, se impulsaba con un salto y trataba de agarrarse con las manos a la ventana. Cada vez que no lo lograba soltaba otra palabrota que no entendían.

—Bjørn…, ¿vas a poder? —preguntó Lucía pasando por un momento de pánico al pensar que no habían hecho nada más que reemplazar un prisionero por otro.

—Sí —contestó inyectando certeza a su voz—. Seguro que sí. El muro por dentro no es liso del todo, hay posibilidad de encajar el pie y empujar, pero como tengo que ir rápido, no lo pillo. Ya me saldrá. Cuestión de tiempo…

Y volvió a lanzarse de nuevo a la pared. Oyeron un grito de victoria, Lucía y Mikhael pudieron ver cómo se asomaban primero unos dedos, luego la mano, un brazo, el otro…, y de fondo los gruñidos de esfuerzo del militar. Sacó la cabeza por la ventana y les sonrió, ahí estaba su cara roja y sudada con una mancha de tierra por uno de sus lados. Los dos lo animaron y saltaron de la emoción. En ese instante un chillido rompió el momento de euforia. Los tres se quedaron paralizados.

—¡Mierda!

—¿Quién es?

—Paula o Elena. —Lucía se preocupó—. Vamos, Bjørn, deprisa.

Él asintió, ella se colocó bajo la ventana para ayudar a Bjørn y a Mikhael le iba dando instrucciones para que no le golpease la cabeza con los pies. El joven militar solo se apoyó brevemente con un pie y saltó hacia atrás en un movimiento limpio, cayendo de pie tras ella.

—Vamos —dijo—, no perdamos tiempo.

Los tres empezaron a correr lo más rápido que pudieron por el camino de vuelta hacia el lugar donde Bjørn había dejado a los demás. Lucía intentó ignorar lo mucho que le dolía la rodilla y Mikhael se paraba a cada rato para recobrar el aliento. Justo antes de llegar al muro de contención, el sendero formaba como una especie de escalones ocultos entre la maleza, donde no se veía nada más que los árboles que les rodeaban. Allí escucharon otro grito, esta vez se oía también la voz de Paula.

—Déjame ya, ¡que no me voy!

Bjørn saltó esos últimos escalones naturales para salir del bosque a toda velocidad, Lucía le seguía un poco más atrás, respirando como podía.

—¡Paula! —gritó Bjørn cuando salió a la plataforma de piedra y cemento frente al mar.

Lucía casi se chocó contra su espalda, pero se paró
en seco justo detrás de Bjørn. Delante estaban Suhaas,
Elena y Paula, los tres muy juntos. En sus caras reflejaban
una mezcla de ira y miedo. Enfrentándose al grupo, Tom
Fanshaw. Este último se dio la vuelta con el grito de
Bjørn y, dándose cuenta de que el militar había llegado,
cambió de táctica y borró la expresión agresiva de la cara.

Cuando salió Mikhael del bosque, Tom se quedó
con la boca abierta.

—Tú… ¿Qué haces…? Tú… —dijo apuntando con
el dedo.

—Creo que esto ha llegado a su fin. —Lucía se
puso junto a Mikhael y Bjørn con los brazos cruzados—. Creo que todos ya te hemos escuchado lo suficiente.

Las palabras de Lucía lo sacaron de su estado de
shock. Se recompuso en un instante y al escucharla su
cara se llenó de ira.

—Mira, yo no sé quién te crees, Lucía —escupió
las palabras—, lo único que sé con certeza es que todos
os andan buscando. —Se dio la vuelta para señalar a
Paula, que no soltaba el brazo de Elena—. La policía
está en el castillo, y las preguntas que tienen que formular son urgentes. Tienes que subir y enfrentarte a lo que
has hecho…

—Yo no he hecho nada. —Lucía se mostró segura—. Y lo sabes. Tú metiste el móvil de Mikhael en mi maleta. También me empujaste por las escaleras de la torre de la horca y, como tienes las llaves del colegio, te pudiste esconder en una de las habitaciones. ¿Creíste que no me daría cuenta?

—Bueno, en realidad he sido yo el que… —quiso aportar Suhaas desde su posición, detrás de Paula y Elena.

—No es el momento, ¡Suhaas! —respondió Lucía sin quitarle la vista a Tom.

—Yo no… —empezó a decir el inglés, pero ella no se amilanó y fue avanzando hacia él, con la rabia subiéndole por todo el cuerpo.

—Tú no puedes hablar ni decirme nada después de lo que has hecho este fin de semana. Tú secuestraste a Mikhael y te lo llevaste a la torre. Luego drogaste a Paula y a Jaime en el Soc el sábado por la noche porque Jaime te había visto con la maleta de Mikhael, pues te la dejaste olvidada donde no tocaba. ¿O no es así? Incompetente. ¿Eso también te lo enseñaron en la mili? ¿O lo aprendiste tú solito?

—Lucía —dijo Bjørn avanzando para cogerla del brazo. Quería avisarla de que tuviera cuidado e intentaba que no se acercara tanto.

La periodista sacudió su brazo y Bjørn la soltó. Toda la tensión, miedo y preocupación que se le había ido acumulando durante el fin de semana se había convertido en furia ante el chico que tenía delante.

—Le diste las llaves a Jaime para que se fuera a la torre con Paula, y los drogaste a los dos. Mataste a Jaime…

—¡Se cayó! No fue mi… —empezó a protestar Tom antes de frenar las palabras al darse cuenta de que estaba admitiendo cosas que no le interesaban.

—¿Por qué, Tom, por qué lo hiciste? —preguntó Bjørn sacudiendo la cabeza con incomprensión mientras se ponía al lado de Lucía.

—Porque se lo pidió Margareth.

Todos se giraron para ver a Mikhael, de brazos cruzados, el ceño fruncido y sus ojos marrones llenos de rabia.

—¿Qué?

—¿Margareth?

—Pero no lo entiendo…

—¿Cómo?

Todos empezaron a hablar a la vez. Solo Mikhael y Tom se quedaron en silencio, mirándose uno otro, la tensión iba subiendo como una ola del mar entre los dos jóvenes.

—Yo lo iba a revelar todo en mi charla el sábado por la noche. Cómo funciona realmente este lugar. Cómo Margareth me asignó una beca en este colegio porque se lo debía a mis padres. Porque fue una espía durante la Guerra Fría e intentó sacar a mis padres de Checoslovaquia. Falló y les jodió la vida para siempre. Mi padre nunca se lo perdonó. Hasta el día que murió nunca me dijo nada, pero nunca la perdonó. Tuve que esperar hasta que muriera, infeliz e insatisfecho, olvidado e ignorado por el país por el cual se jugó la vida, para que mi madre me lo contara. Hace un mes. Pero cuando llegué y se lo dije a Margareth, ella no quería oírme. Así que intenté hablar con Jaime y con Lucía, porque ellos tenían la evidencia de lo que hizo Margareth por mí, ¿verdad? ¿Lo recuerdas, Lucía?

Lucía sintió que Mikhael le había lanzado al vientre una pelota a toda velocidad y con toda su fuerza. Jadeó, abrió la boca, su cabeza no dejaba de dar vueltas... La noche en la torre. Los exámenes. Jaime. Mikhael. Los tres frente a Margareth. Jaime tenía razón. Desde el principio. Margareth había dejado los exámenes allí para que Mikhael los encontrara. Para que él sacara las mejores notas. Para que Mikhael se fuera con otra beca al MIT y se convirtiera en un científico de renombre internacional. Margareth lo quiso ayudar, hacer por él todo lo que no pudo hacer por su padre...

«Todo iba bien hasta que me tropecé con una piedra y casi me caí por el parapeto... justo enfrente de la sala donde estaba estudiando Mikhael. Hace ya diez años».

—Lo que sí quiero saber es... ¿por qué, Tom? —Mikhael siguió hablando—. ¿Qué ha hecho Margareth por ti? ¿Qué le debes a ella para secuestrar a un compañero… y matar a otro?

—Pero si yo… Nunca tuve…, mi intención…, Jaime… —No pudo evitar trabarse.

El resto del grupo lo miró. Tom, con la cara roja, el pelo rojo moviéndose con la brisa ocultando sus ojos azules y fríos y los brazos alzados, intentaba demostrar su inocencia. Pero se quedó sin palabras.

—¡Tom! —gritó Bjørn al darse cuenta antes que los demás de lo que estaba pasando.

Este había dado un paso hacia atrás. Fue una señal para Tom. Con el grito del sueco se dio la vuelta y corrió a toda velocidad hasta la grada que conectaba el muro con la playa.

—¡Tom! —gritó de nuevo Bjørn, y echó a correr también.

—¡Mierda! —añadió Lucía intentando perseguirlos.

Dio dos pasos y un dolor punzante, uno nuevo, salió desde la rodilla, le subió por el muslo hasta llegar a la cadera y gritó de dolor sin poder ya moverse.

—¡Mierda, mierda, mierda! —protestó, tanto por Tom que no paraba como por su parálisis repentina—. ¡Tom! ¡Para!

Cojeando con la pierna derecha, caminó hacia la grada, donde Tom y Bjørn ya habían desaparecido, en dirección a la playa. Mikhael, Suhaas, Elena y Paula se pusieron a su lado.

La marea estaba baja, pero la tormenta y las lluvias habían dejado al descubierto pozos llenos de agua entre las rocas que siempre estaban allí, escondidas durante la marea alta. Montones de algas estaban esparcidas por toda la playa, con algunos plásticos, redes de pesca y varios troncos que se habían quedado tras la tormenta. En pocos segundos Tom se había plantado en la playa y no dejaba de caminar, Bjørn iba tras él, gritando a su espalda, saltando entre los charcos y por encima de las rocas. Los otros cinco les seguían, aunque pronto fueron conscientes de que no les alcanzarían. Cuando habían pasado ya el colegio, y tenían a un lado solo el acantilado de rocas, con el faro observándolos desde arriba, Paula se paró en seco.

—Ya, chicos, ya —dijo poniéndose las manos en la frente para mirar cómo Tom y Bjørn se hacían cada vez más pequeños—. No les vamos a alcanzar.

—Ostras, menos mal que lo has dicho, creo que voy a vomitar mis pulmones —dijo Suhaas sin poder respirar apenas y rojo por el esfuerzo.

Se paró y puso las manos en las rodillas, jadeando como si hubiera terminado una maratón.

—Y no creo que sea buena idea —dijo Elena parándose al lado de Suhaas y señalando el mar.

Los otros se quedaron mirando lo que señalaba. Las olas estaban muy revueltas y tal como se rompían contra el acantilado solo tenía un significado. La marea había cambiado.

—Hostia, la marea —dijo Lucía preocupada—. ¿Cuánto tiempo hará que ha cambiado?

Los otros se encogieron de hombros.

—Yo llevo dos días y medio atado dentro de una torre, no tengo ni idea —contestó Mikhael.

—Creo que viene rápido —dijo Paula cubriéndose la frente con las manos para ver mejor el horizonte.

—Dios, voy a morir aquí mismo —añadió Suhaas poniendo las manos en la cabeza—, si hay algo que hago peor que correr es nadar.

—Mierda, tienes razón, Paula, viene rápido. —Lucía les indicó con el dedo—. Mirad la línea desde donde está entrando a ese lado de la playa y comparadlo con esta...

El grupo se giró. Tenía razón. El agua estaba entrando en diagonal. Sabían que eso significaba que el volumen de agua desde allí en adelante solo iba a subir. Y rápido. Todos habían vivido esto durante sus años en el colegio, pero cerca del internado donde se podían resguardar detrás del muro de contención. Ahora estaban muy lejos.

—Nos vamos a quedar atrapados por la marea —advirtió Elena muy seria.

Miró a los otros tres y la entendieron inmediatamente. Se fijaron en cómo se iban alejando Tom y Bjørn.

—Si ellos no se dan cuenta de lo que está pasando, se los va a llevar el mar —dijo Elena.

—Aquí no hay ni un pedacito de playa, solo las rocas por debajo del acantilado —indicó Paula.

—Mi madre nunca me lo perdonará si muero aquí —aulló Suhaas.

—Tenemos que volver al colegio. —Mikhael no tenía duda.

—Pero no sin Bjørn —señaló Lucía—. ¡Bjørn! —gritó con todas sus fuerzas, pero su voz desapareció con el viento.

—Mierda —gritó Paula.

—Tenemos que volver —insistió Mikhael—, no he comido en tres días, yo no voy a tener fuerzas para nadar.

—Ni tampoco para que no nos estrellemos contra el acantilado. —Elena no podía evitar mostrarse realista.

—No quiero ser comida para los peces —gritó Suhaas.

—Gritemos todos a la vez, vamos, que nos tiene que oír, uno, dos, tres, ya… —Lucía no se rendía.

Ella no se iba de allí hasta que pudiesen alertar a Bjørn de la situación. Todos gritaron con toda su fuerza.

—¡Bjørn!

A la segunda, Bjørn se paró. Se giró, interrumpiendo su carrera. Los cinco empezaron a gritar, saltando y señalando el mar. Vieron cómo Bjørn observaba el mar y se subía las manos a la cabeza al darse cuenta del peligro. Bjørn intentó comunicarse con Tom, pero este no dejó de correr. El sueco le gritó una vez más, y vieron cómo el pelirrojo empezó a ir más despacio y que miraba hacia el mar. Entonces cambió el rumbo y siguió corriendo, pero en dirección al acantilado. No iba a regresar, sino que intentaría huir por la costa.

—Pero ¿qué hace? —preguntó Lucía alzando los brazos—. Si él sabe que no hay playa por el acantilado durante kilómetros.

—Se va a matar. —Mikhael no tenía duda, su voz era severa—. Vamos, Bjørn nos alcanzará fácilmente. Ya se nos está haciendo tarde. ¡Corred!

Los cinco corrieron lo más rápido posible, tratando de no estrellarse contra las rocas, resbalarse o caerse. Volvían hacia la costa, a la protección segura del muro de contención.

—Menos mal que me habéis llamado. —Bjørn logró alcanzarlos, ya casi enfrente del colegio—. ¿Visteis cómo le grité a Tom?

—Ya, ¿sabes adónde se fue? —preguntó Mikhael.

—Solo vi que se dirigía al acantilado.

—Allí no hay salida, ¿verdad? —preguntó Paula jadeando por el esfuerzo.

—No —dijo Bjørn serio—. No sé qué piensa hacer, pero es bastante arriesgado.

En ese momento Mikhael se resbaló y cayó a un charco de agua. Gritó para que no le dejaran atrás.

Lucía y Bjørn se pararon y lo ayudaron a subir.

—Gracias —dijo dolorido. De repente cerró los ojos y trató de tocarse la espalda con la mano, justo donde se había dado.

—¿Estás bien? —preguntó Lucía.

—¡Cuidado! —gritó Elena apuntando con el dedo.

Ella iba delante y se había dado la vuelta con el grito de Mikhael. Los demás siguieron la mirada de la joven. El mar los había atrapado. Una ola rompió sobre las rocas donde Lucía estaba parada, cubriendo sus pies.

—¡Mierda! ¡Nos hacemos comida de peces! —chilló Suhaas.

—Vamos, rápido —dijo Bjørn serio—, no hay tiempo. Todos juntos. Nos quedan solo cincuenta metros.

Chapoteando entre los charcos y saltando de roca en roca, las olas se rompían a sus pies. Estaban tan solo a diez metros de la grada cuando oyeron una ola grande que se aproximaba. Los tres se dieron la vuelta y lo vieron. Un muro de agua se acercaba hacia ellos a gran velocidad. Todos gritaron, Bjørn intentó coger a Lucía por el brazo y Elena se preparó para un último sprint cuando la ola rompió justo detrás. El mar subió medio metro en un par de segundos, y atrás se oía otra ola igual de grande. A los seis les llegaba el agua hasta las rodillas e intentaban trepar hacia la grada sin caerse de nuevo. Otra ola rompió, y el agua subió de nuevo, por lo menos medio metro más. Lucía sintió cómo la fuerza de la ola la levantó del suelo. Pataleó con todas sus fuerzas y sus zapatillas se dieron contra el cemento de la grada. Una patada más y tenía ya los dos pies en el suelo. En la grada. Se agachó para encontrar el equilibrio y se mojó de pies a cabeza en el proceso. Bjørn estaba a su lado, y ayudaba a un Mikhael empapado y aterrorizado. También vio a Elena y a Paula juntas, justo delante, ya en la grada, fuera del alcance de las olas y echando una mano a Suhaas, que se resbalaba por el cemento. Paula se paró un momento jadeando, con las manos en las rodillas, pero Bjørn le gritó que subiera más. Todos lograron subir a la grada, justo cuando una tercera ola rompió, provocando un gran arco de agua que los empapó completamente. No pararon hasta llegar al muro de contención, donde los seis se derrumbaron sobre el cemento, jadeando y sin aliento. Allí estaban sin Tom. Lucía miró hacia el mar, más bien hacia el acantilado, que quedaba justo a su derecha. No veía nada que no fuera el mar revuelto y las olas encrespadas, recordándole que la naturaleza no paraba para nadie.

1 de agosto de 2005
Academia Global, oficina de la directora del colegio
Gales

—*¿Has hecho todo lo que te he pedido para preparar la auditoría de la semana que viene?*

—*Sí, sir Philip, claro que sí. Entiendo perfectamente mi responsabilidad.*

—*Muy bien. Debemos tener todo bajo control.*

—*Arriesgo toda mi vida profesional, así que entiendo lo que pasará si la reunión no sale al pie de la letra.*

—*Y esta vez no te puedo ofrecer una vía de escape. Ahora ya no hay más vías de escape. Esto es el punto final.*

—*Entiendo. Lo hemos repasado ya muchas...*

Pero él no la escucha. Solo quiere hablar. La interrumpe.

—*Y no es tan solo tu carrera, Margareth. No son solo tus más de veinte años en el colegio. No es tan solo mi carrera y mi medio siglo de servicio..., esto está causando terremotos en todo el sistema de inteligencia.*

—*Sí, sir Philip...*

Aunque ella fuera directora del colegio y él un viejo director del servicio que francamente se tendría que haber jubilado hacía años, le sigue hablando como si todavía fuese una joven secretaria en una embajada tras la cortina de hierro y él su jefe de estación. Hay cosas que nunca cambian. Si ella pensó que como directora iba a poder liberarse de este tipo de charla de parte de sir Philip, estaba muy pero que muy equivocada.

—*Nos están quitando todo. Vamos a terminar siendo cuatro gatos. Al final solo van a quedar los que ha-*

blan árabe, leen páginas web y mandan reseñas tontas sobre nuestro puñetero bienestar.

Escupió la última palabra.

—Espero que no sea así, sir Philip.

—Ya verás —dijo—. Ahora no son solo los políticos los que quieren saberlo todo, esta nueva generación de funcionarios me va a mandar directamente a la tumba.

—Bueno, sir Philip, creo que lo hemos repasado todo...

Hace muecas que nadie puede ver. De todas las pesadillas que ha tenido debido a sus años de dedicación al servicio, esta es la que se está convirtiendo en una migraña permanente.

—Vale, vale, estoy muy enfadado. Estoy hablando mucho.

—Gracias por la llamada, sir Philip.

Se cubre los ojos con una mano. El jefe de inteligencia de su majestad da un gruñido por respuesta.

—Pero... lo tenemos más que claro, ¿verdad? Tiene que estar cristalino. Baccarat pulido. No me voy a poder liberar de este niñato del Ministerio de Educación y su auditoría, y tú tienes que asegurarme que no habrá nada ni nadie que hable con él sobre las becas, los premios... Ni siquiera de cómo asignamos las plazas del colegio cada año.

—Sí, sir Philip, como ya he dicho, lo tenemos todo bajo control.

Respira hondo. Nunca ha escuchado a su impertur-
bable jefe hablar de esta manera.

Margareth traga saliva y siente que una gota de
sudor se forma en la nuca. Se gira y ve que tiene la
ventana abierta, está entrando brisa. No, el calor es
todo suyo. Mira hacia abajo y ve la nota que había
dejado la secretaria sobre su escritorio esa mañana:
«Llamada perdida. Mikhael Dostalova. Quería verifi-
car su charla para la gala del sábado. Le dije que sí, que
está programado. Me dijo que no hacía falta que le
devolvieras la llamada, pero que, si quieres confirmar-
lo, aquí tienes su número». A continuación, un núme-
ro de teléfono suizo.

La llamada con su antiguo alumno no se desarrolló
como había esperado. Ella le preguntó qué iba a decir y
Mikhael le respondió, en un tono sorprendentemente brus-
co, que en su charla él diría lo que le diera la gana. «La
verdad siempre es lo correcto, ¿no, Margareth? ¿No es eso
lo que nos enseñaste en el colegio? ¿Que la verdad siempre
gana? Además, no estamos en Praga en el 77, ¿no?». El
comentario le dejó un sabor extraño en la boca. Ahora
estaba de los nervios. No le gustaba nada. Nada de nada.
Y este no era el momento de arriesgarse. No podía arries-
garse ni dejar ningún cabo suelto. ¿Cuántas personas
estarían esperando la charla del becario premiado?

«Otra puñetera tradición de las narices. Un tiro por
la culata».

—*Tengo que hacer una llamada importante, sir Philip...* —*dice cogiendo el papel con la nota de su exalumno, hijo de Anuska y Jan, la pareja de científicos checos. Jamás los olvidaría.*

—*Ya estamos. Perdóname, Margareth, pero es que quedan pocas personas de confianza con quienes puedo hablar.*

«Todas mis buenas intenciones ahora a punto de tragarme y escupirme a la acera».

Suspira profundamente.

—*Lo entiendo, sir Philip. Nuestra historia es bastante larga.*

—*Somos reliquias, Margareth. Y nos quieren echar a la basura. Nosotros y todo lo que hemos construido.*

Sir Philip cuelga el teléfono y ella también. Se echa hacia atrás en el asiento, tira el boli que lleva en la mano sobre su escritorio y mira hacia el techo del despacho.

«Quizá tú seas una reliquia —piensa—, pero yo no. Yo voy a sobrevivir».

Es hora de hacer una última llamada. No le queda otra. Ya lo tiene decidido. No tiene ganas de hacerla, pero tampoco quería que todo esto llegase a este punto. Y ahora solo hay una persona que la puede ayudar y hacer lo que ella le ordene. Lo que ella necesita y en el momento. Este fin de semana. Durante la reunión. Lo tiene que llamar ya. No confía en él lo suficiente como para dejarle ante una operación con este nivel de delicadeza, pero no le queda otra. Es la única persona que va a entender la situación y va a hacer lo posible para resolverla. Pero le va a tener que subrayar la importancia de no cagarla. De hacer el trabajo delicadamente, pero hacerlo bien. Sin repercusiones. Sin accidentes. No puede haber daños colaterales.

Coge el teléfono y busca un número móvil en su agenda. Aunque es tarde, sabe que él va a coger su llamada.

—¿Hola?

Contesta una voz medio dormida que simula alerta.

—¿Margareth?

—Tom. Tom Fanshaw. Tengo un pequeño trabajo para este fin de semana. Durante la reunión. Nada violento, más bien un trabajo diplomático que tienes que llevar a cabo. No me puedes fallar. Este es el favor de los favores. Este es el favor que eliminará nuestra deuda. Por esto te saqué de Irak hace dos años. ¿Entiendes lo que te estoy diciendo?

—Afirmativo.

13

—¿Más té?

—Sí, por favor.

—Para mí también.

—Vale, voy a por más agua caliente a la cocina. ¿Galletas?

Los cinco respondieron a la vez. Todavía faltaba uno de ellos.

—Sí.

David Hendry sonrió, cogió la tetera y caminó hacia la puerta de la sala de profesores.

—Y nada de moverse, irse, inventar nuevos rescates o intentos de captura en mi ausencia, ¿vale?

—Seguro que no —dijo Bjørn deslizándose por el sofá de cuero al lado de Lucía para apoyar la nuca mientras se cubría la frente con el antebrazo—. Si sigo despierto cuando vuelvas, será un milagro, no puedo más.

—Yo tampoco. —Paula se desplomó también en un sillón de la sala con el pelo aún mojado de la ducha.

Lucía fue hacia la ventana para mirar el patio interior del castillo, justo donde daban las ventanas de la sala de profesores.

—Nunca había estado aquí antes —señaló a sus compañeros—. Desde aquí se ve todo el movimiento del colegio. Quién va y quién viene. No es lo que más pueda relajar a los profesores que vengan en busca de un momento de paz, ¿no?

—Pero me imagino que es útil —replicó Elena—. Poder subir la cabeza y ver quién llega tarde a clase y quién se va a perder el desayuno.

—¿Me podré quedar dormida aquí? —preguntó Paula—. Siento como si me pudiese relajar de verdad por primera vez desde que llegué aquí.

Nadie respondió. Todos estaban perdidos en sus propios pensamientos.

Lucía se quedó parada en la ventana mirando hacia afuera. Dos policías cruzaban el patio interior del colegio, inmersos en una conversación intensa. Entraron por la arcada que conectaba con la enfermería, pasaron por delante de la puerta del Departamento de Economía y entraron al castillo por el comedor.

Desde que Lucía, Paula, Elena, Bjørn, Suhaas y Mikhael salieron del mar y lograron subir a la grada, derrumbándose tras el muro de contención, agotados y mojados de pies a cabeza, no habían tenido oportunidad de sentarse a descansar. Llevaban veinte minutos en la sala de profesores siguiendo las instrucciones de David. Esperaban poder hablar por fin con la policía.

Cuando estuvieron sentados tras el muro de contención recuperando el aliento, fue Bjørn quien insistió en ir rápido a buscar a David Hendry y decirle todo lo que había pasado. Explicó que, cuanto antes reaccionaran, más posibilidades habría de buscar a Tom y menos explicaciones tendrían que dar luego a la policía.

Cuando subieron por las últimas escaleras y salieron al cuadrado de césped enfrente del castillo, al pie de la torre de lady Jane Grey a pocos metros de donde habían encontrado el cuerpo de Jaime, se toparon con Margareth, David y tres policías. Al ver a los estudiantes, abatidos y empapados, Margareth se puso las manos en la boca intentando disimular el shock que sintió. Todos se quedaron quietos, hasta que Mikhael empezó a gritar. Furioso, toda la rabia, el miedo y la injusticia que había vivido durante esos días se derramó de su interior, y esto le hizo dirigirse hacia la directora del colegio a tal velocidad que Bjørn tuvo que detenerlo y agarrarle de los brazos para apartarlo de Margareth. Al mismo tiempo, Elena y Paula avisaron de que un estudiante se había ido corriendo por la playa en dirección contraria a la marea. Lucía intentó contar cómo había localizado a Mikhael. Todos hablaron a la vez y en ese momento de confusión Margareth logró recomponerse. Pero, cuando ella intentó poner orden, mandándolos callar, fue Lucía quien la interrumpió.

—Margareth, creo que eres tú la que tienes que escuchar, no nosotros —dijo con los puños apretados—. Tú tienes muchas cosas que aclarar, y basta ya de excusas.

—¡Lucía! —exclamó David mirando con los ojos bien abiertos a Lucía y a Margareth.

—¡Secuestradora! —gritó Mikhael peleando contra Bjørn para que lo dejara acercarse más—. ¡Criminal!

Todos hablaron a la vez de nuevo. Paula empezó a llorar. Lucía estaba gritando, casi tan furiosa como Mikhael.

—¡Callaos todos!

La voz de la única mujer policía hizo que se quedaran en silencio. Todos la miraron. Era alta y atlética, dueña de una expresión impasible y una voz clara y dura.

—Que hable uno cada vez —les pidió—. Margareth, ¿este joven también fue estudiante aquí? —indicó a Mikhael, quien había dejado de luchar contra Bjørn.

Margareth asintió con la cabeza, sin dejar de mirar a Mikhael. Lucía no entendió su expresión, pues parecía más triste que otra cosa. Se sorprendió. Si no tuviese más información, pensaría que Margareth le estaba rogando con la mirada. Por un momento la vio más débil, anciana y pequeña. Mikhael se mantuvo callado con el ceño fruncido. Luego la policía se dirigió a él.

—Y tú, te llamas Mikhael, ¿cierto?

Asintió con la cabeza.

—¿Es cierto lo que dice ella? —Y señaló a Lucía con un dedo—. ¿Que llevas más de un par de días atado en una torre abandonada al borde del campus?

Sin dejar de mirar a Margareth, Mikhael asintió de nuevo.

—Y vosotros —indicó con la cabeza a Elena, Paula, Suhaas y Bjørn—, ¿confirmáis que hay un exalumno que se ha ido corriendo por el borde del mar, justo ahora, cuando está subiendo la marea?

—Sí —afirmó Bjørn, y los otros asintieron también.

—Intentamos llamarlo —dijo Elena.

—Nos escuchó seguro —añadió Paula—, pero siguió corriendo de todas maneras.

—Vale, vale, suficiente por ahora —dijo la jefa—, voy a movilizar a los guardacostas, un barco y un helicóptero, y tengo que llamar también a una unidad en la playa más cercana. Vosotros dos —ordenó a los otros policías—, tú te ocupas de estos jóvenes, que se vayan a duchar y a cambiar, y tú te vienes conmigo porque vamos a sentarnos con David y Margareth un momento en tu oficina, ¿vale? —se dirigió finalmente a esta última.

Y antes de que ella pudiera quejarse, el policía más joven los condujo otra vez hacia la puerta principal del castillo. El tercer policía se aproximó al grupo indicando que ya no iba a haber más interacción con Margareth por el momento. Cuando Margareth estaba cerca de la puerta del colegio, empezó a protestar.

—Soy libre de moverme cómo y cuándo quiera por mi colegio —chilló exasperada.

—Vamos, Margareth, vamos —la consoló David cuando la puerta del castillo se cerró tras ellos.

—Vale, vosotros os alojáis todos en casas en el campus, ¿verdad? —preguntó el policía que se había quedado con el grupo.

Parecía incluso más joven que ellos.

—Sí —dijo Bjørn—. Vamos a necesitar agua y comida, y creo que atención médica para Mikhael que lleva un par de días sin prácticamente nada.

—Dos barritas de chocolate y una botella de agua —dijo Mikhael con un tono de orgullo en su voz.

—Un médico tiene que atenderte por si acaso, seguro que estás deshidratado —dijo el policía joven—. Por qué no subes a tu casa, bebes un vaso de agua, lento, te duchas y luego bebes más agua, pero poco a poco, ¿vale? Los demás también id hacia vuestras casas y después nos vemos en la sala de profesores en ¿una hora? Yo iré directamente a la cocina a por comida para Mikhael. Creo que es necesaria más atención médica, ¿no? He entendido que también dos de vosotros habéis tenido accidentes y os encontrabais mal...

—Sí, nosotras. —Lucía se acercó a Paula.

El policía las miró sorprendido.

—Ah, me habían dicho que una había perdido el conocimiento y que la otra se había caído por unas escaleras o algo así, no podéis ser vosotras...

Paula le sonrió coqueta. El policía se puso rojo en menos de tres segundos.

—Sí, somos nosotras, pero estamos muy fuertes y nos encontramos bastante bien, ¿verdad, Lu?

La joven sonrió, y asintió con la cabeza.

—A ella no solo la empujaron por las escaleras, sino que ha logrado solucionar todo lo que estaba pasando, descubrió dónde se encontraba Mikhael y organizó su rescate —explicó Bjørn orgulloso, y se acercó a Lucía para pasarle un brazo por los hombros como había hecho tantas veces, un gesto de viejos amigos. Lucía sonrió. Sabía que ya no era este tipo de gesto, sino algo más. Cruzó la mirada con Elena y vio cómo enarcaba las cejas y sonreía con una expresión como de «te lo dije».

Lucía bajó la cabeza y dejó que el pelo le cubriera la cara. Se puso roja.

—Nada, no fue nada que no hubierais hecho cualquiera de vosotros —respondió en un susurro.

—Anda ya, no seas tonta —dijo Suhaas—, que has actuado como una periodista de investigación, a tope.

El grupito fue hasta la M4 para alcanzar las casas.

—Voy a la cocina a por comida para ti, Mikhael —dijo el policía—. En una hora en la sala de profes, chicos, y que nadie se invente otra aventura.

Los seis asintieron, y subieron lentamente hacia sus casas. Tenían muchas ganas de una ducha caliente y ropa limpia. Recibieron las miradas extrañadas de todos los demás alumnos a los que les dijeron que de momento no tenían muchas ganas de hablar y que más tarde se lo contarían todo.

Una hora y algo más después, Lucía estaba ante la ventana de la sala de profesores, vestida con la última ropa limpia que le quedaba, cuando entró Mikhael con otro pantalón de pana y una camisa de cuadrados.

—Ya estoy aquí —le dijo al grupo cogiendo un sillón enfrente de donde Paula estaba echada con los ojos cerrados—, y, según el médico, estoy bien. Deshidratado y poco más. Se ve que los *nerds* científicos son más fuertes de lo que uno se imagina.

Llamaron a la puerta y Suhaas abrió. Era David con la tetera en una mano y en la otra una bandeja con galletas, tostadas de pan, mermelada y mantequilla. Todos menos Mikhael se acercaron a ayudarlo.

—Pensé que no tenía hambre hasta que he visto esa bandeja —dijo Elena sonriendo con una tostada de pan en la mano.

—Y yo…, y eso que normalmente no como carbohidratos blancos —dijo Paula.

Lucía intercambió una mirada con Bjørn. Él puso los ojos en blanco, pero de tal forma que Paula no se diera cuenta. Lucía se cubrió la boca para que no se le escapara una carcajada.

Cuando ya estaban todos llenos, o, por lo menos, tan satisfechos como podían estar después de unas tostadas de pan con mermelada y galletas, David miró a Lucía.

—Lucía, te tengo que pedir perdón por la manera en la que te traté antes… cuando estabas en la enfermería.

—Yo también —contestó—. La verdad, no sé por qué se me metió en la cabeza que tenías algo que ver con todo esto…

—Pero es que tienes razón —dijo él—. Quieras o no, yo estaba haciendo lo que me pedía Margareth. Le estaba afectando todo lo relacionado con este fin de semana, estaba paranoica. Me hizo entender que podíamos perder nuestros trabajos por culpa de la auditoría... La noté muy estresada con la inspección del Departamento de Educación... Y tienes razón con otra cosa también. Yo no fui honesto sobre mi coartada la noche de la gala. —Hizo una pausa, miró hacia el suelo y se frotó las manos—. No estaba en mi habitación. Tenías razón cuando dijiste que no pude escucharos desde la torre de la horca. Estaba en la oficina de Margareth. Las ventanas dan al cuadrado de césped. Me había metido allí para buscar una copia del informe de la auditoría. Con su nivel de estrés pensé que me iba a acusar de no llevar las actividades del colegio con suficiente cuidado. Que me iba a tirar al fuego para salvarse. Por eso andaba tan preocupado después de la salida del kayak. Quería buscar cualquier informe que hubiese escrito para ver qué había dicho sobre mí. Estaba en la oficina buscando entre sus papeles cuando oí los gritos. Acudí corriendo. Y luego me di cuenta de que no podía admitir que no me encontraba en mi habitación. Pero nunca pensé que me pillaríais con tanta facilidad.

—Es que aquí se esculpen mentes brillantes, ¿no lo sabías? —preguntó Suhaas sarcástico pero de buen humor.

Se rompió la tensión del momento, y todos se rieron. Lucía y Elena intercambiaron miradas cómplices.

—Algunos más que otros —dijo Bjørn sonriendo, mirando a Lucía y poniéndose rojo—, a mí no se me había ocurrido.

—No te preocupes, tío, tú eres el músculo de la operación, siempre hace falta, las chicas han sido las neuronas —añadió Suhaas con una sonrisa pícara.

Bjørn le tiró el pedazo de pan que tenía en la mano. Suhaas hizo como si le hubiera impactado y se desplomó en el sofá haciéndose el muerto. Todos se rieron.

—A ti también te tengo que pedir perdón —añadió el profesor de mates cuando las risas dejaron de escucharse. Se dirigió a Mikhael—. No fui consciente de que te podría haber pasado algo cuando Margareth me dijo que no darías la charla en la gala, que te habías tenido que ir. Debí llamarte por lo menos…

Mikhael subió una mano.

—¿Y qué hubieras hecho? No te hubiese podido coger el teléfono —dijo—. Pero, Lucía… —dijo Mikhael mirándola—, ¿todavía no entiendo cómo lograste averiguar dónde estaba?

—Fue Paula. —Lucía se encogió de hombros—. Bueno, primero fue gracias a Suhaas, porque me di cuenta de que Tom había sido el que me había puesto el móvil en la maleta…

—Por esa acusación particularmente te tengo que pedir perdón —interrumpió David.

Lucía negó con la cabeza y continuó:

—Y fue Suhaas también quien me contó que estaba con Jaime cuando vio a Tom saliendo de la oficina de Margareth con una maleta el sábado por la tarde…

—Lo importante es que sepáis que yo sabía todo esto, pero aun así no tenía ni idea de lo que estaba pasando —añadió Suhaas encogiéndose de hombros y sin dejar de mover la cabeza.

—A Paula le dio un ataque de pánico cuando entró a mi cuarto y vio a Tom frente a mí, furioso y agresivo…

Lucía miró a su amiga y ella interrumpió su discurso, levantando el dedo.

—Pero a partir de aquí ya no lo tengo claro. ¿Cómo averiguaste lo de la tercera torre?

—Estabas hablando de cómo hemos cambiado. Todos nosotros. —Lucía levantó el brazo para señalar al grupo de exalumnos sentados a su alrededor—. Cómo nos hemos volcado a lo largo de estos años, *nerds* que se convierten en populares, populares que pierden ese brillo tonto de la juventud… y entonces tú mencionaste la torre. Hablabas de la torre de lady Jane Grey, pero en ese momento pensé en nuestro primer desayuno. Yo estaba sentada contigo, Suhaas, y también estaba Tom. Él mencionó la tercera torre. Es la única persona en todo el fin de semana que ha nombrado la tercera torre. Ahí lo vi todo claramente.

—Neuronas, chicos, neuronas —dijo Suhaas—, creo que mis padres me dejaron caer de cabeza de niño. Nunca se me hubiera ocurrido.

Se quedaron todos callados un momento pensando en todo lo ocurrido.

—Por cierto, ¿has llamado a tu madre, Mikhael? —preguntó David rompiendo el silencio—. Cuando encontramos tu móvil y la llamamos no le dije… no le dije lo que te había pasado, pero le aliviaría escuchar tu voz.

—Le dije que estaba todo bien, que tuve una discusión con Margareth, que me había ido del colegio y que me dejé el móvil sin querer. No la quiero preocupar más. Desde que murió mi padre…, está muy débil.

El grupo se puso serio con las palabras de Mikhael y mostraron su pena. Paula le cogió el brazo y Mikhael la miró cohibido.

—Que en paz descanse —dijo Suhaas con su voz seria.

—Gracias —respondió Mikhael, su voz sonaba emocionada—, fue difícil. Bueno. Es difícil… Cuando murió mi padre, empezamos a hablar más. Creo que ella siempre me quiso contar todo, pero mi padre no quería. Nunca supe nada. Es más, yo siempre les echaba la bronca y les decía que habían sido unos aburridos, que nunca habían peleado por la democracia y que nunca se arriesgaron para que las cosas fueran mejor. No sabía nada… La noche que enterramos a mi padre, mi madre ya no se pudo contener más. Me contó cómo formaron parte de un movimiento intelectual que buscaba más libertad en Checoslovaquia a finales de los setenta. Durante ese tiempo la Unión Soviética controlaba cada día más lo que pasaba en sus países satélites, y los checos ya estaban hasta los cojones. Hubo un grupo de rock psicodélico abiertamente en contra del Gobierno, y los encerraron en la cárcel. En todo este ambiente, mis padres se unieron a un grupo de escritores, pintores, científicos y profesores de universidad, y juntos escribieron un documento llamado la «Carta 77», liderados por Václav Havel… —Miró a su alrededor y cuando vio que todos estaban absolutamente absorbidos en el relato, continuó—: Querían más libertad de expresión, prensa libre, derechos humanos… En fin, los cabrones comunistas convirtieron en delito difundir el documento, y empezaron a encarcelar a los que estaban más involucrados. Havel fue de los primeros. Mi padre estaba muy preocupado. Mi madre estaba embarazada…

—De ti… —añadió Paula con un suspiro, como si se tratara de una novela romántica.

—Sí. De mí… —afirmó Mikhael encogiéndose de hombros—. Tenían el contacto de una mujer de la embajada británica. Una espía que trabajaba como secretaria, pero que en realidad era una agente del MI6, el servicio secreto del Reino Unido. Le habían estado pasando información sobre el grupo y habían mantenido la relación. Al final, ella les dijo que estaban fichados por la policía y que podía sacarlos de allí.

—¡Qué emoción, Dios mío! —exclamó Paula.

—No… cuando lo vives —contestó Elena más severa.

—Exactamente —asintió Mikhael—. En fin, no sé mucho más, aparte de que no lo lograron. Pillaron a mis padres cuando intentaban escapar. Mi padre no estuvo presente cuando nací porque estaba en la cárcel y se pasó el resto de la vida agobiado, disgustado y jodido por todo lo que pudo haber sido. Nunca lo habló y nunca se lo perdonó a la mujer inglesa.

—¿Y qué pasó con ella, la espía británica? —preguntó Bjørn.

—¿Ella? —Mikhael subió las cejas—. Ella terminó siendo directora de un internado al borde del mar en Gales…Y me buscó, dieciséis años después, para entregarme una beca por medio de la embajada británica. Y luego, estudiando aquí, me intentó pasar los exámenes finales para que sacara las mejores notas. No tengo ni idea si lo hizo por más estudiantes…

David sacudió la cabeza.

—Esto me explica muchas pero que muchas cosas —dijo el profesor en voz baja.

Lucía, Elena, Bjørn, Suhaas, Paula y David se quedaron en silencio durante unos minutos, hasta que Lucía habló de nuevo.

—Yo solamente te quería pedir perdón —le dijo Lucía a Mikhael como en un susurro—. Llegué aquí este fin de semana y lo único que quería hacer era pedirte perdón. Pensé que esa noche en el Departamento de Historia, cuando Jaime y yo te encontramos con los exámenes, que casi te costó tu futuro…, tu beca, tus notas finales, tu graduación. Pero ahora veo que en realidad te quería pedir perdón por algo más…, por quien fui en ese momento, esa noche en la torre. Jaime y yo actuamos como los típicos alumnos populares. Pensábamos que teníamos todo el derecho del mundo, que poseíamos el privilegio egoísta de creer que todo daba vueltas a nuestro alrededor. Unos idiotas que no pensábamos en los demás. En realidad esta era la razón por la que te buscaba para hablar contigo cuando llegué. Ya no soy así. Y te quiero pedir perdón.

—Lucía, no me tienes que pedir perdón por nada —respondió Mikhael.

—Quizá me tengo que perdonar a mí misma también… —Lucía siguió hablando en voz baja—. Creo que esa noche en la torre, aunque no me di cuenta, fue la primera vez que vi que mis acciones podían tener consecuencias. Y este verano, desde el día horrible del atentado de Londres, me he planteado si de verdad puedo seguir intentando ser una reportera. Ahora me doy cuenta de que, cuando llegué este fin de semana, empeñada en pedirte perdón, también quería perdonarme a mí misma. Podemos cometer errores, cuestionar nuestros retos, cambiar de rumbo…

—¿Y salvar vidas no te parece suficiente? —Mikhael le sonrió.

—Pero ahora entendemos por qué tú, Mikhael, estabas tan enfadado cuando llegaste —dijo Bjørn después de coger la mano de Lucía y apretarla fuerte.

—Claro, yo había empezado a ver todas las acciones de Margareth de otra manera. —Mikhael siguió contando su historia—. Sentía tanta tristeza, furia y quizá ganas de vengarme o simplemente de decir la verdad que decidí que iba a hablar sobre eso durante mi charla en la cena de gala. Y, como un tonto, la llamé y se lo dije… —Sacudió la cabeza y puso los ojos en blanco—. Qué estupidez, la verdad.

—Nada, Mikhael, ¿cómo ibas a saber…? —Lucía caminó otra vez hasta las ventanas, su mente estaba trabajando a toda máquina.

—Y entonces Margareth tuvo miedo —dijo Bjørn.

—Claro —intervino David—. Ella temía que todo esto saliese este fin de semana, con los auditores aquí, escuchándolo todo. El auditor nos lleva meses persiguiendo… Si salía a la luz que ella había estado regalando becas y haciendo trampas para los exámenes, todo esto se derrumbaría. El colegio, su carrera, todo se vendría abajo… Seguro que hubiera habido repercusiones también dentro del servicio secreto. Dentro del Gobierno. Los tentáculos de esto van muy lejos. Más lejos de lo que cualquiera de nosotros pueda entender.

—Pero, si era tan serio que Margareth decidió ordenar a un exalumno que secuestrara a otro…, esto nos da una idea de hasta dónde podían llegar esos tentáculos —dijo Bjørn serio.

—¡Ostras! —exclamó Lucía desde su posición al lado de las ventanas. Se cubrió la boca con las manos, horrorizada. Los demás se apresuraron a mirar también por las ventanas.

Cuatro figuras, todas vestidas con trajes blancos *hazmat* que les cubría el cuerpo, desde los pies hasta la cabeza, salían de la puerta del castillo que daba a la cocina acompañadas por un par de policías. Llevaban una bolsa larga y negra. Les costaba esfuerzo moverla entre los cuatro.

Paula jadeó, Lucía puso un brazo sobre sus hombros y ella escondió la cara. Lucía notó cómo temblaba su amiga. Bjørn miró a Paula, protector, y apretó el brazo de Lucía.

—Joder, quizá debería salir —dijo David preocupado—. No quiero que más personas vean esto…

Salió de la sala de profesores sin mirar atrás. Los demás no podían retirar los ojos de la escena. La puerta al otro lado del patio interior se abrió en ese momento y salió Margareth acompañada por la policía. La directora estaba alterada, roja y con las manos sobre la boca.

—Vamos —dijo Bjørn—, yo no me quedo aquí.

Los otros cinco lo siguieron a buen paso para llegar al patio a tiempo. Bjørn fue el primero en salir, con los demás casi atropellándole por detrás. Las figuras blancas intentaban moverse, pero Margareth no las dejaba, caminaba de un lado a otro. La jefa de los policías quería cogerla por el brazo, calmarla, sacarla de allí. Los seis estudiantes se acercaron, sin saber qué hacer o cómo reaccionar.

—¿Adónde os lo lleváis? —decía Margareth—. He hablado con sus padres. Y esto es terrible. Van a llegar y no sé qué decirles. Y cómo hacemos...

Uno de los agentes de blanco intentó sacar una mano para apartarla y poder pasar. Margareth se movió hacia atrás intentando recuperar el control. Vio al grupo de sus antiguos alumnos y a David y se los quedó mirando con las manos en las caderas.

Los agentes de blanco empezaron a mover el cuerpo de nuevo cuando sonó una interferencia de la radio que llevaba encima la mujer policía. Todos la miraron. Una voz rasgó el silencio.

—Dos-cuatro, dos-cuatro...

Ella cogió la radio y respondió rápido. Todos los demás, incluidos los agentes de blanco, se la quedaron mirando.

—Dos-cuatro aquí. ¿Emergencia?

—Guardacostas. Rescate exitoso de un joven varón por el acantilado. Dos escaladores, un helicóptero y un barco rescate en *stand by* han logrado subirlo con un arnés. Está en la ambulancia. Cambio.

—Recibido. Mando unidad. —La policía estaba a punto de decir algo más cuando David se le acercó con rapidez.

—Perdone, agente —dijo David—. Pero creo que tenemos una situación delicada. Según lo que me dicen los alumnos, bueno, lo que me dice ella —y apuntó hacia Lucía—, y estoy absolutamente seguro de que tiene razón, el joven que acaban de rescatar es uno de los culpables del secuestro. Lo tenéis que detener.

—Pero... —empezó a protestar Margareth cuando David alzó los brazos en su dirección.

—Y a ella también, agente —acusó David—, según el relato que he escuchado de Mikhael, Margareth estuvo involucrada en su secuestro...

—¡Esto es una ridiculez! —gritó Margareth—. ¡Una ridiculez!

En ese momento la estática de la radio sonó otra vez. La policía la había dejado abierta, frente a su boca, a punto de hablar. Se escuchó otra voz por la radio, esta vez sin utilizar los códigos oficiales de la policía.

—Sargento —decía una voz por la radio—, sargento, aquí tengo al joven rescatado, está bastante alterado por lo que ha escuchado por la radio. Quiere hablar. Os importa...

Por un momento solo se oían interferencias y más estática hasta que por fin la voz de Tom se oyó por la radio.

—¿Margareth? ¿Margareth? —dijo la voz—. Todo esto es culpa tuya, ¿me oyes? Culpa tuya. Yo no quería que nada de esto terminara así. Nada de esto me va a caer solo a mí, ¿me oyes? Utilicé tu coche, habrá huellas, ya verás, Margareth...

Y en eso se escuchó cómo el agente le quitó la radio de nuevo.

—Perdón, sargento, no tenía ni idea... —dijo la voz.

—Vale, vale —intervino la jefa de policía—. Suficiente. Sigue con el protocolo y nos vemos ahora. Mantened vuestra posición. Cambio.

Y metió con un clic de nuevo la radio en su cinturón.

—¿Mrs Skevington?

Se acercó a la directora del colegio.

—Vas a tener que venir conmigo a responder a algunas preguntas, ¿vale?

Las figuras de blanco empezaron a moverse de nuevo. Todos los agentes en uniforme rodearon a Margareth. Ella dejó caer la cara entre las manos. David se apresuró a entrar en el castillo, incapaz de ser testigo de esta escena hasta el final. Los estudiantes se encerraron en un círculo, dándole la espalda a su antigua profesora. Nadie quería presenciar ese momento.

Lucía sintió que se hundía bajo una enorme ola de tristeza. Tristeza por Jaime, por Mikhael, por Margareth... Abrazó a Elena un buen rato. Luego a Bjørn, algo más. Al final los seis se separaron, mirándose los unos a los otros, solos en el patio interior de su antiguo colegio. Lucía elevó la mirada a lo alto del castillo. Las pequeñas ventanas de los áticos debajo de la torre de la horca reflejaban los rayos de luz. Tuvo que ponerse la mano sobre los ojos. Sol. Había salido el sol. Se fijó primero en la torre de la horca y después en la de lady Jane Grey. Las dos torres, vigilando desde sus ventanas vacías, desde donde se reflejaban los rayos de sol. Imperturbables. Tal como siempre habían sido. Tal como siempre serán.

Academia Global
Marzo de 2006

—*Ah, Lucía, qué bueno verte, gracias por venir. ¿Estás lista para tu charla?*

Lucía cruza el hall para saludar a su antiguo profesor de matemáticas, ahora nuevo director de la Academia Global. David Hendry está junto a la tarima al fondo de la gran sala, comprobando que la luz sobre el atril funciona, que los cables están bien puestos y que la pantalla que se ha colgado de la pared está bien colocada, firme, y que no se puede caer.

Lucía acaba de llegar de la estación de tren, tirando de una maleta con ruedas y con un bolso grande y pesado donde guarda su portátil. Lleva puesta su ropa de reportera fuera de la oficina: un pantalón negro skinny, una camisa blanca algo más arrugada de lo que desearía que estuviese y por encima un blazer negro. Se ha puesto unas botas Chelsea. Ahora sabe perfectamente bien que no hace falta llevar tacones incómodos. Que como reportera se tiene que mover fácilmente, con agilidad, y poder estar de pie muchas horas. Y que muy pocas veces se le va a ver el calzado por la tele.

Saluda a su antiguo profesor y deja caer su bolso al lado del atril, donde en un par de horas les hablará a los estudiantes de la Academia. David le ha invitado al colegio para dar una charla sobre su profesión. Ha montado una serie de charlas de exalumnos para que hablen sobre sus carreras, cuenten qué están haciendo, cómo lo han logrado y a qué se han dedicado desde que salieron del internado.

Lucía lleva semanas planeando lo que va a decir, tomando apuntes en el metro de Londres entre una entrevista y otra o sentada en el bar del canal de televisión con un café malo en la mano. Piensa ser honesta, directa y realista. Les quiere hablar de lo difícil que ha sido para ella llegar hasta aquí, que ha tardado media década en poder decir que empieza a estar en el camino que quiere, y que este sigue lleno de dificultades. Que muchas veces se siente fuera de lugar, como una extranjera, y que hay muchas cosas culturales que le cuesta entender de Reino Unido y de cómo funcionan sus medios de comunicación, pero que aun así lo ha logrado.

Volvió a su puesto de trabajo después de la reunión del verano pasado con más energía, urgencia y ganas... y se notó. Uno de los jefes de producción se acordó de su nombre y la mandó entrevistar a vecinos en la zona de Londres donde se habían criado los chicos que se convirtieron en los terroristas que participaron en el atentado de julio. Lucía logró una serie de entrevistas con la gente de la zona que se convirtieron en una revelación, tanto para los medios como para las audiencias. Abrió la puerta a un mundo poco visto en pleno centro de la ciudad, a dos pasos de los restaurantes y boutiques más chic de Notting Hill. Nadie se lo esperaba de ella. Hizo buenos contactos en la zona y, cuando la policía empezó a hacer redadas para buscar más sospechosos relacionados con el atentado, Lucía se enteró antes que nadie.

Hacía tan solo unas semanas la jefa de Lucía la envió con un grupo de jóvenes periodistas a completar su formación para poder trabajar en lugares hostiles. Una semana entera de charlas, prácticas, exámenes de primeros auxilios y ejercicios de role play donde tenían que actuar como si estuvieran en una situación de secuestro o intentando escapar de un ataque físico. Se lo pasó pipa. No paró de sonreír en toda la semana.

Ahora estaba intentando convencer a sus jefes de que tenían que poner más atención sobre lo que pasaba en Venezuela. Quería ir al país para grabar una serie de piezas para el telediario antes de las elecciones que se iban a celebrar en diciembre de ese año para darle contexto a lo que ocurría. Ahora entendía mucho más de la situación; había hecho un esfuerzo por leer y estudiar lo que estaba pasando en el país, especialmente después de conocer a los padres de Jaime Guerrero.

Estuvo con ellos cuando vinieron a Gales para los resultados de la investigación forense sobre la muerte de su hijo, sentada a su lado cuando el forense dictaminó que Jaume murió al caer de la torre. Luego también habló con su madre después de que la fiscalía anunciara que el juicio contra Tom Fanshaw sería por homicidio imprudente y no por asesinato.

—David —responde Lucía dándole la mano y acercando su mejilla a la suya—, gracias por la invitación.

—Faltaría más —dice él sonriendo—. Bueno, creo que aquí todo está listo, no sé si lo quieres comprobar tú misma, si no, podemos pasar al comedor, está abierto y puedes cenar algo antes de la charla, ¿te parece?

Lucía asiente con la cabeza.

Hablan brevemente de cuestiones técnicas, ella saca su portátil y lo conecta para luego poder dar la charla con las fotos que tiene listas en una presentación. Cuando ya salen del hall, caminando hacia el pasillo que lleva hasta el comedor, David se gira para mirarla y no puede evitar una sonrisa.

—Bueno..., y ahora antes de entrar al comedor tengo que advertirte de que tienes una pequeña sorpresa...

Y en ese momento entran al comedor y Lucía los ve, sonrientes, a Mikhael, a Elena... y a Bjørn. Lucía corre hacia ellos, abrazándolos a todos a la vez, y luego reserva uno más íntimo para Bjørn. Solo un beso fugaz, hay demasiados testigos, estudiantes, profesores y sus amigos..., no es el momento. Comparten una sonrisa. Los dos se entienden.

—¿Qué hacéis aquí? —pregunta Lucía, riéndose, cuando se aparta de Bjørn.

—¿Creías que nos íbamos a perder tu charla? —responde Elena con una sonrisa.

—Además así puedo tomar apuntes..., vuelvo en un par de semanas para dar una charla también, me quiero asegurar de que la mía sea mejor —dice Mikhael, pero con una sonrisa para que Lucía sepa que es en broma—. Voy a tener que esforzarme, trabajar en una farmacéutica en Zúrich es mucho más aburrido que ser reportera.

El grupo camina hacia la cocina para buscar comida. Bjørn rodea los hombros de Lucía con un brazo, y ella le ha cogido de la cintura. Hace más de un mes desde que se han visto, justo antes de que Lucía realiza-

ra el curso. Bjørn puede tomarse un fin de semana largo de vez en cuando, y siempre va a Londres para estar con ella… y así se ven por lo menos una vez al mes. A veces más si Lucía se puede escapar. Entonces se turnan y ella viaja a Estocolmo. Una vez se encontraron en Copenhague, Bjørn llegó en ferry desde su país para pasar un fin de semana romántico en la capital danesa. Su relación es relajada, de escapada de fin de semana. Lucía sabe que es bastante improbable llevarlo a un nivel más serio, los dos se sienten muy apegados a su profesión y al lugar donde están, pero… Lucía sabe que esto puede cambiar en un futuro próximo. Bjørn le ha dicho que está pensando en presentarse a los exámenes para el servicio exterior de diplomacia, así que… ¿quién sabe?

Esta posibilidad, por supuesto, no le había gustado nada a su madre cuando su hermana mayor anunció en una cena durante las últimas Navidades que la hija menor, la que ya los había abandonado para vivir en una isla cubierta de nubes, ahora tenía un novio escandinavo.

—Por favor, no me hagas esto —suplicó su madre horrorizada—. No te vayas a vivir por allá que hace mucho frío. Demasiado. No te podré visitar porque me congelo y vas a tener niños que no me van a abrazar, que van a aprender a esquiar antes que a nadar y que no hablarán ni una palabra de español…

Lucía la interrumpió con una carcajada, pidiéndole que dejara la telenovela mental, que eso no iba a pa-

sar. Que ni siquiera tenía treinta años y que, por favor, la dejaran en paz con el tema de bodas y niños durante media década más. Esta conversación no se la repitió luego a Bjørn. No quería entrar en el tema con él tampoco. Le va muy bien el ritmo de esta relación, y sospecha que él piensa igual.

Al entrar en la cocina y buscar bandejas para servirse, Lucía se da cuenta de que un chico bastante alto, flaco y guapo camina al lado de Elena. Ha estado apartado del grupo desde que se saludaron al principio. Lleva un traje bastante elegante, el pelo corto y su tono de piel es más oscuro que el de Elena, con ojos de un marrón más claro. Hay complicidad y naturalidad entre los dos. Elena le habla susurrándole para explicarle cosas de su alrededor.

—Hola, persona misteriosa… —dice Lucía con una sonrisa, aproximándose a su lado—, y ¿tú quién eres?… ya que nuestra amiga en común no nos presenta.

El chico se ríe, mira a Elena. Ella también sonríe.

—Alié —dice con un acento francés. Lucía sabe que el origen es de Senegal—, encantado. Elena me invitó porque nunca había estado en Gales… Bueno, la verdad, nunca he estado en un castillo y me dijo que no me podía perder tu charla. Trabajamos juntos en Ámsterdam.

—¡Por fin te conocemos! —Lucía le sonríe antes de girar y guiñarle el ojo a Elena—. No te preocupes —se dirige a ella—, no le voy a decir lo que me has dicho sobre él.

Elena le hace muecas de alarma, pero se ríe también. Le ha contado poco de esta nueva aventura romántica, lo cual la hace pensar que esto va en serio. El hecho de invitarlo a su antiguo colegio a conocer a sus amigos es un paso importante. Lucía está feliz por su amiga, pues este tenía toda la pinta de poder distraerla de su trabajo y parece además que tiene el suficiente carácter para enfrentarse al padre de Elena.

Se saludan y el grupo se sienta a una de las mesas que ya no ocupan los estudiantes. La conversación fluye. Hablan de amigos en común, de sus trabajos y de lo que está pasando en el mundo. Alié les dice que dentro de un año todos estarán con un nuevo móvil que va a sacar Apple, pero Mikhael afirma que él no piensa cambiar su Blackberry por nada. Elena les cuenta que en su último viaje a Estados Unidos escuchó una charla de un senador estadounidense, un tal Barack Obama, que le pareció brillante, «acuérdate de su nombre, Lucía, ya verás», dice señalando a su amiga. Lucía les comunica que tiene una cuenta en una nueva red social que acaba de empezar.

—Es como solo tener los updates *de Facebook, pero sin nada más. Ni fotos ni chorradas. Y solo puedes escribir ciento cincuenta caracteres —dice.*

—Yo me niego a todo esto —responde Bjørn, y pone los ojos en blanco—, mi madre se ha convertido en la reina de Facebook y cada día me llama para contarme

qué es lo que están haciendo mis primas en cada rincón del país. Sumamente ridículo.

Lucía pregunta por Paula y Suhaas y Elena le cuenta que los vio en Nueva York durante su último viaje. Que Paula está presionando a su novio, el banquero de Lehman Brothers, para que se comprometan antes de que ella cumpla los treinta y que Suhaas se ha cambiado de trabajo y que se está entrenando para correr la maratón de Nueva York en noviembre. Los cuatro se ríen. No hacen falta explicaciones, todos recuerdan perfectamente en qué puesto quedó Suhaas después de esa última carrera contra el mar el verano pasado.

—¿Por qué os hace tanta gracia? —pregunta Alié perplejo—, entrenar para una maratón es superdifícil. El año pasado hice la de Ámsterdam...

—Nada, nada —dice Lucía—, es que todos tenemos un recuerdo de él intentando correr y, aunque no fuera bajo las mejores circunstancias, ahora..., ahora nos podemos reír.

—Hasta yo me puedo reír —añade Mikhael.

—Ah. La reunión —dice Alié.

Los otros asienten. Todos se callan. Hay cosas que todavía les cuesta hablar de los eventos del verano pasado.

—¿Habéis... habéis leído las noticias? —pregunta Bjørn cambiando el tono de la conversación—. Esto no es público, pero Tom testificó a su favor que Margareth

le obligó a actuar porque ella le ayudó a salir de la guerra en Irak en 2003. ¿Os acordáis de que Tom no paraba de hablar de su heroísmo?

—Pero esto no le sirve, y no tiene nada que ver con su situación —contesta Elena—. Si no hay cargo de extorsión contra Margareth, no es admisible.

—Por lo menos sabemos de dónde vino todo —dice Lucía—, francamente, con tal de que pillen a Tom por algo me conformo.

—¿Y Margareth qué? —pregunta Mikhael recordando lo que le pasó.

—Margareth..., pues Margareth está vieja ya —dice Lucía en un tono suave, no quiere tener una discusión con él—, no es que la quiera perdonar, pero creo que no podemos entender en qué estaba metida.

—Ni durante cuánto tiempo —añade Bjørn.

—Al final, Mikhael, creo que has hecho bien en no denunciarla —dice Elena—, te hubiera perseguido el caso durante años.

—Por eso yo quería una acusación de asesinato contra Tom por lo que le pasó a Jaime, con eso ya me hubiese bastado —dice Mikhael.

—Ya, te entiendo —responde Elena—, pero la ley en Reino Unido no funciona como una serie estadounidense...

Elena sigue con su explicación. Lucía ve cómo todos sus amigos la miran, asintiendo, preguntando si no entendían algo o añadiendo algún comentario. *La conversación sigue fluida, relajada, como si todos, y no solo algunos, fueran viejos amigos. Cuando todos van a buscar los postres, Bjørn y Lucía se quedan solos en la mesa.*

—Gracias por la sorpresa —dice ella—. Me ha encantado que vinieras.

Bjørn se acerca y le da otro beso rápido en la comisura de los labios.

—Lo único que no sé es... dónde voy a dormir... —dice en voz baja mientras enarca las cejas y se encoge de hombros.

—Uy —dice Lucía sonriendo—, pues... no lo sé, la verdad, ¿qué tal debajo de la cubierta... en el jardín de las estatuas?

—Pues creo que todas esas estatuas de animales feroces me van a dar miedo.

Le cogió de la mano.

—Aaah, estos soldados de hoy en día ya no son como los de antes...

—Es que en Suecia nos dicen que las figuras de piedra se despiertan de noche y se llevan a los niños que se portan mal...

—Quizá —dice Lucía susurrando—, si me dices lo brillante que va a ser mi charla, con un poco de suerte luego te invito a mi habitación...

—Va a ser realmente brillante.

Lucía pone los ojos en blanco.

—*Me han asignado una habitación en la torre de la horca. Me ofrecieron una en la torre de lady Jane Grey, pero les dije que prefería la otra.*

—*Estoy totalmente de acuerdo.*

Los dos se miran, serios por un momento. Bjørn le da otro beso en la mejilla.

—*De verdad, esas estatuas siempre me han dado un poco de miedo.*

Se sonríen. No quieren recordar esa habitación en la torre de lady Jane Grey. Vuelven los demás y se quedan un rato más hablando, hasta que viene David y les dice que ya pueden pasar al hall para la charla. Lucía los deja para ir al lavabo, arreglarse y leer sus apuntes una vez más.

Un cuarto de hora después, Lucía entra al hall. Está lleno. Los aplausos empiezan antes de que ella llegue a su lugar en el escenario. Los saluda sonriente, feliz. Ahora tiene ganas de estar allí, aunque la persigan los recuerdos de aquel fin de semana. Esta vez tenía ganas de volver a este lugar, a su antiguo colegio, al internado que tanto le había dado y que le sigue dando. Siente tristeza al pensar en Jaime, con quien casi logró una amistad, le apena que no pueda estar allí también. Ve a su mejor amiga, sentada en un lateral al lado de su nuevo novio, y les sonríe. Al lado de Alié está Mikhael, quizá no lo llamaría un amigo exactamente, pero por lo menos es un aliado, una persona con quien había vivido una expe-

riencia que los unía. Una persona que le dio la oportunidad de mostrar que era más fuerte, más capaz de lo que jamás se hubiera imaginado.

Y Bjørn, constante, fiel, la persona que más le hacía reír y ridículamente guapo. Con solo mirarlo se pone roja. En ese momento lo ve. Un señor mayor, sentado en la última fila, en la silla de la esquina. Está solo, con unos pocos pelos blancos peinados hacia atrás. Lleva puesto un traje azul marino con una camisa muy blanca y muy planchada, una corbata verde y un pañuelo a juego saliendo del bolsillo de la chaqueta del blazer. Apoya un bastón de madera en la silla y tiene los brazos cruzados. La está mirando fijamente. Lucía se queda aturdida por su presencia inesperada, no lo reconoce. El hombre se gira, apenas unos pocos centímetros hacia un lado, para mirar a David que ha empezado a introducir su charla. Y en ese momento ve lo que necesita para identificarlo. Una mancha roja sobre una mejilla. Casi imperceptible ya, perdida en las grietas de su piel de papel arrugado. Pero es él. El director de la junta directiva del colegio. El que Tom había dicho que era uno de los espías más importantes del país. Sir Philip Gage-Hunt. Él, que ha asistido a todas las graduaciones, todos los eventos importantes del colegio desde hacía años... Se da cuenta de que siempre lo ha visto como una sombra de Margareth Skevington.

«¿Qué hace aquí? ¿Por qué quiere escuchar mi charla?».

Pero en ese momento el foco la alumbra de tal manera que ya no puede percibir al público, David deja de hablar, le toca a ella. La primera foto de su presentación se proyecta en la pantalla a su espalda. El público aplaude. Lucía sonríe. Y empieza a hablar...

Agradecimientos

Quiero dar las gracias en primer lugar a Ana Lozano, a Pilar Capel, a Gonzalo Albert y al equipo de Suma de Letras por todo vuestro apoyo, entusiasmo y confianza.

A mis padres por haberme mandado a un internado en un castillo en la costa galesa (aunque el colegio donde estudié es muy distinto al lugar que he creado para esta obra de ficción).

Gracias a toda mi familia venezolana, lejos pero siempre muy cerca. A Sue, Bill y Julia por todo el apoyo. Y especialmente a Tavis, Maya y Diego por todo el amor, paciencia y por haber tomado el control ejecutivo de la Thermomix.

A todos los que me ayudaron con los detalles sobre Praga, los años setenta y el sistema judicial inglés, cualquier error es solo mío. Aunque me he basado en algunos hechos y lugares reales, esta es en su totalidad una obra de ficción.

«Para viajar lejos no hay mejor nave que un libro».

EMILY DICKINSON

Gracias por tu lectura de este libro.

En **penguinlibros.club** encontrarás las mejores
recomendaciones de lectura.

Únete a nuestra comunidad y viaja con nosotros.

penguinlibros.club